Colère en Louisiane

Ernest J. Gaines

Colère en Louisiane

Traduit de l'américain
par Michelle Herpe-Voslinsky

Ouvrage traduit avec le concours
du Centre national du livre.

LIANA LEVI piccolo

Du même auteur, chez le même éditeur :

Colère en Louisiane, 1989 (Piccolo, 2005)
Autobiographie de Miss Jane Pittman, 1989
D'amour et de poussière, 1991
Une longue journée de novembre, 1993
Dites-leur que je suis un homme, 1994 (Piccolo, 2003)
Par la petite porte, 1996
Catherine Carmier, 1999
4 heures du matin (Piccolo), 2002
Ti-Bonhomme (Piccolo), 2002

Titre original : *A Gathering of Old Men*

Je dédie ce livre à la mémoire de Walter Zano, dit Salute, Rider, Pete, et quelques autres noms.

George Eliot Junior, dit Snookum

J'ai entendu Candy appeler Grand-Ma de la cour devant la maison. Toddy, Minnie et moi on était assis à la table, et Grand-Ma était au fourneau. Elle regardait dans le canari s'il lui restait assez pour le souper. J'entendais Candy dehors, qui criait :

– Ho, Tante Glo ! Ho, Tante Glo ! Ho ! Tante Glo !

J'ai sauté de ma chaise pour aller voir ce qu'elle voulait, mais Grand-Ma m'a dit de me rasseoir et de finir de manger, parce que je m'appelais pas Tante Glo. Elle m'a regardé assez longtemps pour que ça rentre ; et puis elle est allée vers la porte d'entrée. Candy criait toujours :

– Ho, Tante Glo ! Ho, Tante Glo !

Toddy, il m'a montré son sourire édenté, parce qu'il pensait que Grand-Ma m'avait fait rager en me disant de me rasseoir. J'ai serré le poing, mais il savait que je pouvais pas le battre, parce qu'il m'avait surpris en train de jouer au papa et à la maman dans les hautes herbes avec Minnie, et il m'avait prévenu que je pourrais rien lui faire pendant un an, même s'il me faisait des misères, sinon il dirait à Grand-Ma ce qu'il avait vu. Il pourrait se moquer de moi tant qu'il voudrait, me battre, me donner des coups de pied, me pincer (à l'église, à la maison, c'était pareil), il pourrait me voler mes gâteaux si ça lui chantait, ou mes bonbons si j'en avais, et si je gagnais aux billes, je ferais bien de les lui laisser, et en plus quand on jouerait à la toupie, fallait pas que je touche à la sienne. Sans ça il dirait à Grand-Ma ce qu'on avait essayé de faire avec Minnie dans l'herbe.

Ça allait durer comme ça pendant un an, qu'il m'avait dit, que ça me plaise ou pas. Et ça commençait là même, parce qu'on venait de rentrer manger quand j'ai entendu Candy appeler Grand-Ma de la cour.

Je l'ai entendue demander :

– Snookum est là ?

– Il est à table en train de manger, a dit Grand-Ma. Qu'est-ce qui se passe alors, Candy ?

– Fais-le sortir.

– Snookum a fait des bêtises ?

– Dépêche-toi, Tante Glo.

– Snookum ? a appelé Grand-Ma.

Toddy et Minnie se sont levés aussi, et Grand-Ma a jeté un coup d'œil par-dessus son épaule en disant :

– Rentrez dans la maison manger vos navets. C'est Snookum que j'appelle.

– Comment ça se fait que Snookum il est pas obligé de manger ses navets ? a demandé Toddy. Pourquoi y'a que moi et Minnie ?

– Parce que c'est lui que j'appelle, a dit Grand-Ma. Maintenant rentrez me finir ces navets.

– J'suis pas une machine à manger des navets, Toddy a dit.

– Tu ferais mieux d'en être une, de machine, avant que j'rentre dans la cuisine. Snookum, Candy veut te parler. Toddy, toi et Minnie vous finissez vos navets.

– Snookum peut faire l'idiot et se moquer de moi dehors, a dit Toddy. Mais il sait bien ce que j'sais.

Candy était dans la cour, près des marches, quand je suis sorti sur la galerie. Elle portait une chemise blanche et un pantalon kaki, et des chaussures marron avec des petites boucles dorées. Ses cheveux étaient châtain clair avec des mèches plus foncées, coupés court, pareil qu'un homme.

– Viens ici, Snookum, qu'elle a dit.

J'ai sauté par terre à côté d'elle, et elle m'a pris par les épaules, des deux mains. Elle s'est penchée en approchant son visage du mien, et dans ses yeux bleus comme la fumée du poêle de Grand-Ma, y'avait un drôle de regard. Je croyais que j'avais fait des bêtises et qu'elle était colère après moi.

– Maintenant écoute, qu'elle a dit. Tu vas courir, et sans t'arrêter. Tu iras dire à Rufe, au révérend Jameson et à Corrine, et à tous les autres de se rassembler chez Mathu tout de suite. Tu iras à la grande maison, et... écoute-moi bien maintenant... (elle m'a serré les épaules en me faisant un peu mal) tu entreras voir si Miss Merle est là. Si tu la trouves, dis-lui que je lui demande de venir tout de suite. Non, si elle est là, dis-lui d'appeler Lou pour qu'il vienne tout de suite. Si elle n'est pas là, dis à Janey de les appeler, Lou et Miss Merle, et de leur demander de venir en vitesse. Qu'ils ne perdent pas de temps à parler au téléphone, qu'ils viennent aussitôt, sans rien faire d'autre. Tu m'as entendue, Snookum ?

– Pourquoi j'dis à ces gens de venir tout de suite ? je lui ai demandé.

– Ça ne te regarde pas, Snookum. Tu es trop petit. Maintenant, en route, et ne t'arrête pas.

Je suis parti comme une flèche. Quand je suis arrivé sur la route, j'ai vu le tracteur devant la maison de Mathu. Le moteur tournait, je l'entendais, je voyais la fumée, mais Charlie n'était pas sur le tracteur. Il avait deux gros chargements de canne accrochés à l'arrière du tracteur, mais il était pas dessus. De l'autre côté de la route, devant la maison de Mathu, je voyais la grosse voiture noire de Candy qui brillait au soleil. Je savais qu'elle m'avait pas dit de parler à Mathu, mais puisque tous ces gens allaient venir chez lui, j'ai pensé qu'il fallait bien lui dire, à lui aussi. Alors quand j'suis arrivé devant sa maison, j'ai couru dans la cour, et c'est à ce moment-là que j'ai vu Beau. Il était couché dans les herbes, tout couvert de sang.

– Fiche le camp ! m'a crié Mathu de la galerie.

– J'fais une course pour Candy, j'ai dit.

– Pas ici en tout cas. Va-t'en maintenant.

Mathu était accroupi contre le mur avec son fusil à deux coups dans les bras. Il avait son vieux chapeau couleur de terre, un vieux tee-shirt blanc tout sale et un pantalon vert. Il fumait une cigarette. Mathu était noir, très noir, avec une barbe blanche.

– Candy veut que tout le monde va chez toi, je lui ai dit.

– Si c'est ça qu'elle veut, tu ferais bien de faire la commission. Fiche-moi le camp maintenant.

J'ai encore regardé le tracteur. Le moteur tournait toujours. Puis j'ai regardé Mathu, accroupi près du mur.

– Où il est Charlie ? j'ai demandé. Comment que ça se fait qu'il est pas sur le tracteur ?

– Ça te regarde pas, m'a dit Mathu. Sors de cette cour en vitesse, ou bien je prends une baguette et tu pourras plus t'asseoir après.

Il a commencé à se lever, et j'ai filé vers le bout des quartiers, en me donnant des claques sur le derrière comme à un cheval pour le faire galoper. Rufe sarclait son jardin quand je suis arrivé chez lui. Le jardin était derrière la maison. Quand je lui ai raconté ce que Candy avait dit, il m'a regardé durant un moment comme s'il tâchait de comprendre pourquoi elle voulait le voir; puis tout d'un coup, il a jeté sa binette et il s'est pris-courir. J'ai fait faire demi-tour à mon cheval et je suis reparti. J'ai pensé qu'à cette heure Corrine était dans sa cuisine en train de manger, alors je me suis pas fatigué de frapper à la porte. J'ai traversé la maison en courant jusqu'à la cuisine. Elle était assise à la table, et elle mangeait du riz et des légumes à même la casserole. Elle mangeait toute seule. Elle avait pas d'enfants ni de mari. Elle était toute seule, à manger en regardant par la porte de derrière. Quand je lui ai dit ce que Candy voulait, elle s'est retournée vers moi, et j'ai vu ses yeux jaunes et fatigués. Elle a rien dit. Même pas « mm-mm » ni rien. Elle mangeait du bout des dents de devant, d'un air vieux et fatigué. J'ai fait demi-tour et j'ai filé, en me tapant sur le derrière comme on tape son cheval pour le faire avancer. Le révérend Jameson venait de sortir de la maison quand je suis entré dans sa cour. Ça collait pas trop bien, lui et moi. Il était toujours après moi. J'aurais dû être à l'église pour servir le bon Dieu, au lieu de jouer aux billes ou au ballon, qu'il me disait toujours. Là, je lui ai dit ce que Candy voulait, et il a regardé vers le bout des quartiers, mais il voyait rien à cause des herbes. Avant qu'il puisse me poser des questions, j'ai fait demi tour et je suis reparti dans les quartiers. J'entrais plus dans les cours, je criais aux gens de la route. La moitié du temps, je savais même pas s'ils étaient chez eux. Des fois, y'avait trop de mauvaises herbes et de buissons pour voir les maisons. Je criais, rien que les noms; je courais, en me tapant sur le derrière, et je criais les noms.

– Candy a dit comme ça que vous alliez tous chez Mathu ! Candy a dit comme ça que vous alliez tous chez Mathu !

Quand j'suis arrivé à la grande maison de la plantation Marshall, j'en pouvais plus. J'ai eu du mal à traverser le pré jusqu'au jardin plein de fleurs. J'suis pas entré, j'ai appelé Janey du portail. Je l'ai appelée, appelée. Elle a mis du temps à sortir sur la galerie, et elle avait pas l'air contente.

– Qu'est-ce qui te prend là, mon garçon ? qu'elle m'a demandé. Tu sais pas que le Major et Miss Bea ils veulent dormir ?

– C'est Candy qui m'envoie, j'ai répondu.

– Elle t'a pas dit de réveiller les morts, quand même ?

Elle m'a regardé durant un bon moment avant de descendre les marches. Elle portait une robe blanche, un tablier, et des souliers blancs. Elle était aussi grosse que Grand-Ma, mais pas aussi vieille, et sa peau était moins claire. Pendant qu'elle prenait tout son temps pour venir au portail, j'ai regardé deux papillons qui voltigeaient autour des fleurs dans un coin du jardin. Chez moi, je les aurais pas loupés. Mais je savais que Janey m'aurait tué si elle avait cru que je voulais entrer dans le jardin.

– Qu'est-ce qui t'arrive ? elle a dit, une fois au portail.

– Candy elle veut que t'appelles Lou, j'ai dit.

– Tu dis « monsieur Lou » et « mademoiselle Candy », elle a répondu en me regardant pardessus le portail. Peut-être qu'ils sont libéraux, mais t'es encore qu'un enfant tout de même. Devant moi tu dis monsieur et mademoiselle. T'es pas trop vieux pour que j'te tanne la peau des fesses, tu sais.

– Miss Merle est là ? j'ai demandé.

– Non, elle est pas là.

– Alors j'crois qu'il va falloir que tu l'fasses.

– Merci, monsieur, m'a dit Janey de son côté du portail. Merci pour tes bons conseils.

– Appelle Lou, j'ai dit. Dis-lui que Candy veut qu'il vienne là même. Et appelle Miss Merle.

– Et qu'est-ce que j't'ai dit, y'a pas une minute, de dire monsieur et mademoiselle devant moi ?

Elle m'a regardé bien en face un long moment. C'est comme ça qu'ils font quand ils veulent que vous vous rappeliez leurs paroles.

– Et pourquoi ça que Candy veut qu'ils viennent ? elle a ajouté.

– C'est rapport à Mathu et à Beau. Beau il est couché sur le dos dans la cour de Mathu. Et Mathu, il est accroupi avec son fusil.

Janey a sitôt changé de figure. Elle était plus colère, elle avait peur. Elle a poussé le portail et elle m'a attrapé par le col.

– C'est ça le coup de feu que j'ai entendu ? elle a fait. Le coup de feu ?

– Tu me fais mal, j'ai dit en me dégageant. T'as pas des gâteaux ou des pralines dans la maison ?

– Bonté divine ! qu'elle a dit en levant la main pour me battre.

Elle était plus colère, elle avait peur. J'ai esquivé la taloche.

– C'est ça que j'ai entendu ? elle a encore demandé. (Elle avait l'air d'avoir envie de pleurer.) C'est ce coup de feu que j'ai entendu ?

– P't-être que oui, j'sais pas, j'ai dit.

Elle s'est mise à chigner :

– Seigneur, aie pitié de nous ! Seigneur Jésus, aie pitié de nous ! Tu sais ce que ça veut dire, gamin ? Ça veut dire que Fix va venir ici avec sa clique. T'es trop jeune pour le connaître, mais moi je le connais bien, Fix.

Elle est repartie vers la maison. Je la regardais à travers le portail.

– Tu m'apportes des gâteaux ? j'ai crié. Candy m'a rien donné pour venir ici.

Elle m'a pas répondu. Elle continuait à marcher. Là tantôt elle se frottait les yeux avec son tablier.

– Han ? j'ai crié. J'avais la figure pressée contre le portail. Tu m'apportes des gâteaux, ou une praline ?

Elle est rentrée dans la maison. Elle faisait pas plus attention à moi qu'aux papillons du jardin. J'ai quitté le portail, et je suis reparti dans l'autre sens dans les quartiers. J'ai pas eu un sou, ni un gâteau, ni une praline, pour avoir couru tout ce chemin. Mais j'avais un avantage sur Toddy : il avait pas vu ce que moi j'avais vu.

Janice Robinson, dite Janey

Pitié, Seigneur Jésus ! Qu'est-ce que j'fais maintenant ? Je vais voir le Major ? À quoi ça servira ? Il est déjà fin saoul, là-dehors sur la galerie, et il est tout juste midi. Miss Bea ? Autant parler à un mur. Vers qui j'me tourne ? Monsieur Lou ? Oui. Elle a dit de l'appeler. Monsieur Lou et Miss Merle. J'ferais mieux d'appeler monsieur Lou en premier. Pitié, Seigneur, aide-moi à tenir sur mes jambes, si telle est Ta volonté.

Je suis rentrée et j'ai fait le numéro du journal à Baton Rouge. Mon doigt tremblait, tremblait. Quand la standardiste a répondu « la Cité », je lui ai dit que je voulais parler à monsieur Lou Dimes. Elle m'a demandé de ne pas quitter. Une voix d'homme a encore dit « la Cité », puis « Toby Wright ». Je lui ai dit que je voulais parler à monsieur Lou Dimes.

– Lou est parti déjeuner.

– Bon Dieu Seigneur ! j'ai dit. Où ? Trouvez-le. Dépêchez-vous. Candy veut qu'il vienne tout de suite. S'il vous plaît, monsieur, s'il vous plaît.

– Ne quittez pas, il a dit. Du calme. Il va bientôt revenir. Qui est à l'appareil ? C'est toi Janey ?

– Oui, m'sieur, c'est moi. Trouvez-le le plus vite possible et dites-lui de venir là même. C'est pas la peine qu'il appelle. Qu'il vienne. Et dépêchez-vous, s'il vous plaît. Faites vite !

Je pleurais tellement quand j'ai raccroché que j'ai dû m'essuyer la figure avec mon tablier. Puis j'ai composé le numéro de Miss Merle. Mais personne n'a répondu. J'ai laissé sonner une douzaine de fois, pas de réponse. Seigneur Jésus, je me suis dit. Seigneur Jésus, aide-moi !

Je suis sortie sur la galerie de devant. Le Major était couché en chien de fusil sur la balancelle, et il dormait, les mains sous son visage. Un verre de whisky à l'eau, à moitié plein, était posé sur la balustrade à côté de la balancelle. Seigneur Jésus, je me suis dit, c'est pas encore le soir, et il est déjà saoul comme un cochon. Aide-moi, Seigneur. Je suis rentrée dans la maison et j'ai commencé à monter chez Miss Bea, mais dans l'escalier je me suis souvenu qu'elle était pas dans sa chambre, mais dans le pré derrière la maison. Je suis allée à la porte de la cuisine, et on la voyait tout là-bas sous un pacanier, une petite silhouette de rien du tout, un mètre cinquante à peine. Elle cherchait les noix de pécan dans les herbes avec une baguette. Seigneur Jésus, j'ai pensé, supposons un peu qu'un serpent vienne la mordre, cette vieille femme, au milieu de toutes ces herbes. Aide-moi, Seigneur Jésus, j'ai dit. Aide-moi, si telle est Ta sainte volonté.

Je suis rentrée et j'ai encore fait le numéro de Miss Merle, mais elle était toujours pas là. Aide-moi, Seigneur Jésus, j'ai dit. S'il Te plaît, aide Ton humble servante qui T'a toujours bien servi. Je suis retournée voir le Major, toujours couché en rond, endormi. Il ronflait là tantôt. J'ai pris le verre de whisky et je l'ai rapporté à la cuisine, et pendant que j'y étais j'ai regardé la vieille dame dans le pré qui cherchait des noix de pécan avec son bâton. Tu vois ? j'ai pensé. Tu vois ? Si y'a une bête-longue qui la mord, c'est à moi qu'on fera des reproches. Seigneur Jésus, j'ai dit, aide-moi. Aide-moi. J'ai encore essayé d'appeler Miss Merle, mais elle était toujours pas là. Seigneur Jésus, j'ai dit, aide-moi, Seigneur. Je suis sortie sur la galerie ouest et j'ai regardé dans les quartiers, mais je voyais rien, à cause des herbes. Seigneur Jésus, je me suis dit, aide-moi. J'ai regardé vers la route, vers la rivière, parce que je m'attendais à voir Fix et sa clique rappliquer dans leurs camions avec leurs fusils d'une minute à l'autre. Seigneur Jésus, je me suis dit, aide-moi. Je suis rentrée et j'ai encore fait le numéro de Miss Merle, mais elle était pas chez elle. Seigneur Jésus, j'ai dit, viens-moi en aide.

J'ai recommencé à épousseter, c'est ce que j'étais en train de faire quand le petit était venu faire tout ce raffut. Je n'avais pas le chiffon en main depuis dix minutes que j'ai entendu la voiture s'arrêter dans la cour. J'ai couru sur la galerie, et j'ai vu que c'était Miss Merle. À dire qu'on m'enlevait un grand poids des épaules ! J'ai descendu les marches en courant pour aller à sa rencontre.

Elle souriait. Elle était toujours souriante, Miss Merle. C'était une personne de bonne composition. La plus gentille que j'aie connue.

– Miséricorde divine, je suis contente que vous soyez là, j'ai dit.

Elle a vu que j'avais pleuré, et elle a cessé de sourire.

– Qu'est-ce qui se passe ? elle a demandé.

C'était une grosse dame au visage rond, agréable. Elle avait un petit nez pointu, une petite bouche rouge, et des yeux gris. Elle ressemblait plutôt à une chouette, et c'est comme ça qu'on l'appelait derrière son dos dans les quartiers : Miss la Chouette.

– Il se passe quelque chose ? elle a encore demandé.

Elle a regardé le Major, recroquevillé sur la balancelle, et elle a jeté un coup d'œil à sa montre, sur son bras rond et court.

– Jack est saoul, elle a dit. Il n'est même pas midi et demi.

– J'ai pas arrêté d'appeler chez vous, j'ai dit.

– J'étais en route pour venir ici. Qu'y a-t-il ? Qu'est-il arrivé ?

– Candy.

– Quoi, Candy ?

– Y'a eu un meurtre.

– Quoi ?

Elle m'a fixée durement de ses yeux gris, mais j'ai bien vu qu'elle avait peur.

– Candy ? elle a demandé.

– Non, m'dame, Beau.

– Beau ? Candy ? Que s'est-il passé, enfin ?

– Beau est mort, j'ai dit.

– Et Candy ?

– J'sais pas.

– Où est-elle ?

– Dans les quartiers.

– Qu'est-ce qu'elle fait là-bas ?

– C'est là que ça s'est passé, chez Mathu.

– Oh, mon Dieu, mon Dieu ! qu'elle a dit en portant la main à sa bouche.

Elle a regardé vers la galerie, où le Major était toujours endormi sur la balancelle.

– Jack ? elle a crié. Jack ? Jack ?

– Il vous entend pas, j'ai dit.

– Où est Bea ? m'a demandé Miss Merle.

– Dans le pré derrière, elle ramasse des noix de pécan. Miss Merle, Candy veut que vous y alliez là même.

– Qui d'autre est au courant ?

– Y'a que les gens des quartiers. Elle voulait que je vous avertisse, monsieur Lou et vous, mais personne d'autre.

– Tu as pu joindre Lou ? elle m'a demandé.

– Il déjeune.

– Oh merde ! qu'elle a dit en regardant de nouveau vers la galerie. Jack ? Jack ?

– Il vous entend pas. Il est comme ça depuis onze heures.

– Je ferais mieux d'y aller, a dit Miss Merle.

Elle est remontée en voiture. Elle était si grosse qu'elle avait du mal.

– Prie, elle m'a dit. Prie, Janey !

Je savais qu'elle parlait de Fix et de sa clique.

– Prie, Janey ! elle a répété en faisant demi-tour avec la voiture.

Elle faisait marche arrière sur les fleurs et les petits buissons, en faisant voler le gravier dans tous les sens, même sur moi.

– Prie, elle a dit en sortant du jardin. Prie !

Je suis rentrée dans la maison. Elle avait pas besoin de me dire de prier. J'avais commencé bien avant qu'elle arrive.

Myrtle Bouchard, dite Miss Merle

J'ai demandé à Lucy de me préparer une tarte aux pommes, parce que je savais combien Jack les aimait. J'ai dit à Lucy, quand elle est venue travailler ce matin-là, que si elle me faisait la meilleure tarte aux pommes de sa vie, je lui donnerais sa demi-journée. Et je veux bien être pendue si elle ne m'a pas fait la meilleure tarte que j'aie jamais vue, ou goûtée. Bien dorée, et sucrée, mais pas trop, juste assez. À midi tapant, je lui ai dit quelle pouvait partir, parce que j'étais une femme de parole.

– Comme si je le savais pas, m'a-t-elle dit.

La brave fille !

– Sinon pourquoi je vous aurais fait la meilleure tarte aux pommes de ma vie ? a-t-elle ajouté. Et la prochaine sera deux fois meilleure.

Nous avons quitté la maison en même temps toutes les deux, elle allait chez elle à Medlow, et moi à Marshall voir Jack et Bea. La tarte était pour Jack – et mon Dieu, j'aurais bien voulu qu'il m'aime autant que la tarte aux pommes. Mais je disais la même chose depuis des années et des années.

Quand je suis entrée dans le jardin, Janey s'est précipitée à ma rencontre. J'ai compris que quelque chose ne tournait pas rond, et lorsqu'elle est arrivée à ma hauteur, j'ai vu qu'elle avait pleuré.

Alors elle m'a dit. Et j'ai pensé, mon Dieu, mon Dieu ! J'ai regardé jack, endormi sur la balancelle, et j'ai pensé mon Dieu, mon Dieu !

J'ai complètement oublié la tarte aux pommes. Je suis remontée en voiture et j'ai démarré en vitesse.

En entrant dans les quartiers, j'ai vu le tracteur au milieu de la route, et la LTD noire de Candy garée sur le bas-côté, à droite. Je n'ai pas rencontré âme qui vive en passant devant les vieilles baraques. Ils se terrent comme des punaises, me suis-je dit. Mais quand je suis arrivée devant chez Mathu, j'ai constaté que je m'étais trompée. Ils étaient tous là, dans la cour et sur la véranda. Trois hommes tenaient des fusils, Mathu, Johnny Paul, et Rufe. Les femmes n'en avaient pas. Elles étaient assises avec les enfants et me regardaient. Avant que je descende de voiture, Candy est sortie sur la route.

– J'ai tué Beau, m'a-t-elle dit.

J'avais encore les yeux fixés sur Mathu, Rufe et Johnny Paul derrière elle, avec leurs vieux fusils. Mathu était accroupi contre le mur près de la porte, le fusil dans les bras. C'était sa position favorite quand il était sur la véranda, accroupi, pas assis, ni debout. Et son endroit préféré, c'était près de la porte, contre le mur. Johnny Paul était assis sur les marches avec son fusil, et Rufe était appuyé au bout de la véranda avec le sien. Jamais je n'avais rien vu de tel, et je me demandais si je ne rêvais pas.

– Quoi ? ai-je fait, en regardant toujours la véranda.

– J'ai tiré sur Beau, a dit Candy.

De nouveau je l'ai regardée. Je n'ai pas tourné la tête brusquement, je l'ai regardée lentement. Je la connaissais depuis plus de vingt-cinq ans. Elle n'avait pas plus de cinq ou six ans quand ses parents s'étaient tués dans un accident de voiture, et j'avais contribué à l'élever. Sûrement que Mathu, dans les quartiers, et moi dans la grande maison, nous avions fait autant pour l'élever que son oncle et sa tante. Peut-être même plus. Oui, nous en avions fait davantage, lui et moi. Alors, je savais quand elle me mentait, et à ce moment, elle était en train de me mentir.

– Qu'est-ce qui se passe ici, Candy ? lui ai-je demandé.

Elle était petite, pas plus d'un mètre cinquante-sept ou huit, et mince comme une pièce de dix cents. Elle s'habillait n'importe comment, et ses cheveux étaient taillés trop court pour une jeune femme qui veut piéger un mari. Mais ce n'était pas son cas. Un jeune homme venait la voir, mais j'ignorais quel genre de relations ils avaient. Probablement le même genre de relations que Jack et moi.

– Écoutez, a-t-elle dit. Je ne sais pas ce qui se passe. Je voulais que vous arriviez avant Mapes, vous ou bien Lou. Je ne...

– Que font-ils avec ces fusils ?

– Je ne sais pas, Miss Merle, a-t-elle répondu. Je l'ai tué.

Mais voilà que tout d'un coup, Mathu a dit que c'était lui. Et puis Rufe a dit la même chose. Johnny Paul n'était pas dans les parages, mais quand il est arrivé, et qu'il a vu ce qui s'était passé, il a déclaré qu'il avait autant de raisons que n'importe qui de tuer Beau. Et il a couru chez lui chercher son vieux fusil. Mais en fait c'est moi qui l'ai tué.

J'ai regardé Beau, couché là dans les herbes. Elles étaient si hautes que j'apercevais tout juste le bout de ses bottes de cow-boy. Et je n'allais sûrement pas m'approcher davantage pour mieux voir le reste.

– Ils ne savent donc pas qui c'est ? ai-je demandé à Candy.

– Si, ils savent. Mais ils se targuent tous de l'avoir tué. Pourtant c'est moi.

– Ici, dans la cour de Mathu, Candy? Mathu n'est pas un imbécile, tu sais.

– C'est moi qui l'ai tué, a-t-elle répété. Vous devez me croire. Ça m'est égal que Mapes me croie ou non. Mais vous, j'ai besoin que vous me croyiez. Clinton saura s'occuper de Mapes au tribunal.

– Et qui va s'occuper de Fix, Candy? lui ai-je demandé. Fix? Avant même que tu sois jugée?

– Je l'ai tué. Vous devez me croire.

– Non, ai-je dit.

– Si, a-t-elle rétorqué.

– Non, ai-je répété, en secouant la tête.

J'ai regardé Mathu accroupi contre le mur derrière elle, le fusil dans les bras. À présent il fumait une cigarette. Il savait que je le regardais, mais lui regardait le tracteur derrière moi sur la route. Les autres nous observaient tranquillement de la véranda et des marches.

– Je ne les laisserai pas toucher à mes gens, a-t-elle dit. C'est moi qui l'ai fait.

J'ai tourné les yeux vers elle. Elle savait que j'avais regardé Mathu.

– C'est ainsi, a-t-elle dit.

Mais elle savait que je n'y croyais pas.

– Candy? ai-je dit.

Elle m'a interrompue:

– Je voudrais que vous fassiez quelque chose pour moi.

– La meilleure chose que je puisse faire pour toi, Candy, c'est d'exiger que tu me dises la vérité.

– Je vous l'ai dite.

Elle savait que je ne marchais pas.

– Vous avez le choix, m'a-t-elle dit. Vous pouvez m'aider ou partir.

– Partir?

Je n'avais pas besoin de regarder Beau une nouvelle fois. Ni de regarder Mathu. Elle savait que je ne partirais pas, que je ne pouvais pas.

– Partir ? ai-je répété.

– Aidez-moi, alors.

– T'aider comment, Candy ?

– Il me faut encore des fusils.

– Quoi ?

– Trouvez-moi d'autres fusils de calibre douze. Faites venir d'autres hommes.

– D'autres hommes ? Pour quoi faire ?

– Vous voyez ce qu'ils font ? a-t-elle dit en montrant la véranda de la tête.

Je les avais déjà vus, je n'avais pas besoin de regarder davantage.

– Je vois des vieillards avec des fusils, ça, je le vois.

– Oui. Eh bien il m'en faut d'autres. Quand Mapes viendra, il en prendra deux, il les battra jusqu'à ce qu'ils parlent, et puis il en bouclera un. Il me faut d'autres gens ici.

– Tu es folle, Candy ? Tu es folle ? Tu sais ce que tu dis ?

– Je sais ce que je dis, et ce que je fais. Faites-en venir d'autres, et vite.

– Mais qui ?

– Qui ?

Elle m'a regardée comme on regarde quelqu'un qui fait semblant de ne pas comprendre. Mais je ne faisais pas semblant. Je ne savais pas de qui elle parlait.

– Qui ? a-t-elle répété. Il n'y a pas une seule famille noire dans cette paroisse à qui Fix et sa bande n'aient pas fait du mal à un moment ou à un autre. Vous êtes plus vieille que moi, vous devez le savoir. Faites venir n'importe qui, faites-les tous venir. Ils ont enfin l'occasion de faire front.

– Et de se faire tuer ? C'est ça que tu veux ? Du sang partout ?

– Regardez autour de vous, Miss Merle, a-t-elle dit en désignant la véranda.

Je n'avais pas besoin de regarder pour savoir qu'ils étaient tranquillement assis à observer et écouter.

– Ne sont-ils pas prêts à mourir ? Regardez Mathu. Vous savez qui c'est ? Je vous le demande, Miss Merle, vous savez qui est Mathu ?

– Je sais qui est Mathu, Candy. Je l'ai connu bien avant ta naissance.

Et je l'ai fixée assez longtemps pour lui faire comprendre que je savais que c'était lui qui avait tiré, pas elle. Elle a évité mon regard.

– Regardez Rufe, a-t-elle dit, essayant de détourner mon attention de Mathu. Regardez Johnny Paul.

– Écoute, Candy !

– On n'a pas beaucoup de temps. Il faudra avertir Mapes tôt ou tard. Je veux une avance d'une heure au moins. Je veux que Lou arrive avant lui. Et je veux d'autres hommes ici avec des fusils de calibre douze, et des cartouches de cinq. Des cartouches de cinq, vides. Vides ! Le temps presse. Parlez à Janey.

– Lui parler de quoi ?

– Si vous avez oublié ce que Fix a fait aux gens d'ici, elle pourra vous le rappeler. Je ne laisserai pas Mapes ni Fix leur faire du mal.

– Candy ? ai-je dit.

J'ai tendu la main pour lui prendre le bras, mais elle a reculé hors de ma portée.

– Candy ?

– Non, je ne les laisserai pas faire du mal à ces

gens que j'aime. Je les protégerai. Mon père et tous ceux qui l'ont précédé les ont protégés, et je...

– Candy ?

– Je ferai front toute seule. Avant de les laisser faire du mal à ces gens, je ferai front.

– Je t'en prie, Candy. Je t'en prie.

– C'est moi qui l'ai fait.

– Personne dans cette paroisse ne le croira jamais.

– Ça m'est égal ce qu'on croira. Qu'est-ce que ça peut me faire ? Je ferai front seule.

J'ai reporté mon attention sur Mathu, qui était accroupi là, noir comme de l'encre, son fusil à deux coups dans les bras comme un enfant. Combien de fois lui avais-je parlé ici même, alors qu'il était accroupi à cet endroit, et qu'elle était assise en face de lui au bout de la véranda ? Combien de fois étais-je passée en voiture sans m'arrêter, en lui faisant signe, pendant qu'il était accroupi là, et qu'elle bavardait avec lui, assise sur les marches ou sur la véranda ? Combien de fois, sur la véranda à Marshall, avais-je parlé avec eux, Mathu assis sur les marches, son chapeau entre les genoux, et elle perchée sur la balustrade à côté de lui, plus près de lui que de moi, ou de son oncle et de sa tante ? Combien de fois ?

Je me suis retournée vers elle. Mais avant que j'aie pu ouvrir la bouche, elle répétait déjà :

– C'est moi qui l'ai tué.

– Ce que je devrais faire, c'est m'en aller d'ici, ai-je dit. J'aurais dû le faire depuis des années. Mais je manque de jugeote. J'en ai toujours manqué.

– Lou et vous, vous êtes les seuls vers qui je puisse me tourner.

– Oui. On est à mettre dans le même panier. Des idiots tous les deux. Nous aurions dû partir depuis des années. Mais non, non !

– Allez parler à Janey, a-t-elle dit.
– Je n'ai pas dit que j'acceptais…
– Demandez-lui de vous donner des noms. (Elle n'avait pas entendu un mot de ce que je lui disais.) Beaucoup de noms. Des calibres douze et des cartouches de cinq. Vides. Quand Mapes sera là, il me faudra beaucoup de cartouches de cinq vides.
– Oui, parce que c'est le numéro qu'il a utilisé pour tirer sur Beau.
Ça lui a cloué le bec une seconde, une seconde seulement. Elle est revenue à la charge aussitôt.
– Dites à Janey de guetter Lou de la galerie ouest. Quand il passera devant la maison, appelez Mapes. Ne l'appelez pas avant l'arrivée de Lou. Je veux qu'il soit ici le premier. Si vous avez jamais aimé cette famille, si vous m'avez jamais aimée, je vous en prie !
– Si seulement je n'avais jamais entendu parler de vous !
Par-dessus la pointe des bottes de cow-boy, j'ai regardé Mathu, accroupi là avec son fusil. Il avait allumé une nouvelle cigarette. Il ne regardait plus vers nous, mais dans la direction des quartiers. Que regardait-il ? Il n'y avait rien à voir, que les hautes herbes qui poussaient au bord du fossé et de la route. J'ai tourné les talons sans ajouter un mot.
Il m'a fallu deux ou trois minutes pour regagner Marshall. J'ai commencé à klaxonner avant d'entrer dans la cour, et quand j'ai arrêté la voiture, Janey était déjà dehors. Jack était toujours endormi sur la balancelle.
– Sors cette tarte aux pommes du siège arrière et suis-moi, ai-je dit à Janey. Où est Bea ?
– Sur la galerie ouest.
– Jack, ai-je appelé en montant les marches. Jack ?
– Il vous entend pas.

J'ai marché vers la balancelle et je l'ai secoué.

– Jack ? Jack ?

– Ça sert à rien, m'a dit Janey.

– Jack !

Je l'ai encore secoué, mais il n'a même pas grogné.

– Oh, qu'il aille au diable ! Il n'a jamais voulu se mêler de rien, de toute façon.

Janey et moi nous sommes entrées dans la maison. Pendant qu'elle emportait la tarte à la cuisine, je suis allée sur la véranda chercher Bea. Je l'ai trouvée assise dans son fauteuil à bascule près de la porte. Elle contemplait les arbres dans le pré, de l'autre côté du jardin. Derrière ces arbres passait la route qui menait aux quartiers. Elle débouchait sur la grand-route de Bayonne, au-delà de laquelle coulait le Saint-Charles. Une légère brise venait de s'élever de la rivière, et j'ai senti la faible odeur vanillée du buisson de lauriers-roses qui poussait à l'angle du jardin.

– Il faut que je te parle, Bea, ai-je dit.

– C'est toi, Merle ? a-t-elle dit en me regardant par-dessus son épaule. Tant mieux. Je peux prendre mon *pea-picker*, il est presque une heure. Où est Janey ? Ho, Janey !

– Bea, lui ai-je dit en me plantant devant elle. On n'a pas le temps de boire un cocktail.

– Sottises ! Tu as toujours le temps d'en boire un. Où est Janey ?

– Tu ne sais pas ce qui est arrivé, Bea ?

– Je m'en moque.

Elle a jeté un coup d'œil vers la porte grillagée.

– Janey ? a-t-elle appelé.

– Oui, m'dame, a répondu Janey en sortant.

– Tu sais l'heure qu'il est ? a demandé Bea en levant les yeux vers elle.

Janey m'a regardée. Elle ne savait pas quoi faire.

– Bea, ai-je dit. Un homme est mort. Un homme est mort dans les quartiers. Beau Boutan.

– Et alors ? a-t-elle répliqué. Qu'y puis-je ? Les gens meurent tout le temps. Je vais mourir, et toi aussi. Janey, tu sais l'heure ?

– Ne bouge pas, Janey, ai-je dit. J'ai besoin de toi, Bea. Tu m'as entendue ? Un homme est mort. Beau Boutan vient d'être tué d'un coup de feu dans les quartiers. Et Candy est là-bas, et elle prétend que c'est elle qui l'a tué. Tu comprends ce que j'essaie de te dire ?

– Cette fille a du cran. J'ai toujours dit qu'elle avait du cran. C'est pour ça qu'elle ne se mariera pas. Elle a trop de cran. Janey, rentre donc nous chercher nos *pea-pickers.*

– Ne bouge surtout pas, Janey, ai-je dit.

– Qu'est-ce que tu as dit ? a demandé Bea en levant les yeux vers moi.

Son petit visage trop poudré était ridé comme un pruneau. Ses cheveux bleutés étaient si fins qu'on apercevait la peau grise de son crâne. Seuls ses yeux bleu-gris étaient encore jeunes et pleins de vie, mais pour le moment ils étaient irrités.

– Qu'est-ce qui te prend ? m'a-t-elle encore demandé. Tu lui donnes des ordres ? Tu n'es pas aux Sept Chênes ici, mademoiselle, mais à Marshall. Ici, c'est moi qui commande.

Elle a regardé Janey aussi durement qu'elle m'avait regardée.

– Qu'est-ce que tu attends ? lui a-t-elle demandé.

– Oui, m'dame, a dit Janey en rentrant dans la maison.

Elle avait déjà dû préparer les boissons, qui devaient attendre au réfrigérateur, car elle est revenue avec les verres un instant après. Le cocktail était composé de gin et de citronnade, et garni d'une tranche d'orange, une cerise, un morceau de citron vert et une branche de menthe. Une paille vert vif comme un bâtonnet à peppermint y était plantée. J'ai posé le mien sur la balustrade, mais Bea ne pouvait pas attendre. C'était son premier verre de la journée, et elle avait déjà plus d'une demi-heure de retard. Janey et moi nous la regardions.

– Au fait, qu'est-ce que tu m'as dit à propos de Candy ? a-t-elle demandé. Cette fille a du cran. Tout à fait comme Grand-Pa Nate.

– Mon Dieu ! ai-je dit. Mon Dieu, Beatrice. Candy vient de me déclarer qu'elle a tué quelqu'un. C'est tout ce que tu trouves à dire, qu'elle est comme son grand-père ?

– Comme mon grand-père. Son arrière-arrière-grand-père. Le grand-père de son grand-père. Il était temps qu'elle tire sur un de ces Cajuns, qui saccagent la terre avec leurs tracteurs. Oui, cette fille a du cran.

Je perdais mon temps avec Beatrice, et je me suis tournée vers Janey. Celle-ci, debout, regardait la vieille dame en se mordant les lèvres comme si elle allait se remettre à pleurer.

– Tiens bon, Janey, lui ai-je dit. J'ai besoin de quelqu'un ici. Il faut que tu tiennes le coup.

– Je suis forte.

– Ça vaut mieux. Maintenant, écoute. Je ne veux que des réponses. Pas des questions, des réponses. Connais-tu des gens qui n'aiment pas Fix ?

– M'dame ? a-t-elle dit en reculant et en me regardant comme si j'avais perdu la tête.

On aurait cru que je lui avais demandé si elle connaissait quelqu'un qui aimait le diable.

– Je t'ai dit pas de questions, Janey, seulement des réponses. On n'a pas le temps de poser des questions toutes les deux. Je les pose, toi tu réponds. Bon, qui connais-tu qui n'aime pas Fix ?

– Moi, je ne l'aime pas, a dit Bea. Je ne l'ai jamais aimé. Pourquoi on a laissé des gens comme lui s'installer sur cette terre, je ne sais pas. La terre n'a plus été la même depuis qu'ils ont amené ces tracteurs.

– Beatrice, tais-toi, je t'en prie. Je t'en prie, je t'en prie, Beatrice.

Elle a soulevé son verre et s'est remise à tirer sur sa paille.

– Janey, qui connais-tu qui n'aime pas Fix ?

– Je connais personne qui l'aime.

– Penses-tu qu'ils le détestent assez pour tenir tête à Mapes ?

– M'dame ?

– Janey, je t'ai prévenue. Oui ou non. Ils tiendront tête à Mapes avec des fusils déchargés, ou pas ?

– Je sais pas de quoi vous parlez, Miss Merle, a-t-elle dit, au bord des larmes. Je vous en prie, m'dame, je sais pas de quoi vous parlez.

– Je vais te dire de quoi je parle. Je vais te le dire une bonne fois, et après je veux des réponses. Il y a une fille de trente ans complètement folle, là-bas dans les quartiers, qui prétend qu'elle vient de tuer un Blanc. Moi, je sais que ce n'est pas elle, que c'est Mathu. Mais elle va le protéger. Elle va le protéger même si elle doit entraîner avec elle tous les Noirs de cet État. Elle a déjà deux vieux fous là-bas, Rufe et Johnny Paul, qui disent que c'est eux. Mais ça ne lui suffit pas. Elle en veut d'autres. Dix, quinze, vingt, mille… Elle veut qu'ils prennent des fusils de calibre douze, des cartouches de cinq, qu'ils tirent et gardent les cartouches vides, comme ça, quand Mapes montrera Mathu du doigt, ils pourront tous dire… Alors, dis-moi qui n'aime pas Fix ? Prends le téléphone et appelle-les.

Elle s'est mise à pleurer et à gémir comme une âme en peine.

– Oh, Seigneur Jésus, pitié ! Me faites pas faire une chose pareille. S'il vous plaît, Miss Merle, s'il vous plaît.

Je l'ai attrapée par le col, et je l'ai giflée deux ou trois fois.

– Tais-toi, lui ai-je dit. Tu crois que je m'amuse ? Tu me dis qui n'aime pas Fix, ou je te gifle encore. Alors, qui ne l'aime pas ?

Elle a rejeté la tête en arrière. Son visage rond et noir tremblait comme de la gelée et les larmes lui ruisselaient sur les joues. Je savais que j'étais sans pitié, que je me défoulais injustement sur elle, mais je m'en moquais. Si je devais prendre part à tout ça, ils allaient tous y prendre part. Et s'il fallait que je la gifle pour qu'elle sache qu'elle aussi était dans le bain, alors tant pis.

– Dis-moi qui déteste Fix, ai-je encore demandé.

– Clatoo, c'est certain, a dit Bea. Ils sont à couteaux tirés depuis des années.

Je l'ai regardée, mais elle s'était remise à tirer sur sa paille.

J'ai essayé de me rappeler ce que Fix avait bien pu faire à Clatoo. Je connaissais presque toute l'histoire de cette paroisse et des abords de la rivière depuis cinquante ans. À présent j'essayais de me souvenir pourquoi Fix et Clatoo avaient été en conflit. Soudain ça m'est revenu. Ce n'était pas Fix, mais son cinglé de frère, Forest Boutan, qui avait tenté de violer une des sœurs de Clatoo. Elle s'était défendue en le tailladant une douzaine de fois avec un couteau à canne. Elle ne l'avait pas tué, mais il avait été salement marqué pour le reste de sa vie. Et elle, on l'avait envoyée au pénitencier pour le reste de la sienne. Elle y était morte folle au bout d'un certain nombre d'années. Ça s'était passé juste avant la dernière guerre.

– Clatoo est toujours à Glenn ? ai-je demandé à Janey.

Elle s'efforçait toujours de se dégager, mais j'étais connue pour avoir les mains les plus fortes de la paroisse de Saint-Raphaël.

– Oui, m'dame, a-t-elle dit en voyant qu'elle ne pouvait pas me faire lâcher prise. Il y est toujours, il vend ses légumes.

– Il a le téléphone ?

– Je, je…

J'ai tiré sur le col de sa robe.

– Réponds, bon sang !

– Il vit avec Emma, a-t-elle dit en pleurant.

– Emma comment ?

– Henderson, je crois. Oui, m'dame, c'est Henderson.

Je l'ai lâchée, et elle s'est mise à se frotter le cou.

– Je rentre chercher son numéro, lui ai-je dit. Bea et toi, tâchez de trouver des noms. Trouvez-en une douzaine. Autant tous aller en prison, ou à l'asile de fous. Où est l'annuaire ?

– Sur la table près de la cheminée.

– Quand j'aurai parlé à Clatoo, j'espère que vous m'aurez trouvé d'autres noms. Tu m'entends ?

– Oui, m'dame.

– Va d'abord me chercher à boire, lui a dit Bea en lui tendant son verre.

– Pitié, Seigneur ! a dit Janey. J'ai pas assez d'ennuis comme ça, Miss Bea ?

– Prends ce verre, et va m'en chercher un autre. Je t'aiderai à trouver des noms quand tu reviendras.

Janey a pris le verre, j'ai ôté le mien de la balustrade, et nous sommes rentrées dans la maison. Elle est allée à la cuisine chercher un autre cocktail pour Bea, et je suis allée téléphoner à Clatoo.

Robert Louis Stevenson Banks, dit Chimley

Mat et moi on était en train de pêcher. On y allait tous les mardis et tous les jeudis. On avait plus qu'un endroit pour pêcher là tantôt. Pas comme avant, quand on avait toute la rivière. Les Blancs, ils avaient acheté la rivière, et y'avait plus que ce petit coin. Mat et moi, on y allait le mardi et le jeudi. D'autres y pêchaient les autres jours, mais le mardi et le jeudi, ils nous le laissaient. On était allés dans ce coin le mardi et le jeudi depuis dix, onze ans. Dans cet unique petit coin, on en avait plus d'autre à présent.

On était là depuis, oh, peut-être une heure. Mat avait pris huit ou neuf perches de bonne taille, et moi six environ, plus deux ou trois sacs-à-lait. On s'en faisait pas, on parlait doucement. Mat était assis sur son sac de toile, et moi sur mon seau. Les poissons qu'on avait pêchés, ils étaient dans l'eau, enfilés sur une ficelle pour les garder au frais. On était assis là et on parlait à voix basse du bon vieux temps.

C'est alors que le fils aîné à Berto, celui qu'on appelait Fue, qu'avait l'air d'une fille, est arrivé en courant sur la berge. Il a crié que Clatoo nous faisait dire que Miss Merle avait dit que Candy, la demoiselle de la plantation Marshall, elle voulait qu'on vienne là même. Elle voulait qu'on prenne des calibres douze et des cartouches de cinq, qu'on tire, mais qu'on jette pas les cartouches, et qu'on y aille sans tarder.

Mat et moi on l'a regardé. Il était en blue-jean et chemise à carreaux, tout trempé de sueur d'avoir couru. C'était un gros garçon à la figure ronde de fille.

– Et pour quoi faire, tout ça ? a demandé Mat.

Le gosse avait l'air prêt à décamper. La sueur lui coulait sur la figure. C'était un de ces gros garçons à la figure ronde, lisse, comme celle d'une fille.

Il a dit :

– C'est rapport à Mathu, et à Beau Boutan, qu'est mort dans sa cour. C'est tout ce que j'sais, et j'veux pas en savoir plus. À vous de jouer maintenant, j'ai fait la commission. Vous pouvez y aller, et faire comme elle a dit, ou vous pouvez rentrer chez vous, barricader vos portes, et ramper sous le lit, comme vous avez toujours fait. Moi, j'm'en vais.

Il a tourné les talons.

– Où tu vas ? lui a crié Mat.

– Demandez aux Boutan ! il a crié en retour.

– T'as intérêt à pas traîner en Louisiane, Mat a dit, comme s'il se parlait tout seul.

Mais le gamin, un de ces gros garçons qui ressemblent à une fille, il pouvait plus l'entendre. Il remontait la rive à toutes jambes.

Mat et moi, on s'est pas regardés pendant un moment. On faisait comme si on s'intéressait davantage à nos lignes. Mais c'était pas à la pêche qu'on pensait. On pensait à ce qui nous était arrivé chaque fois qu'une couillonnade était produite. Pas un meurtre, comme cette fois. De toute ma vie, j'avais jamais vu un Noir tuer un Blanc dans la paroisse. J'avais entendu parler de bagarres, de menaces, mais pas de mort d'homme. Et là tantôt, je pensais à ce qui arrivait après ces bagarres, ces menaces, comment que les Blancs se mettaient à patrouiller. C'était à ça que je pensais, et j'étais sûr que Mat y pensait aussi. C'est pour ça qu'on s'est pas regardés durant un moment. On voulait pas lire la peur sur la figure de l'autre.

– Les voies du Seigneur sont mystérieuses, han ? qu'il a dit.

Il avait pas parlé fort, comme s'il se parlait à lui-même plutôt qu'à moi. Mais je savais que c'était à moi qu'il s'adressait, même s'il me regardait pas. Je continuais à surveiller ma ligne.

– À ce qu'il paraît, j'ai répondu.

Mat a continué à regarder sa ligne durant un moment. J'avais pas besoin de le regarder pour savoir qu'il avait les yeux dessus. Lui et moi, on avait passé une charge de temps ensemble, j'savais ce qu'il faisait sans avoir besoin de le regarder.

– T'es pas obligé de me répondre si tu veux pas, Chimley…

Il avait pas parlé fort. Il avait tiré sur sa ligne, parce que je l'entendais fendre l'eau.

– Quoi, Mat ?

Il a encore tiré sur la ligne. C'était peut-être une tortue d'eau qui tâchait de gober l'appât. Peut-être qu'il tirait dessus pour pas avoir l'air, au lieu de me regarder.

– T'as peur ? il a demandé.

Il parlait toujours à voix basse, toujours sans me regarder.

– Oui, j'ai dit.

Il a encore tiré sur sa ligne, et il a ramené un sac-à-lait long et large comme ma main. Il a remis un appât sur l'hameçon, il a craché dessus pour se porter chance, et il a rejeté la ligne à l'eau. Il me regardait toujours pas. Moi non plus, je le regardais pas. Tout ça je le voyais du coin de l'œil.

– J'ai soixante et onze ans, Chimley, qu'il a dit quand la ligne a cessé de bouger. Soixante et onze ans et demi. J'ai plus bien la force de ramper sous le lit, comme Fue a dit.

– Moi j'en ai soixante-douze, j'ai dit, toujours sans le regarder.

On est restés assis là à surveiller nos lignes, l'eau était si bleue et claire, si calme et paisible. J'aurais pu rester là toute la journée à regarder ma ligne.

– Tu crois que c'est lui ? a demandé Mat.

J'ai courbé l'échine.

– J'sais pas, Mat.

– Si c'est lui, on devrait y aller, tu sais Chimley.

Je lui ai pas répondu, mais je savais de quoi il parlait. Je me souvenais de la bagarre qu'y avait eu entre Mathu et Fix au magasin Marshall. Ça avait commencé rapport à un coca. Quand Fix a eu fini de le boire, il a voulu que Mathu ramène la bouteille vide dans le magasin. « J'suis le domestique de personne », qu'il a dit Mathu. Fix lui a répondu que s'il rapportait pas la bouteille, faudrait qu'il se batte.

On était toute une tripotée de Noirs et de Blancs sur la galerie. On mangeait du pain d'épice en buvant du soda. Le shérif, Guidry, était là aussi. Mathu lui a dit que si Fix commençait, il allait se défendre. Guidry a continué à boire et à manger comme s'il l'avait même pas entendu.

Fix a encore dit à Mathu de rapporter la bouteille, et comme Mathu a pas bougé, Fix l'a frappé. Durant une heure de temps ils ont lutté pied à pied. Mais à la fin, Mathu était debout, et Fix par terre. Les Blancs voulaient lyncher Mathu, mais Guidry les en a empêchés. Ensuite il a marché vers Mathu, il lui a envoyé un coup de poing dans la mâchoire, et Mathu s'est écroulé. Guidry s'est tourné vers Fix, il l'a frappé en plein sur la bouche, et Fix a remordu la poussière. Puis Guidry est remonté sur la galerie finir son pain d'épice et son soda. C'est comme ça que la bagarre s'est terminée. Mais ça n'a pas été la dernière que Mathu ait eue avec les Blancs dans la région de la rivière. C'est de ça que Mat il parlait. C'est ça qu'il voulait dire : si c'était Mathu qu'avait tué Beau, on devait y aller. Mathu était le seul que nous connaissions qu'ait jamais gardé la tête haute devant les Blancs.

J'ai regardé Mat, assis sur son sac de jute. Il tenait sa gaule des deux mains, les yeux fixés sur la ligne. On avait passé tant de temps ensemble que je savais plus ou moins ce qu'il pensait. Mais je lui ai quand même demandé.

– J'pensais à mon lit, il a répondu. Je suis trop vieux pour ramper dessous. Il est trop bas, Chimley.

– Le mien, il est pas plus haut, j'ai dit.

Il me regardait là tantôt. Un homme aux traits fins, à la peau sombre. Je l'avais connu toute ma vie. On avait été jeunes ensemble. On avait couru les oiselles ensemble. On avait eu des ennuis de temps en temps, mais rien de grave. Jamais on avait fait ce qu'on voulait faire maintenant. Peut-être qu'on y avait pensé. Forcément, qu'on y avait pensé. Mais on l'avait jamais fait.

– Qu'est-ce que t'en dis, Chimley ?

J'ai fait signe que j'étais d'accord.

On a sorti nos lignes et on est remontés sur la berge. Mat avait mis ses poissons dans son sac, les miens étaient dans le seau.

– Elle veut qu'on tire d'abord, j'ai dit. Je m'demande pourquoi ?

– J'sais pas. Comment elle marche ta vieille pétoire ?

– Elle a bien tiré la dernière fois. Mais ça fait une charge de temps.

– T'as des cartouches de cinq ?

– J'dois en avoir quèques-unes. Y'a longtemps que j'ai pas regardé.

– Garde-m'en une ou deux, si t'en as, a dit Mat. J'crois qu'il va falloir que j'emprunte un fusil aussi. Y'a rien qui marche chez moi, à part mon calibre vingt, et ma vieille carabine.

– Comment que tu penses y aller ?

– J'vais sans doute demander à Clatoo de m'emmener dans son camion.

– Dis-lui de venir me chercher aussi.

Quand on est arrivés à mon portail, Mat m'a encore regardé. Il était beaucoup plus grand que moi. Je devais lever la tête.

– Bon, t'es sûr, Chimley ?

– Si t'y vas, Mat.

– Faut que j'y aille. C'est peut-être la dernière occasion que j'aurai.

Je l'ai regardé dans les yeux. Ils étaient marron clair, et ils en disaient beaucoup plus que ses paroles. D'ailleurs ils parlaient pour nous deux, lui et moi.

– J'y vais aussi, j'ai dit.

Il continuait à me regarder, avec plein de choses dans les yeux. Ils disaient, ses yeux : « On a attendu jusqu'à maintenant ? C'est maintenant qu'on est vieux qu'on devient courageux ? »

Je savais pas comment lui répondre. Tout ce que je savais, c'est que s'il y allait, fallait que j'y aille aussi.

Mat m'a quitté pour aller chez lui, et je suis entré dans ma cour. Mais j'avais pas encore mis les pieds dans la maison que la vieille s'est mise à me houspiller. Pourquoi je rentrais si tôt ? Elle aimait pas nettoyer les poissons à cette heure de la journée. Elle aimait pas nettoyer les poissons avant le soir, quand il fait frais. Je lui ai pas répondu, à la vieille.

J'ai posé mon seau sur la table de la cuisine. Puis je suis retourné dans la pièce de devant et j'ai décroché mon vieux fusil du mur. J'ai fouillé dans les cartouches que je gardais dans une boîte à cigares au sommet de l'armoire, jusqu'à ce que j'en trouve une de cinq. J'ai soufflé sur la poussière qu'était dessus, j'ai chargé le fusil, je l'ai pointé par la fenêtre, j'ai tourné la tête des fois qu'il lui prendrait l'idée d'exploser, et j'ai tiré. La vieille s'est amenée, et elle a remis ça.

– Qu'est-ce qui te prend, le vieux ? Pourquoi ça que tu tires par la fenêtre en faisant tout ce boucan ?

– Pour le moment, j'sais pas pourquoi je le fais, je lui ai dit. Mais écoute, si quand je reviens de Marshall ces poissons sont pas prêts pour mon souper, va y'avoir d'autres coups de feu ici dedans. T'entends ce que j'te dis ?

Elle a serré les lèvres et roulé de gros yeux, mais elle avait assez de cervelle pour fermer son clapet. J'ai pris encore deux ou trois cartouches de cinq. J'ai soufflé sur la poussière qu'était dessus, et je suis sorti sur la route pour attendre Clatoo.

Matthew Lincoln Brown, dit Mat

Quand je suis arrivé chez moi, j'ai donné le sac de poissons à Ella, et je suis allé dans l'autre pièce téléphoner à Clatoo. Julie, la fille d'Emma, m'a répondu que Clatoo venait de sortir, et elle m'a demandé ce qui se passait. Elle m'a dit que Miss Merle avait téléphoné à Clatoo, qu'il avait pris son vieux fusil et qu'il était parti dans le camion. Elle voulait savoir ce qui se passait. Je lui ai dit que si Clatoo lui avait rien dit, je pouvais rien lui dire non plus, et je lui ai demandé si Clatoo avait dit où il allait. Non, il lui avait rien dit, mais au téléphone elle l'avait entendu parler à Miss Merle de monsieur Billy Washington et de monsieur Jacob Aguillard. Elle pensait que je le trouverais peut-être à Silo ou au vieux hameau des Mulâtres. Elle m'a encore demandé ce qui se passait.

J'ai raccroché et j'ai cherché le numéro de Billy Washington. Selina, sa femme, m'a dit que Billy venait de partir dans le camion avec Clatoo. Je lui ai demandé si Billy avait son fusil. Oui, justement, elle a dit, comment que je le savais ? J'ai voulu savoir s'ils avaient dit où ils allaient. Elle croyait qu'ils étaient en route pour le vieux hameau des Mulâtres, parce qu'elle les avait entendus parler de Jacob Aguillard. Est-ce que Jacob avait un numéro ? Elle a dit qu'elle savait pas, mais que Leola Bovay avait le téléphone. Si je restais au bout du fil, elle allait chercher dans l'annuaire. Quand elle est revenue, elle m'a donné le numéro, et elle m'a demandé ce qui se passait. J'ai raccroché et j'ai appelé Leola. Elle m'a dit que

Clatoo venait de s'arrêter devant la maison de Jacob, elle croyait voir Billy Washington avec lui, et bon Dieu c'est vrai, ils avaient tous les deux des fusils. Et là même Jacob sortait de la maison, et il avait un fusil aussi. Je lui ai dit de courir sur la galerie et de demander à Clatoo d'attendre une minute.

Je l'ai entendue poser le combiné, et un peu plus tard le reprendre. Elle a dit que Clatoo attendait. Je lui ai demandé si elle avait un calibre douze en bon état. Lorsque son mari était mort, il avait laissé deux ou trois fusils, qu'elle m'a dit, mais elle y connaissait rien. Elle m'a demandé ce qui se passait. Je lui ai dit de porter les fusils à Clatoo pour qu'il les regarde. S'il trouvait un calibre douze en état de tirer, qu'il l'apporte. Je lui ai demandé si elle avait des cartouches de cinq, elle m'a dit qu'elle savait pas. Alors je lui ai dit de prendre toutes les cartouches qu'elle avait et de les donner à Clatoo, pour qu'il en choisisse quelques-unes et les apporte aussi. Elle m'a redemandé ce qui se passait. Je lui ai dit de poser la question à Clatoo, parce que moi je savais rien. Et j'ai raccroché. Quand je me suis retourné, j'ai vu Ella sur le pas de la porte, les poings sur les hanches. Elle était si grosse qu'elle remplissait toute l'ouverture.

– C'est quoi là toutes ces histoires de fusils ? elle a demandé.

– On va à la chasse, je lui ai dit.

– À la chasse à quoi, à cette heure de la journée ?

– À la chasse.

– Matthew, je te parle. Vous allez chasser quoi ?

– J'te le dirai à mon retour.

– Tu vas me le dire là même avant de partir.

– Va donc poser tes reins ailleurs, femme. C'est une affaire entre hommes.

– Eh bé moi j'en fais mon affaire, elle a dit en venant vers moi. Vous allez chasser quoi ?

– Hors de ma vue, femme. Pour une fois dans ma vie avant de mourir, j'vais... (Je me suis arrêté.) Me pose pas de questions.

Je suis sorti sur la galerie.

Je l'ai entendue téléphoner ; puis elle a raccroché et elle a appelé quelqu'un d'autre. Et je l'ai entendue crier :

– Oncle Billy ? Quoi ? Oncle Billy ?

Elle a raccroché brutalement, et elle est venue sur la galerie.

– Qu'est-ce que l'Oncle Billy fait avec un fusil à son âge ?

– Comment tu veux que je le sache ? Il est pas dans ma poche.

– Si, tu le sais, elle a dit en remettant les poings sur ses hanches. Si, tu le sais. Et tu vas me le dire avant de partir d'ici.

Je me suis tourné vers elle.

– Tu veux savoir, han ? Tu veux savoir ?

Elle s'est prise à reculer, comme si elle croyait que j'allais la battre.

– Je vais t'le dire. Y'a un Cajun qu'est mort à Marshall. Il est couché dans la cour à Mathu. Maintenant tu sais.

– Et en quoi ça te concerne ?

Elle était assez loin de moi, elle avait repris du poil de la bête.

– Et en quoi ça concerne Oncle Billy ?

– Comment, t'as pas compris ?

Je me suis détourné pour regarder la route. Mais Clatoo n'arrivait pas encore.

– Vieil imbécile ! Espèce de vieil imbécile ! Vous êtes tous devenus fous ?

– C'est ça, j'ai fait, en regardant la route, pas elle. Chaque fois qu'on parle de se défendre, ils disent qu'on est devenus fous. T'as raison, on est devenus fous.

– Vieil imbécile ! Vieil imbécile ! Si je peux pas t'en empêcher, j'vais appeler ton frère. J'te parie bien qu'il t'en empêchera, lui.

– Vous feriez mieux de pas vous mettre en travers de mon chemin, Jesse et toi, ou gare ! j'ai dit en regardant vers la route.

Clatoo n'arrivait toujours pas.

– Si tu crois que je vais te laisser aller à Marshall te faire tuer...

– Tu peux pas m'en empêcher, en tout cas, j'ai dit, toujours en regardant la route.

– Je vais appeler les flics. Si tu nous écoutes pas, ton frère et moi, ils te feront bien changer d'avis, eux.

Je me suis tourné vers elle le doigt tendu.

– Si tu touches à ce téléphone, femme, faudra te faire raccommoder la caboche.

– Attends un peu voir, elle a dit en rentrant dans la maison.

Je l'ai rattrapée, et je l'ai poussée, mais elle était trop grosse, j'ai pas pu l'écarter. Alors j'suis arrivé au téléphone avant elle, je l'ai arraché du mur et je l'ai jeté sur le plancher.

– Téléphone maintenant.

– Imbécile ! Vieil imbécile ! Mais qu'est-ce qui te prend ?

Je me suis mis à haleter. C'était comme si j'avais monté une côte à bon allant, une côte rude, et que j'étais arrivé au sommet. J'ai regardé cette femme avec qui j'avais vécu durant toutes ces années comme si je savais pas qui c'était. Ma poitrine se soulevait, et je la regardais comme si je la connaissais pas. Elle a vu quelque chose sur ma figure qui l'a fait reculer. Elle a reculé, reculé, jusqu'à ce qu'elle touche le mur. Je la regardais toujours comme si je la connaissais pas, en haletant.

– Qu'est-ce qui me prend ! Qu'est-ce qui me prend, femme ? Depuis toutes ces années qu'on vit ensemble, tu sais pas ce qui me prend ? Ces années où on a trimé dans le champ de George Bedlow pour le rendre de plus en plus riche, pendant qu'on était de plus en plus pauvres – et tu sais pas ce qui me prend ? Ces années que j'ai passées dans la cour là derrière, à maudire le bon Dieu, où j'suis resté sur la galerie à maudire le monde entier, et les fois où j'suis rentré saoul et je t'ai battue pour rien – et tu sais pas ce qui me prend ? Oliver, femme ! (Je criais là tantôt.) Oliver ! Ils l'ont laissé mourir à l'hôpital pour la seule raison qu'il était noir. Pas de docteur pour le soigner. Ils l'ont laissé perdre tout son sang, parce qu'il était noir. Et tu me demandes ce qui me prend ?

Alors je me suis arrêté et je l'ai regardée. Je sentais les larmes couler toutes chaudes sur mon visage. J'ai serré les lèvres, je sentais ma bouche trembler, mais les larmes continuaient à couler. Y'avait une charge de temps que je lui avais pas parlé comme ça. Et encore plus longtemps qu'elle m'avait pas vu pleurer. J'ai pas tourné la tête. J'ai pas essuyé mes larmes. Je suis resté à la regarder. Au début, elle avait l'air d'avoir peur. Et puis sa peur s'est changée en haine, tellement elle avait peur.

– Les voies du Seigneur sont mystérieuses, je lui ai dit. Il donne à un vieux nègre comme moi une dernière chance de faire quelque chose de sa vie. Il me la donne, et je la prends. Je vais à Marshall. Même si je dois y mourir. Je sais que je suis vieux, fou peut-être, mais j'y vais quand même. Et tu n'y peux rien. Prie si tu veux. Prie pour notre bande de vieux imbéciles. Mais n'essaie pas de m'empêcher d'y aller. Au nom du ciel, femme, n'essaie pas de m'en empêcher !

J'ai entendu Clatoo klaxonner dehors, je me suis essuyé la figure et je suis sorti sur la galerie. Clatoo était dans le vieux camion vert qu'il utilise pour aller vendre les légumes de son jardin. Il portait son canotier, une chemise blanche et un nœud papillon. Il vous laissait jamais oublier que lui, c'était quelqu'un d'important.

Billy Washington et Jacob Aguillard étaient à l'avant avec lui. Billy était de Silo, et Jacob du vieux hameau des Mulâtres. Lui et les gens de son espèce n'avaient pas grand-chose de commun avec les véritables nègres, mais ce jour-là il était là.

Chimley et Cherry Bello étaient assis à l'arrière. Cherry, avec sa grosse tignasse frisée, était café au lait mêlé de sang indien. Je suis monté derrière avec lui et Chimley. Pendant que Clatoo faisait demi-tour avec le camion, Ella est sortie sur la galerie pour nous regarder.

– Tu t'es fait tirer les oreilles, han ? m'a demandé Cherry.

– Elle voulait pas que je parte, j'ai dit.

– Moi j'étais à la boutique quand j'ai reçu le coup de fil, a dit Cherry. La mienne elle sait rien. Et sûr que j'allais pas l'appeler pour la mettre au courant.

Cherry Bello possédait un commerce d'épicerie et d'alcools sur la route entre Silo et Baton Rouge.

– Moi j'ai seulement dit à la mienne qu'elle ferait mieux de tenir mon manger prêt quand je rentrerais, Chimley a dit. Elle sait pas où je vais, et je crois qu'elle s'en soucie comme d'une guigne.

On était assis sur la plate-forme, le dos contre la cabine, les pieds vers la ridelle. Cherry Bello avait deux calibres douze à côté de lui, il m'en a tendu un. Il m'a donné des cartouches, aussi.

– Leola t'envoie ça, il a dit.

– Vous avez tiré ?

– Moi oui, a dit Chimley.

– Moi j'attends qu'on arrive dans le champ, a fait Cherry. J'verrai peut-être un lapin. Pas la peine de gaspiller une cartouche pour rien.

– Qu'est-ce qu'on va faire dans le champ ? je lui ai demandé.

– Clatoo va nous débarquer avant qu'on arrive à Marshall. On traversera le champ, et on arrivera par-derrière. Clatoo a un autre chargement à prendre. Y'a beaucoup de monde qui veut aller à Marshall aujourd'hui, on dirait.

– Pour sûr, a dit doucement Chimley.

Il était assis au milieu. Il était plus petit que moi et que Cherry Bello. Plus noir que moi, aussi, c'est pour ça qu'on l'appelait Chimley[1]. Ça lui était égal que ses amis l'appellent Chimley, parce qu'il savait que c'était pas méchant. Mais il aimait pas que les Blancs l'appellent comme ça. Il leur disait toujours que son père l'avait baptisé Robert Louis Stevenson Banks, pas Chimley. Mais ils se moquaient de lui, et ils continuaient à l'appeler Chimley.

Je l'ai regardé, assis entre moi et Cherry. C'était mon vieux copain, mon vieux partenaire de pêche. Je le connaissais depuis des années et des années. C'était mon meilleur ami à présent, tous les autres étaient morts, disparus.

---

1. *Chimley* est la forme dialectale de *Chimmey*, cheminée. *[NdT]*.

– Comment ça va, vieux frère ? je lui ai demandé.

Il m'a regardé et il a grimacé un sourire.

– J'ai la frousse, il a dit.

Il portait cette vieille casquette de base-ball des Dodgers qu'il avait depuis le temps où les Dodgers avaient joué à Brooklyn. Elle était d'un bleu complètement passé, et trop grande pour lui. Mais le vieux Chimley était un admirateur passionné des Dodgers.

J'ai hoché la tête et je lui ai souri aussi. Moi aussi j'avais peur. Mais en même temps je me sentais plutôt bien, de savoir que Chimley, Cherry et moi, et tous les autres, on faisait quelque chose de différent, pour la première fois.

Grant Bello, dit Cherry

Yank nous espérait derrière un buisson sur le bord de la route, du côté de la rivière. Clatoo n'a pas eu besoin de s'arrêter, il a simplement ralenti, et le vieux Yank a sauté à l'arrière du camion. Yank avait plus de soixante-dix ans, mais il se prenait toujours pour un cow-boy. Trente, quarante ans auparavant, il avait dressé les chevaux et les mules, et il continuait à s'habiller comme en ce temps-là. Son chapeau de paille était relevé comme un chapeau de cow-boy. Il portait un foulard à pois rouge fané, négligemment attaché autour du cou. Ses pantalons étaient rentrés dans des bottes de caoutchouc, pas des bottes de cow-boy. Il s'était rompu le dos et les épaules j'sais plus combien de fois, et il marchait tout courbé. Il s'était brisé les os des mains à plusieurs reprises. À présent, il pouvait ni les fermer, ni les ouvrir complètement. Mais il se prenait toujours pour un cow-boy. Quand il est monté dans le camion il nous a parlé, mais après on a plus dit grand-chose. On se sentait fiers. Je le voyais sur la figure de Yank ; je le sentais rien qu'à être assis à côté de Chimley et de Mat. Aussi fiers qu'on pouvait l'être.

Un peu plus loin, on a ramassé Dirty Red à Talbot. Clatoo a dû corner deux fois avant qu'on voie Dirty Red sortir en traînant les pieds de derrière sa maison. Il portait son vieux fusil par le canon, la crosse touchait presque le sol. Une cigarette roulée lui pendait au coin des lèvres. Les cendres étaient aussi longues que la cigarette. Il prenait pas le temps de secouer ses cendres de cigarette, Dirty Red, elles tombaient quand elles voulaient. Il est monté dans le camion et nous a salués.

– Ho ! il a fait.

Nous aussi on l'a salué. Il a regardé Chimley.

– Comment ça va, Chimley ?

Chimley a hoché la tête et Dirty Red lui a fait un sourire.

Cinq ou six kilomètres plus loin, Clatoo a quitté la grand-route pour s'engager dans un chemin de terre qui séparait la plantation Morgan de la plantation Marshall. Il y avait de la canne à sucre des deux côtés, du côté Morgan et du côté Marshall. La canne était si haute que les feuilles se courbaient sur la route par-dessus les fossés. Après avoir roulé assez loin pour qu'on ne puisse pas nous voir de la route, Clatoo a arrêté le camion et nous a dit de descendre. Il fallait qu'il aille plus loin reprendre un chargement. Il nous a demandé de l'attendre au cimetière. On marcherait tous ensemble jusqu'à la maison de Mathu. Il pensait que ça ferait meilleur effet que si on arrivait les uns après les autres. Il a fait demi-tour et il est reparti vers la route, et nous, on a commencé à marcher.

Jacob et Mat étaient devant, Chimley sur leurs talons. Jacob avait le fusil à l'épaule, il le portait comme un soldat. Mat tenait le sien comme un chasseur, sous le bras, le canon pointé vers le sol. Chimley aussi avait le sien sous le bras, mais il marchait pas aussi droit que Mat et Jacob. Il traînait les pieds, la tête baissée, comme s'il suivait leurs traces dans la poussière. S'ils s'étaient arrêtés brusquement, il aurait buté contre eux, c'est sûr. Yank et moi on suivait Chimley, et Dirty Red et Billy Washington fermaient la marche. Billy portait son fusil à l'épaule, mais n'importe comment, pareil qu'un bâton. Il aurait loupé une grange à un mètre. À côté de lui, Dirty Red traînait presque le sien dans la poussière. Je sais pas lequel avait plus piètre allure, de Dirty Red, Billy Washington, ou Chimley. Une chose est sûre, c'est qu'aucun des trois n'avait l'air prêt à se battre.

La canne aux hautes feuilles vert bleu s'élevait toujours des deux côtés de la route. Morgan à gauche, Marshall à droite. Mais ce n'était plus de la canne Marshall. Beau Boutan louait la plantation de la famille Marshall. Lui et les siens, ils avaient loué toute la terre depuis vingt-cinq ou trente ans. La terre que nous avions travaillée, que nos parents et leurs parents avaient travaillée depuis l'époque de l'esclavage. À présent, monsieur Beau l'avait toute à lui. Ou plutôt, je devrais dire qu'il l'avait eue à lui jusqu'à ce jour-là midi.

Un kilomètre plus loin, on a tourné dans un autre chemin. Là aussi il y avait de la canne, mais d'un côté seulement. À gauche elle avait été coupée et emportée, et on voyait très loin, jusqu'aux marécages. Ça m'a donné un sentiment de solitude. Dans mon vieil âge, surtout à l'époque du broyage, lorsque je vois un champ vide, ça me donne toujours un sentiment de solitude. Les rangées me paraissaient si dépouillées, grises et abandonnées, comme une vieille maison dont les habitants sont partis, que de bons amis ont quittée en la laissant vide et dénudée, dans la seule compagnie des fantômes.

Je regardais toujours l'étendue du champ quand j'ai entendu un coup de feu. J'ai tourné la tête juste à temps pour voir un petit lapin bondir à travers les sillons vides. Le temps que je vise, il était déjà au milieu du champ, et je ne voyais que ses petites oreilles qui apparaissaient tantôt ci, tantôt là. Je me suis retourné vers Billy et Dirty Red. Billy était en train d'abaisser son fusil. Yank et moi, on a attendu que Dirty Red et lui nous rattrapent.

– Tu l'as raté, han, Billy? j'ai dit.

Il m'a pas répondu. Il nous regardait même pas, Yank et moi, tellement il avait honte.

– J'espère que tu louperas pas Fix comme ça, a dit Dirty Red pour le faire enrager.

Dirty Red avait une cigarette pendue au coin de la lèvre, la tête un peu de côté pour éviter que la fumée lui arrive dans les yeux.

– Il était si près, ce lapin, que j'ai failli lui taper sur la tête avec la crosse de mon fusil, mais j'ai préféré le laisser à Billy.

– Hébin, il bougeait, a dit Billy tout doucement, toujours sans nous regarder.

– Sûr, quand t'as trébuché sur lui, il s'est mis à bouger, a dit Dirty Red pour l'asticoter.

Billy gardait la tête basse.

– T'auras une autre occasion, Billy, tu verras, je lui ai dit.

On s'est remis à marcher. Yank et moi devant, Billy et Dirty Red derrière. Mat, Jacob et Chimley s'étaient arrêtés un temps, et ils ont repris la marche. J'entendais Dirty Red qui riait derrière nous. Il se taisait un moment, puis il se remettait à rire. Je savais qu'il riait encore de Billy qu'avait raté le lapin. Pourvu que ce soit pas mauvais signe pour le reste de la journée, je me suis dit.

Là tantôt, droit devant, je voyais le pacanier et les chênes du cimetière de Marshall. Il y avait une douzaine d'arbres dans tout le cimetière, et à peu près autant de pierres tombales, peut-être un peu plus. Pourtant, il y a vingt-cinq ou trente ans, on n'en comptait guère que deux ou trois. Quand j'étais petit, les gens ne marquaient même pas les tombes. Chaque famille avait son petit emplacement, et tout le monde savait où il se trouvait. Si c'était une grande famille, elle avait un peu plus de terrain que les autres, parfois en mordant un peu sur celui d'une famille moins nombreuse. Mais on s'en fichait. On venait tous du même endroit, on s'était mélangés durant notre vie, quelle différence ça faisait de se mélanger quand on était morts ? On avait enterré les Noirs dans ce vieux cimetière depuis l'époque de l'esclavage. J'avais soixante-quatorze ans, et j'avais des grands-parents enterrés là.

On s'est accroupis sous un pacanier juste derrière la clôture du cimetière. Tout autour de nous, le sol était couvert de noix de pécan, et si on regardait en l'air, on les voyait dans leurs coques à moitié détachées de la branche. La prochaine fois qu'il y aurait du vent ou une bonne pluie, elles allaient toutes tomber. C'était une bonne année pour les noix de pécan.

On était là depuis dix minutes un quart d'heure, pas plus, quand Jacob s'est levé pour entrer dans le cimetière. Par-dessus mon épaule, je l'ai vu arracher les mauvaises herbes de la tombe de Tessie. C'était sa sœur, Tessie. Une de ces grandes et jolies mulâtresses qui allaient avec les Blancs et les Noirs. Les Blancs voulaient la garder pour eux, et ils lui avaient défendu de coucher avec les nègres. Mais elle avait pas écouté, alors ils l'avaient tuée. Ils étaient venus la chercher dans les quartiers, et ils l'avaient jetée dans le Saint-Charles, le jour de Mardi gras 1917.

Mais écoutez la suite. Sa propre famille du hameau des Mulâtres, ils avaient même pas ramené le corps à la maison. Ils lui en avaient toujours voulu de vivre là et de frayer avec des types à la peau plus foncée. Moi-même, j'ai pas la peau foncée, je suis aussi clair qu'eux, mais je suis pas français, je suis pas de la qualité. Eux, c'est de la qualité. Mais ils ont même pas ramené le corps à la maison. Ils l'ont enterrée avec ceux avec qui elle avait vécu. C'était peut-être pour ça que Jacob était là aujourd'hui, pour se faire pardonner ce qu'il avait fait à sa sœur une trentaine d'années plus tôt. Après avoir arraché les herbes, il s'est agenouillé à la tête de la tombe et il a fait un signe de croix. Et tout d'un coup, sans faire ni une ni deux, on est tous entrés dans l'enclos pour voir la tombe de nos parents.

Pour arriver à certaines tombes, on marchait dans l'herbe jusqu'aux genoux. D'habitude, on nettoyait le cimetière quand on enterrait un mort, ou pour la Toussaint. Mais personne n'avait été enterré là depuis longtemps, et la Toussaint, c'était dans un mois, alors les herbes envahissaient tout. Des glands et des noix de pécan nous craquaient sous les pieds.

Chacun est allé sur le petit lopin de sa famille. Mais on avait du mal à localiser les tombes. Si elles avaient été creusées durant les vingt-cinq, trente dernières années, alors oui, on savait. Mais si elles dataient de quarante ou cinquante ans en arrière, on pouvait pas savoir si c'étaient bien les tombes de ceux à qui on pensait. Après tout ce temps, la plupart s'étaient effacées et mêlées aux autres.

Dirty Red était un peu plus loin à l'écart des autres, vers l'angle du cimetière. On avait jamais beaucoup fréquenté sa famille. On les trouvait trop fainéants. Ils faisaient jamais rien pour eux-mêmes. Dirty Red était le dernier. Peut-être que c'était pour ça qu'il était là ce jour-là, pour faire quelque chose pour les autres. Mais nous aussi peut-être on était là pour faire quelque chose pour les autres.

Après m'être mis à genoux sur les tombes de ma famille, je suis allé voir Dirty Red dans son coin. Il mangeait une noix de pécan en regardant les herbes qui couvraient les tombes. Il s'était pas agenouillé, il avait pas arraché une seule herbe. Plusieurs tombes s'étaient enfoncées dans la terre.

– Mon frère Gabe, là, il a dit.

Je savais pas trop quel endroit il regardait, parce que sitôt il a cassé une autre noix entre ses dents. Il en cassait pas deux à la fois dans sa main, mais une seule avec les dents.

– Ici, Jude, ma maman, et François, mon papa, là-bas.

Je savais toujours pas exactement où il regardait.

– Mon Oncle Ned, par là quèque part.

Toutes les tombes étaient affaissées, recouvertes de mauvaises herbes, alors je savais pas où il regardait. J'ai même pas cherché à voir si ses yeux bougeaient d'un endroit à l'autre. Mais tel que je le connaissais, il se donnait sans doute pas cette peine. Même cligner des yeux, c'était trop forçant pour lui.

– On est une ribambelle là-dessous, j'ai dit en jetant un coup d'œil tout autour du cimetière.

Je voyais Mat, Chimley, Yank qu'étaient tous debout à côté des tombes de leur parenté. Puis j'ai demandé à Dirty Red :

– C'est ici que tu voudras qu'on te mette ?

– Autant là qu'ailleurs, si ça existe encore.

– Ils détruisent de plus en plus ces vieux cimetières, j'ai dit. Les Blancs d'aujourd'hui, ils ont pas de respect pour les morts.

Dirty Red a encore cassé une noix entre ses dents.

– Elles sont toujours bonnes, les noix de cimetière. Tu les as goûtées ?

– Je vais m'en ramasser une poignée avant qu'on s'en aille.

J'ai regardé le champ vide de l'autre côté de la clôture. Les sillons finissaient à une dizaine de mètres du cimetière. Beau avait coupé la canne et l'avait emportée, et je voyais toute la terre nue jusqu'aux marais. Ces longues rangées de cannes vides me ramenaient loin en arrière, je vous le dis.

– Ils ont pu faire une partie du travail, Charlie et lui, j'ai dit à Dirty Red.

– Sûr et certain qu'il en fera pas davantage, il a répondu.

– Qu'est-ce que tu penses de tout ça, Dirty Red ?

– Hébin, j'vois les choses comme ça... Combien d'années il me reste à vivre sur cette vieille terre ?

C'était tout ce qu'il avait à dire. Il s'est arrêté là. C'était bien lui de laisser ses phrases en plan. Ça lui aurait coûté trop de peine, et dans sa famille, on tâchait d'épargner sa peine.

– Avec si peu de temps devant toi, t'as pensé qu'tu devais faire quèque chose qui vaille la peine de ta vie, je lui ai demandé pour l'encourager à continuer.

– Ouais, c'est à peu près ça, il a dit en croquant une autre noix.

– Ta famille sera fière de toi, Dirty Red.

– Sûr que ceux d'en dessous vont être fiers quand la journée sera finie. Y'en a p't-être bien qui vont les rejoindre, aussi.

– Tu crois que ça peut en arriver là ?

– Ça dépend de Fix.

Il m'a regardé en souriant. Puis il a jeté un coup d'œil derrière moi et il a hoché la tête.

– Voilà Clatoo et les autres.

Ils arrivaient sur la route, là où la vieille voie ferrée passait dans le temps. Clatoo marchait devant, son fusil dans une main et une boîte à chaussures sous le bras gauche. Bing et Ding Lejeune, du bayou des Deux Indiens, le suivaient à un pas. Ils étaient tous les deux en kaki et coiffés de chapeaux de paille, si bien qu'il fallait être tout près pour les distinguer, et si on ignorait que c'était Ding qui avait une cicatrice sur le côté gauche de la figure, on savait toujours pas auquel on parlait. Derrière Bing et Ding Lejeune venait Clabber Hornsby, l'albinos de Jarreau, tout seul. De si loin, sa tête et son visage étaient tout blancs. À quoi lui servait son fusil, mystère. Il pouvait pas s'arrêter de cligner des yeux assez longtemps pour viser, sans parler de tuer quelqu'un. Il était suivi de Jean-Pierre Ricord et Gable Rauand. Alors ça c'était un bougre, Gable, que je me serais pas attendu à voir. Il quittait très rarement sa maison. Peut-être pour aller à l'église, mais c'est à peu près tout. Ensuite venaient Cedrick Tucker et Sydney Brooks. Silas, le frère de Cedrick, avait été le dernier métayer noir du lieu. Il était enterré là. À côté de Cedrick marchait Sydney Brooks – nous on l'appelait Coot. Le vieux Coot était dans son uniforme de la Première Guerre mondiale. Il avait même le calot, et la cartouchière à l'épaule. Il portait son fusil sur l'autre épaule à la manière d'un soldat. On est sortis du cimetière pour aller à leur rencontre. On s'est rejoints sous le pacanier, et plusieurs des types se sont accroupis contre le grillage.

– Tout le monde a tiré ? a demandé Clatoo en arrivant.

– Billy a tiré sur un lapin à ses pieds, et il l'a manqué, a dit Dirty Red, accroupi près du grillage.

Il y a eu un ou deux rires.

– Il bougeait, ce lapin, Dirty Red, lui a dit Billy. Mais toi tu bouges pas, alors fais attention.

Les hommes ont encore ri, mais pas très fort, doucement, plutôt par nervosité.

– Vous vous chamaillerez plus tard, a dit Clatoo à Billy. Ceux qu'ont pas encore tiré, vous le faites. Elle a dit d'apporter des cartouches vides.

– On va en faire quoi, les balancer sur Fix ? j'ai demandé à Clatoo.

– Tu pourras lui demander quand t'y seras, il a répondu. Ceux qu'ont pas encore tiré, vous tirez dans les arbres. Qu'on vous entende de là-bas.

Cinq ou six hommes ont levé leur fusil et tiré. Des noix de pécan, des glands, des feuilles et un peu de mousse sont tombés sur les sépultures affaissées sous les arbres.

– Quelqu'un veut parler avant qu'on parte ? a demandé Clatoo. Y'en a qu'ont envie de faire demi-tour ? Ça pourrait un peu chauffer là-bas aujourd'hui. Personne ?

Pas un n'a dit qu'il voulait faire demi-tour.

– Bon, a dit Clatoo. Allons-y. La tête haute et le dos droit. On y va comme des soldats, pas comme des gueux. Entendu ?

Il est parti le premier, le fusil dans une main, la boîte à chaussures sous le bras. Mat et Jacob lui ont emboîté le pas, et le reste a suivi. Jean-Pierre, Billy Washington et Chimley faisaient tout ce qu'ils pouvaient pour marcher la tête haute et le dos droit.

Cyril Robillard, dit Clatoo

Candy nous a accueillis à l'endroit où il y avait un portail et une clôture autrefois. On était d'un côté du fossé, elle de l'autre. Elle était pas très grande, pas bien grosse ; toujours en pantalon et chemise, jamais en robe. Elle nous a remerciés d'être venus. Sa joie de nous voir se lisait sur son visage. Elle disait merci à l'un, à l'autre, à un autre encore. Elle nous connaissait presque tous par nos noms, parce qu'on vivait dans la même paroisse, et qu'elle avait circulé dans la paroisse toute sa vie. Après avoir échangé quelques paroles avec la compagnie, elle s'est tournée vers moi. Elle savait que je faisais du maraîchage, et elle a compris que c'était moi qui avais amené tous les autres dans mon camion. Et alors elle s'est mise à me raconter ce qui s'était passé. J'ai bien écouté, mais j'ai vu tout de suite que c'étaient des mensonges. D'abord, je savais ce que Mathu représentait pour cette famille, et surtout pour elle. Et puis elle se donnait trop de mal pour que je la croie. Elle faisait comme la plupart des Blancs de par ici : quand ils tâchent de vous convaincre, ils vous regardent droit dans les yeux, en vous défiant de penser autre chose que ce qu'ils veulent que vous pensiez. Et par-dessus le marché, elle racontait trop vite, trop bien, à dire qu'elle récitait une leçon.

Après l'avoir écoutée, j'ai regardé Mathu, qui était accroupi contre le mur, le fusil dans les bras. Il nous regardait pas, il regardait par-dessus nos têtes, les arbres de l'autre côté de la route. Il faisait comme si ça lui était égal qu'on soit là ou non.

Mathu était un de ces Cingalais noirs comme l'ébène. Il se vantait toujours de pas avoir une goutte de sang blanc dans les veines. Ceux qu'en avaient, il les regardait de haut, et plus on en avait, plus il vous regardait de haut. Moi j'avais la peau foncée – mon grand-père était blanc, ma grand-mère mi-indienne, mi-noire, et mes deux parents noirs ; alors il me considérait un peu plus que d'autres, comme Jacob, ou Cherry, ou les frères Lejeune. Devant Clabber ou Rooster, il se contentait de hocher la tête. Rooster était café au lait, avec des cheveux noirs crépus ; Clabber, lui, était blanc comme neige, et ses cheveux crépus étaient tout blancs aussi. Mathu se contentait de secouer la tête quand il les voyait.

On est entrés dans la cour, et on s'est mis en cercle autour de Beau qu'était couché dans l'herbe. Il avait encore la bouche et les yeux ouverts, son visage était maculé de poussière, et ses cheveux bruns étaient pleins de brins d'herbe. Les plombs l'avaient touché à gauche de la poitrine, déchirant sa chemise à cet endroit. Des mouches s'étaient agglutinées sur le sang séché.

Après l'avoir examiné, je suis allé serrer la main de Rufe Seaberry, de Johnny Paul et de Rooster Jackson près de la barrière du jardin. Comme on avait pas grand-chose à se dire, on hochait simplement la tête, mais ça suffisait pour montrer qu'on était fiers d'être là.

Glo Hebert, Hazel Robinson, et la femme à Rooster, la grosse Beulah Jackson, étaient assises sur les marches. Glo avait ses trois petits-enfants près d'elle. Je suis allé leur serrer la main, mais d'abord j'ai dû passer devant le révérend Jameson, le pasteur des quartiers. C'était le seul homme sans fusil, le seul aussi qu'avait l'air colère de nous voir. Quand j'ai serré la main de Glo, elle a retenu la mienne. Je sais bien pourquoi elle a fait ça, pour deux raisons : d'abord, elle était inquiète de ce qui allait se passer si Fix venait ; et puis elle était fière qu'on soit tous là.

J'ai aussi serré la main de Hazel et de Beulah, et j'ai salué Corrine, qu'était assise dans le fauteuil à bascule sur la galerie. Assise là toute droite et sans vie, à dire un épouvantail. Elle a pas ouvert la bouche, ni hoché la tête. Elle scrutait l'ailleurs, sans rien voir, ni personne. Je suis allé au bout de la galerie parler à Mathu.

– Tu vas bien ? je lui ai demandé.

– Je vais bien, il a répondu sans me regarder.

J'ai fait le tour, et j'ai caché la boîte à chaussures derrière le deuxième pilier sous la maison. Quand je suis revenu, j'ai levé deux doigts en l'air à l'intention de Mat Brown, qui a hoché la tête. Je me suis assis au bout de la galerie, et j'ai regardé Mathu. Les autres étaient un peu partout dans la cour. Certains parlaient près du jardin ; d'autres se tenaient au bout de la galerie. Dirty Red et deux ou trois bougres étaient accroupis dans l'allée. Candy était revenue dans la cour, et elle se tenait près des marches où Glo était assise avec ses petits-enfants. Le pasteur Jameson était à l'écart de tout le monde, tout seul. Il nous regardait à tour de rôle. Il voulait dire une parole, mais il savait pas par où commencer.

– Alors ? j'ai dit à Mathu.

– C'est elle qui vous a appelés, pas moi.

Il me regardait pas, il regardait le tracteur sur la route. Le moteur tournait toujours, mais il y prêtait pas attention. En vérité, il regardait, au-delà du tracteur et des remorques de canne, les arbres du pré dans le lointain.

– Quand le shérif sera là, je vais me rendre, il a dit.

– Tu veux dire que c'est moi qui vais m'rendre, a dit Johnny Paul, qu'était près du jardin, le fusil sous le bras, le canon le long de la jambe. Tu vas pas t'prévaloir de c'que j'ai fait.

– Faudra qu'tu passes après moi, Rufe a dit.

Il était à côté de Johnny Paul près du jardin.

– Et moi alors, je compte pour des nèfles ? a dit Mat, qui était de l'autre côté de la cour.

– Comment que t'aurais fait pour lui tirer dessus ? lui a demandé Johnny Paul. T'habites même pas ici.

– C'est rapport à ce faucon qui mange les poulets, a dit Mat.

Il a levé les yeux vers le ciel. Il était bleu clair, sans un nuage. Mais il faisait encore un peu trop chaud pour octobre.

– Y'a pas moyen d'empêcher ce salaud de manger mes poulets. Ce matin, j'ai dit à Chimley que j'allais prendre mon fusil et partir à sa recherche. Je l'ai suivi de Medlow à Marshall. Mais j'ai jamais pu l'avoir dans ma ligne de mire, ce salopard.

Il regardait toujours le ciel, à dire qu'il croyait que le faucon allait lui voler au-dessus de la tête.

– Sûr et certain qu'il m'a dit ça, a fait Chimley.

Lui aussi a levé les yeux vers le ciel. Il a même reculé pour regarder dans le pacanier derrière la maison de Mathu.

– C'est pour ça que moi aussi j'ai pris mon fusil, pour lui tirer dans les plumes, à ce sacré mangeur de poulets.

– J'vous ai pas vus, ni l'un ni l'autre, a dit Bing Lejeune.

Il était de l'autre côté de l'allée avec son frère Ding.

– J'étais ici toute la matinée, j'bavardais avec Mathu, et j'ai pas...

– J't'ai même pas vu, lui a dit son frère.

– Mais tu vois ça, non ? a répondu Bing en levant le poing pour rigoler.

– Et ça, tu le vois ? a fait Ding en montrant le sien. Ne me mets pas en colère. Tu me connais quand je suis en colère.

– Sûr. Sauf que tu raterais une grange avec un canon. Tout le monde sait ça dans le bayou.

Ils racontaient tous plus ou moins la même histoire. L'un après l'autre, ils prétendaient qu'ils avaient tué Beau. Clabber, Jean-Pierre, Billy, Rooster, Coot. Et puis Dirty Red, accroupi dans l'allée, a enlevé la cigarette de sa bouche et secoué la cendre. Non, il l'a pas fait tout de suite. Il a attendu qu'elle tombe. Et comme elle tombait pas, il a soufflé dessus, en fronçant les sourcils d'abord. Après il a levé les yeux.

– Ah non, les amis, vous allez pas dire que j'ai pas tiré le premier ?

– Va falloir que tu fasses la queue avec les autres, on dirait, Dirty Red, lui a dit Cherry Bello.

Dirty Red a louché sur sa cigarette et il l'a tapotée avant de la remettre à sa bouche.

– La vieille Hanna et moi, faudra peut-être qu'on tire encore un peu, pour illuminer la concurrence, il a fait. Qu'est-ce que t'en dis, ma vieille ? il a dit à son fusil. T'es prête à illuminer la concurrence ?

Pendant tout ce temps, je voyais que le pasteur était de plus en plus colère. Jameson était un petit bonhomme noir comme jais, chauve, avec une moustache et une barbe blanches. Son crâne déplumé luisait au soleil comme un miroir. Finalement, il a éclaté :

– Vous chanterez une autre chanson avant la fin de la journée, c'est moi qui vous le dis.

– Je vous ai déjà dit de rentrer chez vous, Révérend Jameson, lui a dit Candy, qui était de l'autre côté des marches. Ça fait une heure que je vous le dis. Si vous ne voulez pas être ici, rentrez chez vous. Je ne veux pas avoir à vous le redire.

– Ma place est ici, Candy. S'ils brûlent cet endroit, où j'irai ?

Il s'est tourné vers nous. Des gouttes de sueur brillaient sur son front et lui coulaient sur la figure.

– Vous comprenez pas ce que j'essaie de vous dire, vous autres ? il a demandé.

Personne lui a répondu. Il nous regardait tour à tour, mais personne lui répondait. La plupart lui rendaient même pas son regard. Il s'est approché de la galerie.

– Mathu, pour l'amour de Dieu, va te rendre. S'il te plaît, Mathu !

Mathu regardait, par-dessus la tête de Jameson, les arbres au loin dans le pré. Il a pas répondu.

Jameson s'est planté sous le coin de la galerie, où j'étais assis. Il pleurait là tantôt. Il serrait très fort les lèvres, mais je voyais les larmes lui couler sur la figure.

– Clatoo, il m'a dit. Toi qu'as du bon sens... Parle-lui. Dis-lui ce qui peut arriver.

Je lui ai pas répondu. Je voulais pas le regarder, je regardais le tracteur sur la route. Le moteur tournait toujours.

– Je t'en prie, Clatoo, je t'en prie !

– J'suis venu pour faire front avec les autres, pas pour parler, je lui ai dit sans le regarder.

Mais lui, il me fixait toujours. Il bougeait pas, il pleurait, les lèvres serrées, en me regardant.

– C'est pour ça que vous êtes tous venus ? Pour mourir ? Vous croyez que ça effacera tout le mal qu'a été fait ? C'est ça que vous croyez ?

Je lui ai pas répondu. Je le regardais toujours pas. Je le voyais du coin de l'œil, qui pleurait, les lèvres serrées.

Il s'est tourné vers Candy.

– T'es satisfaite maintenant? il lui a demandé. T'es satisfaite? Tu crois que tu vas lui faire du bien en couvrant cette terre de sang?

Elle lui a pas répondu non plus. Il continuait à la regarder, je le voyais du coin de l'œil. Mais elle lui accordait pas plus d'attention que les autres. Il s'est retourné vers eux.

– Rentrez chez vous, vieux fous, il a dit. Rentrez chez vous.

Mais personne faisait attention à lui.

Durant un bref moment, tout est resté silencieux, sauf le tracteur sur la route. Quelque part dans les marais une chouette a hululé, mais après ça, plus rien. Puis une noix de pécan est tombée de l'arbre dans la cour de derrière, elle a résonné sur le toit de tôle, et elle a rebondi sur le sol. On l'a tous regardée un instant, et Snookum est allé la ramasser. Dirty Red, accroupi dans l'allée, a sorti une poignée de noix de sa poche et l'a donnée au petit garçon.

Le gamin est retourné sur les marches et il a partagé les noix avec les deux autres enfants. Ils se sont mis à les manger.

– Alors, Candy? j'ai dit en la regardant.

Elle s'est tournée vers moi.

– Qu'est-ce qu'on fait maintenant?

– Tout le monde a tiré? elle a demandé.

– Oui. On a gardé les cartouches vides.

– Du cinq?

– Du cinq.

– Tu sais pourquoi, hein, Clatoo?

J'ai fait signe que oui. Elle m'a regardé un moment, puis elle a jeté un coup d'œil à Mathu, et de nouveau elle s'est tournée vers la route. Tu ferais n'importe quoi pour lui, han? j'ai pensé.

Jameson l'avait pas quittée des yeux, et à présent il voyait une nouvelle occasion de mettre son grain de sel.

– Et à quoi ça doit servir tout ça ? À embrouiller Mapes ?

Comme elle lui répondait pas, il s'est tourné vers moi.

– Vous le croyez assez fou ? Cet homme couché dans la cour de Mathu, le tracteur qui tourne encore juste devant la maison. Et y'en a qui vivent à Silo, au vieux hameau des Mulâtres, à Bayonne, à quinze ou vingt kilomètres. Vous voyez donc pas que Mapes, il va savoir qu'une bonne moitié d'entre vous pouvaient pas être par ici quand c'est arrivé ? Vous êtes tous devenus fous à lier ?

– Taisez-vous, Révérend Jameson, Beulah a dit. Taisez-vous donc un peu. Y'a personne qui vous écoute. Alors taisez-vous. Rentrez chez vous, comme Candy vous a dit. Personne vous écoute aujourd'hui.

– P't'être que j'devrais lui tirer dessus, a fait Rooster. Tu crois que j'devrais lui tirer dessus, Dirty Red ?

– Non, t'occupe pas de lui, Dirty Red a répondu. Il se décidera p't'être avant la bagarre, va savoir.

Deux ou trois types ont rigolé.

Durant une minute, tout est resté tranquille. Puis on a vu la poussière. On voyait pas la voiture, seulement la poussière qui volait au-dessus des herbes, en avançant vers nous. On pensait tous que c'était Mapes, jusqu'à tant que la voiture s'arrête. À travers les tuteurs à haricots du jardin de Mathu, à travers les herbes et les buissons qui bordaient le fossé, j'ai reconnu la petite bagnole de sport bleue du copain de Candy. Elle est allée sur la route à sa rencontre. Nous autres, on s'est remis à attendre.

Lou Alfred Dimoulin, dit Lou Dimes

Je me demandais qui, dans les quartiers Marshall, avait pu tuer Beau Boutan. N'importe qui aurait pu vouloir le faire, mais qui en aurait été capable ? Il n'y avait que des vieux là-bas. Les jeunes étaient tous partis, ne laissant que les vieillards et quelques enfants. Alors qui aurait pu le faire ? Sûrement pas Charlie. Trop souvent, j'avais vu Beau lui parler comme à un chien. Il ne levait pas la tête, encore moins élevait-il la voix. Qui alors ? Quand j'avais appelé chez les Marshall, Janey était trop affolée pour tenir des propos cohérents. Tout ce qu'elle savait me dire, c'était de me dépêcher d'aller là-bas, parce que Candy avait besoin de moi. Candy avait besoin de moi ? Depuis trois ans que je la connaissais, je ne l'avais jamais vue avoir besoin de personne.

J'ai parcouru les cinquante kilomètres entre Baton Rouge et Marshall en trente minutes, pas une de plus. C'était un miracle si toute la police de la route de la Louisiane n'était pas à mes trousses. Quand je suis arrivé à la hauteur de la grande maison, j'ai vu les voitures du Major et de Miss Merle dans la cour. La grosse LTD noire de Candy n'était pas sur la pelouse devant la porte, alors j'ai pensé qu'elle était toujours dans les quartiers, comme Janey me l'avait dit.

Les quartiers s'étendaient sur un peu moins de six cents mètres, de la route aux champs. Les buissons et les herbes poussaient si haut des deux côtés de la route qu'elle ne paraissait pas plus large qu'un drap pour un grand lit. J'apercevais au loin un tracteur et une voiture. En m'enfonçant dans les quartiers, j'ai remarqué que tout était désert. Les portes et les fenêtres des vieilles maisons étaient ouvertes, mais il n'y avait personne sur les vérandas, ni dans les cours et les jardins. On aurait dit que tout le monde avait brusquement plié bagage. Étant donné la réputation de la famille de Beau, j'ai pensé que c'était la meilleure chose à faire.

J'avais à peine arrêté la voiture que j'ai vu Candy sortir sur la route. Elle avait l'air calme, pas affolée comme j'aurais cru. En tout cas, elle paraissait bien moins inquiète que moi.

– Je suis contente que tu sois là, m'a-t-elle dit.

– Que s'est-il passé ? ai-je demandé après être descendu de voiture.

– Par ici, a-t-elle dit en indiquant un endroit pardessus son épaule.

J'ai regardé dans cette direction, mais je ne voyais rien à cause des herbes et des buissons qui envahissaient le bord du fossé.

– Que s'est-il passé ? ai-je répété.

– Je l'ai tué, m'a-t-elle déclaré en me regardant droit dans les yeux.

Elle s'est détournée pour rentrer dans la cour, mais je lui ai pris le bras.

– Qu'est-ce que tu dis ?

– J'ai tué Beau, m'a-t-elle répondu en dégageant son bras.

Je suis resté immobile un instant. Je sentais mon cœur battre, battre. Il battait si fort qu'on aurait dit qu'il voulait s'échapper de ma poitrine. J'ai secoué la tête. Non, je n'avais pas entendu ça ! Puis je l'ai suivie. Mais à peine avais-je atteint l'avant de sa voiture que je me suis arrêté de nouveau. Comme si j'avais rencontré un mur de brique. Et c'était bien un mur, à une dizaine de mètres. Pas un mur de brique, de pierre ou de bois, mais un mur humain, un mur de vieux Noirs avec des fusils. Je ne sais pas combien ils étaient – quinze, dix-huit peut-être. Il y en avait partout, debout, assis, accroupis. Et ils attendaient. Ce n'était pas moi qu'ils attendaient, c'était évident. Certains se comportaient comme si je n'étais même pas là.

Quand j'ai senti que je pouvais pénétrer dans la cour sans danger, j'ai franchi le fossé pour rejoindre Candy. À ses pieds gisait Beau Boutan, la bouche et les yeux encore ouverts, le visage maculé de sueur et de terre, des brindilles dans ses cheveux bruns. La trentaine, d'une beauté sommaire, il devait peser dans les quatre-vingts kilos. Il était vêtu d'une chemise et d'un pantalon kaki et de bottes de cow-boy. Son chapeau de paille était renversé dans les herbes à ma gauche, tandis qu'à ma droite, je voyais un fusil. Je me suis penché et j'ai soulevé un poignet épais et velu, souillé de transpiration et de poussière. Je l'ai tenu un instant, puis je l'ai laissé retomber. Une demi-douzaine de mouches se sont envolées du sang coagulé sur sa poitrine, mais se sont reposées presque aussitôt.

Je me suis redressé, et j'ai encore regardé tous ces gens. Pas un n'avait dit un mot ni bougé d'un pouce. Certains me regardaient, mais pas tous, loin de là. J'ai examiné mon plus proche voisin. Il pouvait avoir dans les soixante-dix ans, c'est souvent difficile d'estimer leur âge. Il était à peu près aussi vieux que les autres, avec leurs fusils. Il portait une salopette et une chemise en toile bleue, un chapeau de feutre gris sans âge, et des brodequins lacés de cuir, mais sans chaussettes.

– C'est moi qu'ai fait ça, a-t-il dit.

Sans colère, ni menace. Fier peut-être, mais pas fanfaron. Simplement, sans que je lui pose de question : « C'est moi. »

J'en ai considéré un autre, qui était accroupi près de la barrière du jardin et fumait une cigarette. La crosse de son fusil reposait sur le sol, le canon en travers de son genou. Il regardait le tracteur sur la route. Il paraissait tellement plus intéressé par ce maudit tracteur que par moi que j'ai failli me retourner pour le regarder aussi.

– Et toi ?

Il a hoché la tête. Il devait avoir une bonne vision périphérique, parce qu'il savait que je lui parlais sans avoir regardé dans ma direction.

– Je l'ai tué, a-t-il dit.

J'en ai choisi un autre, assis sur la dernière marche, la tête baissée. Il tapotait la crosse de son fusil contre une brique incrustée dans le sol. Je me demandais si ce satané fusil était chargé.

– Et toi, sur la marche ?

Il n'a pas cessé de taper sur la brique. Il n'a même pas levé la tête.

– Oui, m'sieur, c'est moi.

Je vois, ai-je pensé. Tous des héros, hein ?

J'ai regardé le pasteur, qui se tenait à l'écart. C'était un petit homme chauve, l'air las, pathétique, le seul qui paraissait avoir peur. Il transpirait, sans doute à la suite d'une discussion avec eux.

– Vous pouvez m'expliquer ce qui se passe ici, Révérend Jameson ?

– Vous feriez mieux de lui demander à elle, monsieur Lou, m'a-t-il répondu en désignant Candy de la tête. Elle m'a déjà dit de me taire ou de rentrer chez moi.

Je me suis retourné vers Candy, qui était juste derrière moi.

– Eh bien ?

– Eh bien quoi ? a-t-elle dit en levant les yeux vers moi.

– Tu ne les as pas entendus ?

– Si.

– Et tu prétends toujours que c'est toi ?

– C'est moi.

– Tu mens, Candy. Et tu sais que je sais que tu mens.

Elle s'est mise en colère. Ça lui était égal que je la croie ou non, m'a-t-elle dit. Elle m'a raconté que Charlie et Beau avaient commencé à se disputer là-bas dans les champs, et que Charlie avait couru chez Mathu. Elle était là, elle bavardait avec lui. Une ou deux minutes après, Beau était arrivé, poursuivant Charlie avec un fusil. Elle lui avait dit de ne pas entrer dans la cour, et comme il l'avait fait quand même, elle avait pris le fusil de Mathu et lui avait tiré dessus. Elle s'en fichait qu'on ne la croie pas, c'est comme ça que ça s'était passé.

– Et qu'est-ce qu'ils font là ? lui ai-je demandé.

– Ils sont sans doute venus pour me protéger.

– Depuis quand ils te protègent ?

Elle n'a rien trouvé à répondre. J'ai regardé Beau, et les mouches collées sur sa poitrine.

– On ne peut pas apporter de quoi le couvrir, au moins ? ai-je demandé.

– Corinne, a dit Candy à la femme sur la véranda. Va me chercher un drap ou autre chose à l'intérieur.

Corinne s'est levée du fauteuil à bascule et elle est entrée dans la maison. Elle portait une robe grisâtre, qui avait dû être bleue ou violette autrefois. Quelques instants plus tard elle est ressortie en portant un couvre-lit qui avait pu être vert, rose, bleu ou violet dans le temps, mais qui à présent était du même gris terne que sa robe. Elle l'a tendu à l'un des hommes qui se tenaient près de la véranda, qui me l'a apporté. Je l'observais tandis qu'il marchait vers moi, mais il évitait mon regard. Après m'avoir donné le couvre-lit, il est retourné à son poste.

– Tu as appelé Mapes ? ai-je demandé à Candy.

– Miss Merle était là tout à l'heure. Je lui ai dit de l'appeler quand elle t'aurait vu passer.

– Pour l'amour de Dieu, Candy, dis-moi la vérité avant qu'il arrive. C'est Mathu qui a fait ça ?

– Je t'ai déjà dit la vérité. C'est moi.

– Fix va vouloir la peau d'un nègre. Tu le sais, non, Candy ?

Elle s'est approchée de moi. Sa tête arrivait à la hauteur de ma poitrine. Elle était si furieuse que ses yeux lançaient des éclairs et que sa bouche tremblait.

– C'est moi qui ai tué ce salaud, a-t-elle dit. Et c'est ce que je vais déclarer à Mapes, à la radio, à la télévision. Je l'ai tué, ce salaud. Je t'ai fait venir parce que j'ai besoin de t'avoir à mes côtés. Parce que je n'ai personne d'autre. Personne. Mais si tu ne veux pas rester, tu peux retourner à Baton Rouge. Je ne vais pas te supplier.

Nous nous sommes regardés. Elle voyait que je ne croyais pas un traître mot de ce qu'elle m'avait dit. Plus on se regardait, plus elle était en rage, les lèvres serrées si fort qu'on ne voyait plus qu'une ligne. Elle avait envie de me battre, mais elle se retenait, parce qu'elle savait qu'elle avait encore besoin de moi.

J'ai reporté mon attention sur tous ces vieux fous autour de moi. Je ne savais pas qui me faisait le plus pitié, elle ou eux. Je savais qu'elle n'avait pas tiré, et qu'elle s'en sortirait. Mais il faudrait que quelqu'un paie pour la mort de Beau.

Ils ont remarqué la poussière avant moi. Quand j'ai jeté un coup d'œil par-dessus mon épaule, Mapes s'était déjà arrêté devant la maison. Il était assis sur le siège du passager dans la Ford Fairlane noire. Un de ses adjoints était au volant. Ils sont restés assis une minute avant de descendre. Ils nous regardaient. Puis Mapes est sorti lentement, comme s'il était très fatigué. Il était à peu près de ma taille, un mètre quatre-vingt-dix ou douze, mais il pesait au moins cinquante kilos de plus que moi. Il avait la soixantaine bien sonnée. Il portait un costume gris léger, un chapeau gris aussi, une chemise blanche et une cravate rouge. Son adjoint est sorti de l'autre côté. Il était en costume beige et cravate, mais sans chapeau. Vingt ans et quelque. Un mètre soixante-quinze et soixante-dix kilos à peu près. Même de cette distance, on voyait qu'il avait peur. Il n'était pas armé, mais il a pris un revolver dans la voiture. Mapes lui a dit quelque chose par-dessus son épaule, et il a reposé l'arme.

Mapes a ôté son chapeau, dont il a essuyé la bande de cuir intérieure avec son mouchoir ; puis il s'est essuyé le front, le cou et la nuque ; ensuite il a remis le chapeau sur sa tête et le mouchoir dans sa poche. Tout ça, il l'a fait en nous regardant. Il a tourné la tête, pas le corps, pour examiner le tracteur, dont le moteur tournait toujours. Au bout de trente secondes, il a reporté son attention sur nous. Il a porté la main à sa bouche, et il en a retiré un bout de bonbon, probablement le reste d'un *Life Saver*[2]. Après l'avoir inspecté un instant, il l'a jeté,

---

2. Marque de bonbons acidulés en forme de bouée de sauvetage. *[NdT].*

et il est entré dans la cour. Il n'a pas paru surpris de ce qu'il voyait. J'étais sûr qu'il n'avait jamais rien vu de pareil, mais il avait pas mal navigué, et il avait vu pas mal de choses bizarres, alors peut-être rien ne l'étonnait-il plus. Son adjoint l'a suivi dans la cour, lui collant aux talons comme un enfant apeuré se colle à son père.

Mapes nous a salués, mais il n'a rien dit. Moi aussi j'ai fait un signe de tête, mais pas Candy. Mapes m'a fixé de ses yeux gris cendre ; puis il les a baissés vers le couvre-lit. Il a fait un autre signe, pas à moi cette fois, à son adjoint. Mais le garçon était en train d'observer les vieux avec leurs fusils.

– Griffin ! lui a dit Mapes.

L'adjoint n'a pas répondu.

– Griffin ! a répété Mapes.

Griffin s'est détourné des vieux pour regarder Mapes, mais il n'avait pas l'air sûr que son chef l'ait appelé.

– Vous avez dit quelque chose, Shérif ?

Mapes a désigné le sol du menton. Griffin a encore jeté un coup d'œil aux vieux par-dessus son épaule. Puis il s'est penché et il a rabattu le couvre-lit. Il a rapidement tourné la tête en voyant la chemise ensanglantée, la figure et les cheveux souillés de Beau Boutan. Mapes, lui, n'a pas tourné la tête. Il a regardé le corps pendant une bonne demi-minute, et il a dit à Griffin de le recouvrir. Griffin n'a pas entendu. Il regardait encore les vieux avec leurs fusils.

– Griffin, a répété Mapes.

Griffin a levé les yeux vers le shérif, mais il s'était déjà détourné. L'adjoint a recouvert le corps sans le regarder.

– Va arrêter ce truc, a dit Mapes.

– Monsieur ? a demandé Griffin.
– Le tracteur, Griffin, a dit Mapes impatiemment.
Griffin est parti vers la route.
– Griffin, a appelé Mapes.
Il avait parlé d'un ton égal, sans inflexion, et pourtant péremptoire.
– Oui, monsieur ?
Comme Mapes ne s'était pas retourné, Griffin a dû revenir sur ses pas pour lui faire face.
– Sers-toi de la radio. Dis à Russ, et à personne d'autre, dis à Russell d'aller dans le bayou et d'empêcher Fix d'en sortir. Personne d'autre que Russ. Qu'il empêche Fix et sa bande de sortir de là jusqu'à ce qu'il ait de mes nouvelles. Et dis à Herman de venir emporter le colis. Mais ne lui dis pas qui c'est.
Griffin a opiné, et il est reparti vers la route.
– Griffin, a fait Mapes de la même voix égale.
L'adjoint s'est arrêté.
– Premièrement, arrête le tracteur. (Mapes regardait Griffin comme s'il n'était pas très futé.) Deuxièmement, appelle Russ. Troisièmement, appelle Herman. Dis-lui de venir ici chercher un cadavre. Pas de nom. Quatrièmement, tu es sûr de ne rien oublier d'ici la voiture ?
– Bien sûr, Shérif.
Mapes a continué à regarder Griffin jusqu'à ce qu'il s'éloigne. Puis il a reporté son attention sur les vieux.
– J'en ai compté dix-sept, dix-huit, a-t-il dit. Y'en a pas plus ?
– Je ne les ai pas comptés, ai-je dit.
– Et toi ? a-t-il demandé à Candy.
Il ne la regardait pas directement, il lui parlait de biais. Il paraissait déjà se douter qu'elle avait quelque chose à voir avec la présence de tous ces gens.

– J'ignore combien ils sont, lui a-t-elle répondu. Mais je peux vous dire ce qui s'est passé. C'est moi qui l'ai tué.

Mapes l'a regardée par-dessus son épaule gauche. Il la soupçonnait toujours d'avoir rassemblé tous ces gens, mais on voyait bien qu'il ne croyait pas qu'elle avait tué Beau Boutan.

– Pour quelle raison ? lui a-t-il demandé.

– Il continuait à vivre dans le passé. Il croyait qu'il pouvait toujours battre les gens comme son père le faisait il y a trente ou quarante ans. Il s'est mis à battre Charlie dans le champ là-bas derrière, et Charlie a couru chez Mathu. J'étais près de la porte, je parlais avec Mathu. On lui a demandé ce qui s'était passé, et il nous a dit que Beau l'avait frappé avec une tige de canne. Quelques minutes plus tard, Beau est arrivé sur le tracteur, armé d'un fusil. Quand il a arrêté le tracteur, je lui ai dit de ne pas traverser le fossé. Je lui ai dit plusieurs fois : « Ne traverse pas ce fossé, Beau. » Vous croyez qu'il a écouté ? On ne bat pas les gens avec une tige de canne, on ne les pourchasse pas comme des bêtes. On n'agit pas comme ça. Je lui ai dit de s'arrêter, de ne pas traverser le fossé. Je lui ai crié de ne pas franchir ce fossé. Comme il ne s'est pas arrêté, j'ai pris le fusil que Mathu tient toujours près de la porte. Et je le jurerai devant le tribunal.

Mapes continuait à la regarder de côté. Une fois, pendant qu'elle parlait, il m'a jeté un bref coup d'œil. Je voyais qu'il ne croyait pas un mot de ce qu'elle disait. Et à présent elle s'en rendait compte aussi.

– Je le jurerai devant le tribunal, a-t-elle répété. Et c'est ce que je vais raconter à la presse.

Mapes a poussé un grognement, et il s'est retourné vers les autres. Ils avaient observé et écouté, mais ils n'avaient rien dit. Même les enfants assis sur les marches étaient restés silencieux, mais attentifs. L'adjoint est revenu dans la cour et il s'est planté à côté de Mapes.

– Amène-m'en un, lui a dit Mapes.

– Lequel, Shérif? a demandé Griffin.

– Un qui sache parler, a dit Mapes, sans regarder Griffin.

Griffin s'est éloigné.

Candy était restée un peu en retrait, mais là, elle s'est avancée pour faire face à Mapes.

– Je vous ai dit que c'est moi qui l'ai fait. Pourquoi les interrogez-vous?

Mapes ne lui a pas répondu.

– Je t'en prie, Candy, ai-je dit.

J'ai tendu le bras pour la toucher, mais elle s'est brusquement dégagée.

– Vous vous en prenez à eux parce qu'ils sont noirs et sans défense?

Il a continué à l'ignorer. Il regardait Griffin qui lui amenait un des vieux bonshommes. Il avait au moins quatre-vingts ans. Griffin aurait probablement eu peur d'en choisir un plus jeune. Le vieillard portait une salopette, une chemise kaki, et un vieux chapeau de feutre. Il était rasé de près, et marchait à petits pas rapides, un peu courbé en avant. Candy s'est écartée, tandis que Griffin menait le vieil homme à Mapes. Quand l'adjoint lui a lâché le bras, il a enlevé son chapeau et l'a tenu contre sa poitrine. Son crâne était rasé d'aussi près que sa figure. Il a levé les yeux un instant vers Mapes, puis il les a baissés. Il était beaucoup plus petit que Mapes, d'une bonne trentaine de centimètres. Un tic nerveux agitait sa tête chauve comme s'il opinait sans cesse. Mapes l'a laissé poireauter un bon moment avant de lui parler.

– Comment ça se fait que tu sois si loin de chez toi, Oncle Billy ? lui a-t-il demandé.

– J'l'ai tué, a dit le vieillard, sans lever les yeux de la poitrine de Mapes.

Il n'arrêtait pas de branler de la tête.

– Écoute, j'ai pas le temps, Oncle Billy, lui a dit Mapes. C'est mon jour de pêche. Je te le redemande, qu'est-ce que tu fabriques si loin de chez toi ?

– J'l'ai...

Pan ! Mapes a abattu le revers de sa main sur la figure de l'Oncle Billy, et de la salive a jailli de la bouche du vieil homme, tandis que sa tête partait sur le côté. Mapes l'avait frappé si vite que je n'avais pas vu venir le coup.

J'ai entendu un cri de protestation s'élever de la rangée de femmes assises sur les marches.

– Regardez ça, regardez ça, a dit l'une d'elles. Un vieil homme comme Billy Washington. Regardez-moi ça !

– Je vais m'en souvenir, Mapes, a dit Candy en tendant le doigt vers lui. J'ai beaucoup de témoins. Je vais m'en souvenir.

Mapes ne lui a prêté aucune attention.

– Essayons encore, Oncle Billy. Qu'est-ce que tu fabriques si loin de chez toi ?

– J'l'ai tué, a répété Oncle Billy, en branlant toujours du chef.

Pan ! La main de Mapes s'est abattue une deuxième fois. Du sang a coulé de la bouche du vieillard, mais il n'a rien fait pour l'essuyer.

– Flanque-le là-bas, et amène-m'en un autre, a dit Mapes à Griffin.

– Vous allez tous les battre ? a demandé Candy.

Elle était assez furieuse pour le frapper, mais Mapes lui aurait probablement rendu les coups. Moi non plus je n'aimais pas ce qui se passait, mais je savais que si j'étais intervenu, Mapes m'aurait proprement assommé et jeté à l'arrière de sa voiture.

– Tu ferais mieux de l'emmener d'ici, m'a-t-il dit.

– Des clous ! a dit Candy. Je suis sur ma terre, au cas où vous l'auriez oublié.

– Te mets pas en travers de mon chemin, ça vaudra mieux pour toi, lui a dit Mapes.

– C'est ce qu'on va voir !

– C'est tout vu ! a-t-il rétorqué.

Il s'est tourné vers le vieil homme que Griffin venait de lui amener.

– Et alors, Gable, t'es sorti de derrière tes arbres ? Pour quoi faire ?

Gable était un vieillard fluet à la peau brune, aux pommettes saillantes et aux cheveux blancs. Il était sur son trente et un : veste sport marron, chemise écossaise et cravate-lacet, pantalon marron et chaussures bien cirées. Il avait ôté son chapeau, qu'il ne tenait pas contre sa poitrine, comme l'Oncle Billy, mais le long de sa jambe. Et contrairement à l'Oncle Billy, qui n'avait jamais levé les yeux plus haut que la poitrine de Mapes, il regardait celui-ci bien en face.

– J'l'ai tué, a-t-il dit.

– J'veux pas te faire de mal, Gable, a dit Mapes. T'as déjà eu ton compte d'ennuis. Alors, je te le redemande, comment elle a fait pour te faire sortir de derrière tes arbres ?

– J'lui ai tiré dessus, a dit Gable.

Mapes a serré les dents si fort que les muscles de ses joues se sont mis à trembler. Lentement, sa main droite est montée, puis pan ! La tête de Gable est partie sur le côté, mais il l'a aussitôt redressée. Il avait les yeux humides, mais il a continué à regarder Mapes bien en face.

Les femmes sur les marches ont gémi. La fillette et le plus petit des garçons se sont caché la figure. Les hommes observaient la scène en silence.

– Vous pouvez faire ça toute la journée, a dit Gable à Mapes.

Mapes l'a encore giflé. La tête de Gable s'est légèrement déportée. Il a cligné des yeux, mais un instant plus tard, il s'était remis à regarder Mapes bien en face.

Les lourdes mâchoires du shérif frémissaient toujours. Il n'aimait pas ce qu'il faisait, mais il ne connaissait pas d'autre moyen d'obtenir ce qu'il voulait.

– Mets-le là-bas, amènes-en un autre, a-t-il dit.

– Et l'autre joue ? a demandé Gable. Vous avez tapé deux fois la même. Pourquoi pas l'autre ?

Mapes a rougi de colère. Les muscles de ses joues se contractaient. Il n'a pas répondu à Gable.

Griffin a pris le vieillard par le bras et l'a mené près de l'endroit où se tenait Oncle Billy. J'ai vu ce dernier regarder Mapes avec un drôle de sourire. J'aurais pu dire au shérif à ce moment qu'il n'arriverait à rien en leur tapant dessus.

– Pourquoi vous ne prenez pas un bâton ou un tuyau ? lui a demandé Candy. Inutile de vous meurtrir les mains sur des vieillards qui ne peuvent pas se défendre.

– Ils ont tous des fusils, a dit Mapes.

– Vous savez bien qu'ils ne s'en serviront pas.

– Tout juste. Je sais qu'ils s'en serviront pas, et toi et moi, on sait qu'ils s'en sont jamais servis, hein ?

– Je vous ai dit que c'était moi qui avais tué Beau.

– Ouais, et moi je suis le Père Noël.

Griffin se déplaçait dans la foule. Il était devenu courageux tout d'un coup. Il ne choisissait plus le premier qui lui tombait sous la main, il faisait le difficile. Il allait prendre celui qui lui conviendrait. Les gens ne le regardaient pas quand il s'approchait d'eux. Pas parce qu'ils avaient peur de lui ; simplement, il ne leur paraissait pas assez important. Mais alors qu'il arrivait près des marches, Snookum, le petit-fils de Tante Glo, s'est soudain levé devant lui. Griffin lui a dit de se rasseoir, autrement il lui flanquerait une taloche. Il était vraiment brave avec les enfants et les vieillards, Griffin. Mais au lieu de se rasseoir, Snookum a sauté en bas des marches, et il s'est dirigé vers Mapes. Candy, qui n'était pas trop loin du shérif, s'est plantée entre lui et l'enfant, et lui a dit de retourner à sa place. Il s'est arrêté, mais il ne s'est pas rassis avant que sa grand-mère l'appelle. Il est retourné s'asseoir à côté d'elle, et elle a mis le bras sur ses épaules. Et puis ils ont regardé Mapes tous les deux, l'air de dire qu'ils étaient prêts s'il décidait de les frapper, séparément ou ensemble. Candy s'est retournée vers Mapes, mais elle s'est contentée de le fixer sans rien dire. Moi non plus je n'ai rien dit. Mais je savais qu'il n'obtiendrait rien en les battant.

Griffin en avait déjà choisi un autre, le pasteur des quartiers, le révérend Jameson. Il n'aurait pas pu trouver plus triste figure. Sa chemise était déjà trempée de sueur. On aurait dit qu'il allait avoir une crise cardiaque, tellement il avait peur de Mapes. D'ailleurs le shérif n'était pas content que Griffin lui amène le pasteur. Il aurait préféré un homme avec un fusil. Mais à présent il n'avait pas le choix, il devait poursuivre ce qu'il avait commencé.

– Qu'est-ce que vous faites ici, Révérend ? lui a-t-il demandé. Pourquoi vous n'êtes pas chez vous en train de lire votre bible ?

Le révérend Jameson regardait les pieds de Mapes. Il n'a pas levé les yeux à la hauteur de sa poitrine.

– J'ai rien à dire, Shérif, a-t-il dit en gardant la tête basse.

– Feriez mieux de trouver quelque chose. Qu'est-ce que vous faites ici ?

Le révérend Jameson a secoué la tête, mais sans lever les yeux.

– Encore une fois, Révérend. Qu'est-ce que vous faites ici ?

Le vieil homme a gardé le silence. Son crâne chauve était perlé de sueur. Pan ! La main de Mapes s'est abattue sur sa figure. Des gouttes de sueur ont volé. Contrairement aux deux autres hommes, dont seule la tête avait basculé quand Mapes les avait frappés, le révérend Jameson a perdu l'équilibre et il est tombé à la renverse. Tout le monde l'a regardé, mais personne n'a rien dit. Au bout d'un moment, il a relevé la tête et il a regardé Candy comme un petit chien regarde sa maîtresse quand il vient d'être puni. Mais Candy ne lui a témoigné aucune sympathie, et les autres non plus. Il s'est lentement remis debout devant Mapes.

– Et alors ?

Il a secoué la tête, qu'il gardait baissée.

– J'ai rien à dire, Shérif.

Il s'est retrouvé les quatre fers en l'air.

Comme la première fois, il s'est rassis, les yeux au sol. Puis, comme il commençait à se relever, soudain, tous ceux qui étaient dans la cour ou sur la véranda, debout, assis ou accroupis, sont venus se mettre en file devant Mapes. Candy était en tête.

– C'est mon tour, Mapes, a-t-elle dit.

Le shérif l'a dévisagée de ses yeux durs, couleur de cendre, et ses lourdes mâchoires ont tremblé encore plus violemment. J'ai cru qu'il allait la battre pour de bon à présent, et j'étais prêt à m'interposer quand il a fait un brusque signe de tête en s'éloignant. J'ai compris qu'il voulait que je le suive sur la route. Il s'est appuyé contre sa voiture et il a croisé les bras sur sa poitrine. C'était un homme fort – dans les cent trente kilos – et il paraissait très fatigué. Je me suis appuyé sur la portière à côté de lui, et nous avons regardé la cour ensemble. Les gens avaient recommencé à bouger. Candy s'occupait de l'Oncle Billy, elle lui essuyait la bouche avec un mouchoir. Pour la première fois, j'ai remarqué que le seul à ne pas s'être mis dans la file était Mathu. Il était toujours accroupi contre le mur, son fusil au creux du bras. Il fumait une cigarette en nous regardant.

– Tu sais que c'est lui, hein ? m'a dit Mapes.

Il s'était un peu calmé.

– Qui ? ai-je demandé.

– Tu sais de qui je parle.

Oui, je savais de qui il parlait. Nous le regardions tous les deux, accroupi dans son coin.

– Pourquoi vous ne l'arrêtez pas ?

– Sous quel chef d'accusation ?

– Pour avoir tué Beau, quoi d'autre ?

– Comment faire pour le prouver ? Parce qu'il a été tué dans sa cour ? C'est pas une preuve. Clinton nous démolirait ça en deux secondes au tribunal. Elle le sait, d'ailleurs.

– Et le fusil ?

– T'as pas regardé de bien près, hein ? m'a dit Mapes. Ils ont tous le même, un calibre douze. Et probable qu'ils ont tous le même numéro de cartouche dedans. Non, on peut pas l'arrêter comme ça. Mais c'est lui qui l'a tué, y'a pas de doute. Les autres auraient pas eu assez de couilles.

Il a sorti un demi-rouleau de *Life Saver* de sa poche et me l'a tendu. J'ai secoué la tête. Il en a mis un dans sa bouche, et il a remis le paquet dans sa poche. Il suçait le bonbon en regardant Mathu accroupi contre le mur.

– T'as vu Charlie ? m'a-t-il demandé.

– Non, je ne l'ai pas vu.

– Il doit se cacher là-bas dans le champ. On le trouvera quand on voudra. Mais c'est pas lui qu'a tué Beau. C'est Mathu. Et c'est elle qui a organisé cette petite fiesta. Pas lui. Il aurait jamais fait ça. C'est un vieux bouc endurci, tel que tu le vois. Il se serait probablement rendu à l'heure qu'il est si elle s'en était pas mêlée, mais il veut rien faire contre sa volonté. Où elle est allée dénicher tous ces vieux, Dieu seul le sait ! Regarde-les. Regarde-moi ces vieux flingots !

Tous les deux, on a regardé les vieux avec leurs fusils. Candy avait fini de soigner l'Oncle Billy et Gable, et elle était retournée sur les marches, où elle se tenait à côté des enfants et de Tante Glo. Elles parlaient ensemble en nous regardant.

– Bon Dieu, mon garçon, tu peux pas lui parler ? m'a dit Mapes. Je veux pas d'ennuis ici. Ceux de Baton Rouge sont déjà en train de se saouler pour le match de demain. J'en connais qui demanderaient pas mieux que d'organiser une petite partie de cravate de chanvre pour ce soir.

– J'ai essayé de lui parler. Elle ne veut rien savoir.

– T'as essayé de la flanquer dans la voiture ?

– Non, j'ai pas essayé ça. J'ai entendu dire qu'il y a une loi qui interdit de kidnapper les gens. Surtout chez eux.

– Y'a une loi contre le recel de malfaiteur aussi. T'es au courant ?

Je n'ai pas répondu. J'ai regardé Candy, debout près des marches, qui parlait à Tante Glo.

– Vous allez faire un sacré couple, tous les deux, a dit Mapes.

– Pas de réflexions personnelles, Mapes.

– À quand le mariage ? a-t-il demandé en souriant.

– Pas d'allusions personnelles, entendu, Mapes ?

Il a exhalé un long soupir en me regardant. À ses yeux, je n'étais pas vraiment un homme. Et puis il a regardé Candy de nouveau.

– P't-être que Beau vivait dans le passé, et p't-être pas. Mais elle, si. Elle croit toujours qu'elle peut agir comme son père et les autres il y a cinquante ans. Eh bien, ça va pas marcher. Il va pas s'en tirer.

– On dirait que vous avez personnellement une dent contre lui.

Mapes a poussé un grognement.

– Alors là, tu te trompes. Je l'admire, ce nègre. Il vaut mieux que la plupart des hommes que j'ai rencontrés, Blancs ou Noirs. Mais il a tué un homme, et elle l'en sortira pas comme ça. Si elle avait tant soit peu de jugeote, elle l'aurait emmené en prison depuis des heures. Parce que si Fix se pointe pas, y'en a d'autres qui pourraient le faire. Mais je crois pas qu'elle s'en rende compte.

Il a attendu mes commentaires. Je n'en avais pas. Alors il a regardé derrière moi.

– Bon, voilà Herman, a-t-il fait.

Le fourgon mortuaire arrivait lentement sur la route. Il nous a dépassés, et s'est arrêté devant la voiture de Mapes. Le médecin légiste et son assistant sont restés dedans un moment pour regarder les Noirs dans la cour et sur la véranda. Eux regardaient le fourgon.

Le médecin légiste est sorti, et il a encore regardé l'assemblée avant d'aller vers Mapes. C'était un petit homme, rasé de près, aux lunettes à monture d'acier. Il pouvait avoir dans les soixante-cinq ans, peut-être plus. Il portait un costume en tissu gaufré, un panama, une chemise blanche et un petit nœud papillon à pois. Ses chaussures noires, qui avaient été bien cirées, étaient couvertes de poussière.

– Herman ! a dit Mapes.

Mais Herman n'a rien dit. Il s'est contenté de lever les yeux vers le shérif. Et ces yeux bleus, à travers les grosses lentilles, demandaient à Mapes ce qui se passait. Mapes a déplacé le bonbon dans sa bouche, et il a salué l'assistant, George, qui avait suivi le légiste. Il était beaucoup plus jeune et baraqué que son supérieur, blond, avec une calvitie naissante.

– George ! a dit Mapes.

– Mapes ! a répondu George.

Puis il s'est mis à regarder le shérif exactement de la même manière qu'Herman. Ils voulaient que Mapes leur dise quelque chose. D'après eux, il leur devait une explication. Mais Mapes ne disait rien. Il regardait dans la cour, où tout le monde avait les yeux fixés sur nous. Il a encore déplacé son bonbon avant de se retourner vers Herman. Le vieil Herman le regardait toujours.

– Tu crois pas que tu devrais t'y mettre ? a dit Mapes.

Herman a attendu une dizaine de secondes avant de répondre :

– Bien sûr, Mapes.

Et il a encore scruté Mapes un bon moment avant de dire à George :

– Apporte le brancard et une couverture.

Et pendant que George sortait le brancard et la couverture du fourgon, il a encore regardé Mapes dix ou quinze secondes avant d'entrer dans la cour. Au bout d'un moment, nous l'avons suivi, Mapes et moi.

– Depuis combien de temps tu penses qu'il est mort ? a demandé Mapes.

Herman, sur un genou, examinait Beau.

– Deux heures, trois peut-être.

– Plutôt trois, a dit Mapes. Ça remonterait aux environs de midi, hein ?

– À peu près, oui.

– J'suis là depuis une demi-heure. J'suis arrivé vers deux heures et demie. Ça leur aurait donné – ça lui aurait donné à elle – deux heures et demie…

– Quoi ? a fait Herman.

– Je parlais tout seul.

Herman n'a pas pu se retenir plus longtemps. Il s'est relevé d'un bond. Il était rapide, pour un homme de cet âge. Debout, il avait le visage contre la poitrine de Mapes. Il était à peu près deux fois plus petit.

– Qu'est-ce qui se passe ici, nom de Dieu ? a-t-il demandé en s'avançant tout contre Mapes. Tu parles tout seul, pendant qu'une bande de nègres sont plantés là avec des fusils, et qu'un Blanc est couché mort dans l'herbe. J'exige de savoir ce qui se passe ici, nom de Dieu !

– Tu ferais mieux de l'emporter à Bayonne avec George, a dit Mapes calmement.

George attendait avec le brancard et la couverture. Herman fixait toujours Mapes. À travers ses épaisses lentilles, ses yeux paraissaient gros comme des œufs de perdrix. On n'aurait pas pu passer la main entre la poitrine d'Herman et le ventre de Mapes.

– J'en sais pas plus long que toi, a dit Mapes en regardant le cadavre par-dessus la tête d'Herman.

– Tu crois pas que tu devrais te dépêcher de te renseigner ? a demandé Herman, les yeux toujours levés vers Mapes.

– Occupe-toi de tes affaires, j'm'occuperai des miennes.

– D'accord, a dit le légiste en hochant la tête.

Il s'est tourné vers son assistant.

– On y va, George ?

George a étendu la couverture dans l'herbe, et Griffin et lui ont soulevé Beau par les bras et par les jambes et ils l'ont posé dessus. Puis George l'a soigneusement enveloppé dans la couverture, et ils l'ont placé sur le brancard et porté dans le corbillard. Tout le monde dans la cour et sur la véranda observait ce qui se passait, mais en silence.

– Tu crois pas que tu devrais faire vite, Mapes ? a redemandé Herman. Y'a pas que Fix. Y'a ses amis du bayou aussi.

Derrière les grosses lentilles, ses yeux s'étaient encore dilatés quand il avait fait allusion aux amis du bayou. Ils donnaient du poids à ce qu'il venait de dire bien plus que ses paroles.

– Va pas raconter partout ce que t'as vu, a dit Mapes en déplaçant le bonbon dans sa bouche.

Le médecin légiste a secoué la tête.

– Oh non, Mapes, je le dirai à personne. Je leur dirai seulement que Beau a pris froid par cette chaleur, c'est pour ça qu'on l'a enveloppé comme ça.

– Le reste, je veux dire.

– Les fusils ?

– Exactement.

– T'en fais pas. Personne me croirait de toute façon. Tu me croirais, toi ?

Mapes n'a pas répondu. Herman a regardé tout le monde, puis Mapes de nouveau. Mais il voyait que le shérif n'avait plus rien à lui dire, et après m'avoir jeté un coup d'œil désarmé, il a quitté la cour. George l'attendait déjà dans le corbillard. Après leur départ, Mapes a ôté son chapeau dont il a essuyé la bande de cuir. Il s'est aussi essuyé la figure et le cou tout en regardant les gens qui étaient sur la véranda.

– Bon, a-t-il dit après avoir remis son chapeau. Ceux qu'ont rien à faire ici, décampez. Les autres, vous remontez sur la véranda. Et tout de suite.

Mais personne n'a bougé.

– Qu'est-ce qui vous prend à tous ? Vous êtes sourds aussi ? Je vous ai dit de décamper.

– J'l'ai tué, a dit Oncle Billy.

Il était près de la clôture du jardin, où Griffin l'avait placé une demi-heure plus tôt. Ses lèvres étaient enflées là où Mapes l'avait frappé. Il paraissait aussi fier de ses lèvres enflées que le héros de Stephen Crane dans *La Conquête du courage.*

Mapes l'a fixé une seconde, et il a marché vers lui. Tout le monde croyait qu'il allait encore le cogner. Au lieu de ça, il lui a arraché le fusil, a éjecté la cartouche, et l'a reniflée. Puis il a remis la cartouche, et il a reflanqué le fusil dans les mains du vieil homme.

– Qui c'est qui t'a dit de tirer cette cartouche, Oncle Billy ? lui a-t-il demandé.

– Personne.

– C'est Candy, hein ?

– Non, m'sieur.

– Tu vas toujours à l'église, Oncle Billy ?

– J'suis diacre à l'église baptiste de Little Shadrack.

– Si je trouvais une bible, tu dirais toujours que t'as tué Beau, Oncle Billy ?

Oncle Billy s'est léché la lèvre inférieure, et il a penché la tête comme si cette question méritait mûre réflexion. Mapes attendait. On attendait tous. Et puis Mapes s'est fatigué d'attendre.

– Alors ? a-t-il dit.

Oncle Billy a levé la tête et, regardant Mapes droit dans les yeux, il a fait un signe affirmatif.

– Allons, t'as pas tiré sur Beau, hein ?

– Si, Shérif.

– C'est Candy qui t'a mis dans le coup, pas vrai ? T'en fais pas, je la laisserai pas te faire du mal, je te le promets.

– Non, m'sieur, j'ai tout fait tout seul, a dit Oncle Billy, sans cesser de branler du chef.

– Candy était ici quand t'es arrivé ? a demandé Mapes en changeant de tactique.

– J'sais pas bien, a dit le vieillard.

– Comment ça, tu sais pas bien ? C'est sa voiture, là-bas. Sa voiture était là ?

– J'sais pas bien.

– Tu veux dire que tu vois pas bien, c'est ça, hein, Oncle Billy ?

– Oh, j'vois bien, j'vois tout à fait bien, Shérif.

Mapes l'a regardé avec exaspération. Il commençait à être terriblement fatigué.

– Quand as-tu entendu parler du meurtre, Oncle Billy ? À une heure ?

– J'avais pas besoin qu'on m'en parle. J'étais ici même. C'est moi qui l'ai fait.

– Tu faisais quoi quand Candy t'a téléphoné ? La sieste ? Tu déjeunais ? Tu faisais quoi ?

– Elle m'a pas téléphoné du tout. J'étais ici même. Et c'est moi qu'ai tiré.

La grosse figure de Mapes avait encore rougi d'exaspération. Il aurait encore voulu frapper le vieil homme, l'étrangler peut-être.

– T'as déjà vu quelqu'un mourir sur la chaise électrique, l'Oncle ? lui a-t-il demandé.

Oncle Billy branlait toujours du chef.

– Non, m'sieur, a-t-il répondu.

– C'est pas beau à voir. Surtout quand tu prends la sauce. C'est comme ça que tu veux mourir ?

– Non, m'sieur. Mais s'il le faut.

– Même s'il le faut, tu veux pas mourir comme ça, Oncle Billy. Quand le type prend la sauce, j'te jure que la chaise elle danse. Tu vois, Oncle Billy, on a pas une chaise en permanence à Bayonne. Quand on en a besoin, on va la chercher à Angola. Et on perd pas de temps à la fixer, pas pour une seule exécution. Alors crois-moi, quand tu prends la sauce, la chaise elle danse la polka. C'est pas beau à voir, vieux bonhomme. C'est comme ça que tu veux mourir ?

– Non, m'sieur.

– Alors si j't'arrête et qu'ils te condamnent, qu'est-ce qui va arriver, d'après toi ? Tu crois que t'es trop vieux pour mourir sur la chaise électrique ?

– Non, m'sieur.

– Et alors ?

Le vieil homme a encore léché sa lèvre inférieure enflée et baissé les yeux vers le sol. J'ai cru que Mapes avait fini par l'ébranler. Tous ceux qui étaient dans la cour et sur la véranda observaient et attendaient.

– J'ai pas toute la journée, Oncle Billy, a dit Mapes.

Le vieux s'est mis à secouer la tête en levant les yeux vers Mapes.

– J'l'ai tué, a-t-il dit.

– Pourquoi ? lui a demandé Mapes.

– M'sieur ?

– Pourquoi t'as tué Beau ?

– C'est rapport à ce qu'ils ont fait à mon fils, a dit le vieil homme en fixant Mapes d'un regard vide. (Il s'était remis à branler du chef, et sa lèvre inférieure tremblait nerveusement.) La manière qu'ils l'ont battu. À le rendre fou, qu'ils l'ont battu. On a dû l'envoyer à Jackson. Il nous reconnaît même plus, sa vieille maman et moi. On lui apporte des bonbons, des gâteaux, et lui il les mange, à dire un cochon qui mange du maïs. Il en offre pas aux autres fous. Il en offre à personne, ni à moi, ni à sa maman, ni aux autres fous. Il met la tête sur le gâteau, et il le mange comme un cochon mange du maïs. Sa mère en coupe un petit morceau, elle lui donne, il le laisse tomber sur la table et le bouffe comme un cochon bouffe du maïs. C'est pas une façon de faire. Ça lui fait du chagrin, à sa vieille mère, quand elle voit ça.

– Qui c'est qu'a battu ton fils, Oncle Billy ?

– Fix et les autres, d'après ce qu'on dit.

– Mais t'en es pas sûr ?

– Je sais que c'qu'on raconte. J'étais pas là.

– C'est arrivé quand, Oncle Billy ?

– Y'a des années, quand il est revenu de la guerre.

– Quelle guerre ?

– La guerre avec Hitler et les Japs.

– Et depuis tout ce temps, t'as gardé rancune à Fix ?

– J'ai pas gardé rancune. Ma bible, elle dit de pas garder rancune.

– Elle dit aussi, ta bible, tu ne tueras point.

– Oui, m'sieur. C'est vrai.

– Et alors ?

– Des fois il faut pas faire comme dans la Bible, Shérif, a répondu Oncle Billy, sans cesser d'agiter sa tête chauve.

– Mais t'as pas désobéi à ta bible. J'crois même pas que tu saches qui a tué Beau. T'es qu'un pion sur un échiquier. T'étais pas là, et ils t'ont même pas dit qui l'avait fait, ni comment ça s'était passé, hein ?

– Non, m'sieur. Ils avaient pas besoin de me dire, vu que c'était moi.

Mapes a jeté un coup d'œil circulaire dans la cour, puis il a de nouveau regardé le vieil homme.

– Vise donc un de ces tuteurs à haricots dans le jardin, Oncle Billy, a-t-il dit.

– Lequel que vous voulez dire ?

– Un que tu peux voir.

– J'en vois des tas, a dit le vieux en branlant du chef.

– Vas-y, vise, lui a ordonné Mapes, exaspéré.

L'Oncle Billy a mis son fusil à l'épaule et il a visé le tuteur le plus proche, à trois mètres environ. Pendant un bon moment, il ne savait même pas quel œil fermer. Quand il s'est enfin décidé, le fusil tremblait si fort qu'on aurait dit une baguette de sourcier en train de chercher de l'eau.

– Tu peux baisser ton fusil, lui a dit Mapes.

Le vieux a baissé son arme. Il transpirait tellement il était épuisé.

– Beau n'aurait pas mis tout ce temps pour arrêter le tracteur, prendre son fusil et entrer dans la cour, a dit Mapes. Tu prétends toujours que c'est toi qui l'as tué ?

– J'ai pas visé avant qu'il traverse le fossé.

– Celui qu'a tiré sur Beau, il avait pas les mains qui tremblaient, Oncle Billy. Il était calme et sûr de lui. Il savait exactement ce qu'il faisait. Il a tiré au bon moment, à la bonne distance. C'est un chasseur qui a tué Beau, Oncle Billy. Quelqu'un qu'à l'habitude des fusils. Pas toi. T'as jamais rien chassé de ta vie, à part un bon siège à l'église baptiste. Près du radiateur en hiver, près de la fenêtre en été. Disparais de ma vue, Oncle Billy. Fiche le camp.

– Oui, m'sieur, a dit le vieil homme. Mais c'est moi qui l'ai tué.

– Je t'ai dit de dégager.

– Oui m'sieur, a-t-il dit en reculant, sans cesser de branler du chef. Mais c'est moi.

– Non, mais, de quoi j'aurais l'air si j'amenais ça à Bayonne ? (Mapes s'était remis à parler tout seul.) Ils se ficheraient tellement de moi que j'aurais plus qu'à quitter le secteur. S'ils m'enferment pas chez les fous avant de jeter la clé.

Lentement, il a tourné la tête, et il a regardé Mathu, accroupi contre le mur.

– Viens par ici, Mathu, a-t-il dit.

Joseph Seaberry, dit Rufe

Quand Mapes a appelé Mathu, Candy s'est postée entre le shérif et les marches. Nous autres, on s'est approchés aussi. Mapes nous a regardés l'encercler, mais il a pas eu l'air inquiet, et il a reporté son attention sur Mathu. Mathu s'était levé avec son fusil et il avançait vers les marches.

– Reste où tu es, lui a dit Candy.

– Je vais voir l'homme, a dit Mathu.

– Attends une seconde, elle a dit. Je parle sérieusement.

Elle l'a regardé jusqu'à tant qu'il s'arrête, et elle s'est tournée vers Mapes.

– Attention, Mapes. Attention à ce que vous faites maintenant. Ce n'est pas le révérend Jameson. Ni Oncle Billy ou Gable. Attention à vos gestes.

– C'est Mathu, Mapes a dit. Mais je représente la loi. Et j'ai trouvé un homme mort dans sa cour. Ça me donne le droit de l'interroger, même lui.

– Mais attention à vos gestes, elle l'a averti. Une goutte de son sang…

Elle s'est arrêtée. Elle avait pas besoin d'en dire plus.

– J'crois qu'il sait c'que tu veux dire, Candy, Clatoo lui a dit du bout de la galerie.

– Oui, je crois, elle a répondu en regardant toujours Mapes.

Puis elle a tendu la main pour aider Mathu à descendre les marches. Il en manquait deux sur quatre, elles manquaient depuis vingt ou vingt-cinq ans, et Mathu avait descendu l'escalier tous les jours de sa vie sans l'aide de personne. Mais puisque Candy lui tendait la main, il l'a prise rien que pour lui faire plaisir.

Quand il est arrivé dans la cour, il s'est incliné pour la remercier ; puis il s'est tourné vers Mapes. Il avait dépassé les quatre-vingts ans, ses cheveux étaient tout blancs, mais il avait pas la tremblote. Il faisait face à Mapes de toute sa taille, droit comme un i, en tenant son fusil contre lui.

– Comment tu te sens, Mathu ? Mapes a demandé.

Mapes était bien des choses. Il était grand et lourd, méchant, brutal. Mais quand il voyait un homme, il le respectait. Mathu était un homme, et Mapes le respectait. Mais nous autres, il avait pas une grande opinion de nous, et il nous respectait pas.

– Je vais bien, Shérif, Mathu a dit. Et vous-même ?

– Je suis fatigué, Mapes a dit. J'avais pensé pouvoir aller à la pêche aujourd'hui.

– Ça mord, il paraît, Mathu a dit.

La tête haute, il regardait Mapes bien en face. Il était pas tout à fait de sa taille. Pareil à un piquet, non, plutôt un pieu. Un vieux pieu planté dans le sol, étroit, mais encore fort, pas voûté, ni tremblant.

Mapes le regardait. Il aimait bien Mathu. Ils avaient chassé ensemble. Des chats sauvages, des alligators, des daims. Ils avaient pêché ensemble. Ils avaient bu ensemble chez Mathu. Il l'aimait bien. Même quand Mathu se mettait dans les ennuis et qu'il devait l'arrêter, il savait que c'était pas de sa faute. Mais il savait que Mathu n'avait jamais reculé devant personne non plus. Peut-être que c'était pour ça qu'il l'aimait bien. Pour lui, Mathu était vraiment un homme. Pas nous.

– Dis-leur de rentrer chez eux, Mathu, Mapes a dit.

– C'est eux qui décident, Shérif.

– Si tu leur dis de le faire, ils le feront. Dis-leur de rentrer chez eux avant que les choses se gâtent.

– Mathu, tu n'es pas obligé de répondre à ses questions, dit Candy.

Elle ne l'avait pas quitté depuis qu'il avait mis le pied dans la cour.

– Il peut t'emmener en prison s'il veut, mais il ne peut pas te forcer à parler. Pas avant que Clinton arrive là-bas.

– Ça m'est égal de parler, Mathu a dit.

– Dis-leur de me dire qui a tué Beau, Mathu, a demandé Mapes.

Il regardait Mathu, pas Candy. Il traitait toujours Mathu avec respect.

– C'est moi qui l'ai tué, Shérif.

Mapes a hoché la tête.

– Je sais bien que c'est toi. T'es le seul ici qu'ait assez de couilles. Mais faut que l'un d'eux me le dise. Faut qu'un d'eux me dise qu'il a été appelé ici après la mort de Beau.

– J'peux pas les obliger à dire ce qu'ils veulent pas.

– Tu veux qu'il leur arrive malheur, Mathu ?

– Non, Shérif.

– Mais tu sais que ça peut arriver, non ?

Mapes lui rappelait l'existence de Fix sans prononcer son nom. C'étaient ses yeux qui disaient Fix, pas sa bouche.

– Un homme doit faire comme il croit juste, Shérif. C'est la différence avec un gamin.

– Juste ou pas juste, c'est pas la question, Mapes a dit. La question, c'est qu'il peut arriver malheur à beaucoup de gens. Et tu sais bien que tu veux pas ça.

– Non, mais c'est à eux de décider.

– C'est à toi de décider, Mathu. À toi seul. Et je te le demande d'homme à homme, dis-leur de rentrer chez eux.

Mathu a commencé à regarder autour de lui. Je sais pas ce qu'il allait dire, mais toute façon il a pas eu l'occasion.

– Ça va pas marcher cette fois, a dit Clatoo du bout de la galerie.

Mapes a tourné la tête en vitesse.

– Qui a dit ça ? il a demandé.

Il avait entendu d'où venait la voix, il savait que c'était Clatoo, mais il croyait pas que Clatoo allait se dénoncer.

– Qui a dit ça, j'ai dit ?

– C'est moi, Shérif.

Mapes a fait comme s'il voyait pas Clatoo au milieu de la compagnie. Clatoo était le seul à être assis à ce bout-là de la galerie, mais Mapes faisait semblant de pas savoir où il était. Quand il a enfin posé les yeux sur lui, il l'a fixé longuement, durement. Il croyait que s'il le regardait assez longtemps, Clatoo serait forcé de baisser les yeux. Mais Clatoo a pas baissé les yeux. Il était assis là, le fusil en travers des genoux, et il regardait Mapes bien en face.

– Qu'est-ce qui te prend, Clatoo ? Mapes a dit. T'es le dernier que j'aurais cru capable de vouloir s'attirer des ennuis.

– Justement c'est ça l'ennui avec moi.

– Quoi ?

Mapes le regardait comme les Blancs vous regardent par ici, durement.

– J'ai jamais eu d'ennuis avec la loi.

– Ce qui veut dire ?

– Que je suis vieux.
– Ce qui veut dire ?
– Qu'il serait grand temps que j'en aie avant de mourir, des ennuis avec la loi.
– Tu tiens vraiment à aller en taule, hein ?
– J'me suis bien figuré que j'allais y aller, quand j'ai tiré sur lui.
– Amen, a fait Beulah, des marches.
Mapes regardait Clatoo comme les Blancs savent regarder les nègres quand ils les trouvent insolents.
– Il serait pas un peu tard pour devenir militant par ici ?
– J'ai toujours été militant. Ça m'a donné des rhumatismes, d'étouffer mon militantisme.
– Ben voyons ! a dit Mapes en le fixant durement.
– Y'a pas de ben voyons ! Ça sert à rien de parler à Mathu. Il a rien fait. C'est moi.
– Les voilà qui remettent ça ! a fait Dirty Red.
Il était accroupi près de l'allée, une cigarette courte et humide vissée au coin des lèvres. Si c'était pas la même qu'une minute plus tôt, c'était sa sœur jumelle. On voyait jamais Dirty Red allumer une nouvelle cigarette. Quand on la remarquait, elle était déjà sale, mouillée, à moitié fumée. Il devait en avoir tout un tas comme ça dans sa poche, sales et à moitié fumées.
– J'vois pas pourquoi vous laissez pas un homme...
– La ferme, Mapes lui a dit. Toi et les gens de ta famille, vous avez jamais rien foutu, que vous escrimer à pas travailler.
– Jusqu'à aujourd'hui, a fait Dirty Red.
Il regardait Mapes, la tête levée et un peu penchée pour éviter la fumée.
– Aujourd'hui, je...

– T'essaies de m'interrompre quand je te parle ? Mapes a dit.

– On dirait qu'il fait plus qu'essayer, a dit Johnny Paul, qu'était de l'autre côté du shérif.

Mapes a tourné la tête vite fait, rien que la tête. Il était trop gros pour se tourner tout entier.

– Toi aussi, Johnny Paul ? il a dit.

– Moi aussi, a fait Johnny Paul en hochant la tête.

Mapes regardait toujours Johnny Paul, quand Jacob Aguillard s'est mis à parler.

– Non, Dirty Red et Johnny Paul. Non, non, Clatoo. C'est moi qui l'ai tué. Je me rappelle ce qu'ils ont fait à ma sœur.

– Je vois, a dit Mapes en se tournant vers Jacob.

– Vous voyez quoi ? Johnny Paul a demandé.

Mapes regardait encore Jacob quand Ding Lejeune a pris la parole à son tour. Lui et son frère Bing se tenaient ensemble entre l'allée et le jardin.

– C'est moi qui l'ai tué, a fait Ding en se tapant la poitrine. Moi, moi, pas eux, pas mon frère. Moi. À cause de ce qu'ils ont fait à la petite fille de ma sœur, Michelle Gigi.

– Je vois, Mapes a dit en regardant en même temps Ding et Bing. Je vois.

– Non, vous voyez pas, a grogné tout haut Johnny Paul.

Il regardait pas Mapes, il regardait vers le tracteur et les remorques de canne, là-bas sur la route. Mais je savais qu'il voyait rien de tout ça. Pourtant j'ai pas compris à quoi il pensait avant de voir ses yeux parcourir le coin des quartiers où sa maman et son papa vivaient autrefois. Mais la vieille maison était plus là. Elle avait disparu comme toutes les autres. Là tantôt, les mauvaises herbes couvraient l'endroit où la maison était dans le temps.

– Regardez, il a dit. Regardez maintenant. Vous voyez quelque chose ? Qu'est-ce que vous voyez ?

– Je vois que des mauvaises herbes, Johnny Paul, a dit Mapes. Si c'est ça que tu veux dire.

– Oui, m'sieur, Johnny Paul a dit.

Il regardait pas Mapes. Il regardait toujours au loin dans les quartiers.

– Oui, m'sieur. J'pensais bien que vous verriez que les herbes. Mais vous autres, c'est quoi que vous voyez pas ? Qu'est-ce que tu vois pas, Rufe ? (Il me regardait pas, il regardait dans les quartiers.) Qu'est-ce que tu vois pas, Clatoo ? Qu'est-ce que tu vois pas, Glo ? Qu'est-ce que vous voyez pas, Corrine, Rooster, Beulah ? Qu'est-ce que vous voyez pas, vous tous ?

– J'ai pas le temps qu'on me dise ce qu'on peut voir ou pas voir, Johnny Paul, a dit Mapes. J'veux…

Johnny Paul s'est tourné vers lui. Il était aussi grand que lui, mais maigre, maigre. Il était brun comme la mule des paquets de tabac[3]. Il avait les yeux gris, comme ceux de Mapes, mais moins durs. Il le regardait tout droit.

– Vous avez pas aut'chose que du temps, Shérif.

– Quoi ? Mapes a dit.

– C'est moi qu'ai tué Beau.

– Je vois. Ou je reste ici à t'écouter parler de choses que tu vois pas, et que les autres voient pas, ou je t'embarque ? Je vois.

– Oui, m'sieur. Mais vous voyez toujours pas. Oui, m'sieur, vous voyez les herbes, mais vous voyez pas ce qu'on voit pas.

– Et toi tu le vois, Johnny Paul ?

– Non, j'le vois pas. C'est pour ça que j'l'ai tué.

---

3. *Brown Mule Tobacco*: marque populaire de tabac à chiquer. *[NdT].*

– Je vois, Mapes a répété.

– Non, vous voyez pas. Non, vous voyez pas. Fallait être là avant pour pas voir là tantôt. Suffit pas de venir tous les trente-six du mois. Faut avoir vécu soixante-dix-sept ans ici pour pas voir là tantôt c'qu'y avait à voir avant. Non, Shérif, vous voyez pas. Vous savez même pas ce que je vois pas.

– Et toi tu le sais, c'que tu vois pas ?

– Demandez à Mathu.

– Non, je te le demande à toi. Mathu, j'm'occuperai de lui tout à l'heure.

– Demandez à Glo. Demandez à Tucker. À Gable. À Clatoo. Demandez à Yank. À Jameson, là. Demandez à n'importe qui, à tous ce qu'ils voient plus.

– D'accord, Mapes a dit. Dis-moi. Mais fais vite. J'peux encore aller pêcher une petite heure.

– Vous voyez toujours pas. Vous voyez toujours pas. J'ai pas à faire vite. Je peux prendre tout le temps que j'veux, et vous y pouvez rien, à part me boucler. Vous pouvez même plus me battre assez fort pour me faire mal, Shérif.

– Je vois, Mapes a dit.

Johnny Paul a frappé le sol du pied. Maigre comme il était, y'avait de quoi se fractionner la jambe.

– Ah oui ? il a dit. Ah oui ? Vous entendez cette cloche sonner ?

– Tu te sens bien ? Mapes lui a demandé. J'aurais peut-être dû te demander ça avant. J'aurais peut-être dû commencer par vous demander ça à tous, il a dit en nous regardant à la ronde.

Puis, en revenant à Johnny Paul :

– Des cloches d'église, Johnny Paul ?

– Moi j'comprends, Beulah a dit, des marches. Sa parole est juste.

– Alors traduis-moi en anglais ce qu'il dit en vaudou.

– Qu'il vous le dise lui-même. Il sait causer aussi bien que moi.

– Tu veux y aller aussi, hein ? Mapes lui a demandé.

– Si fait. Ça m'est égal. J'suis déjà allée au pénitencier. Tu disais quoi là Johnny Paul ?

– Vous vous rappelez comment que c'était ? Johnny Paul a commencé.

Il répondait pas à Beulah, il lui parlait même pas, ni à Mapes. Il pensait seulement tout haut, comme un homme qui parle tout seul en labourant son champ, ou en chassant juste avec son fusil, même pas un chien.

– Vous vous rappelez ? Vous vous rappelez quand y'avait pas d'herbe ? Vous vous rappelez comme ils avaient coutume de se poser les reins sur la galerie – maman, papa, Tante Clara, Tante Sara, Oncle Moon, Tante Fil et Tante Bobine. Vous vous rappelez ? Ils avaient tous des fleurs dans leur cour. Mais personne avait des belles-de-nuit comme Jack Toussaint. Tous les jours à quatre heures, elles s'ouvraient, toujours aussi jolies. Vous vous rappelez ?

Il s'est arrêté, il pensait aux jours d'antan. Nous tous aussi on y pensait. J'avais passé des jours et des jours au bout de la galerie de Jack, en face de ce buisson. Mais on voyait jamais les fleurs s'ouvrir. Elles s'ouvraient durant qu'on était assis là, mais on les voyait jamais s'ouvrir. Comme quand on regarde bouger une aiguille de pendule. On la voit jamais bouger, mais elle bouge tout le temps.

– C'est pour ça que j'l'ai tué, c'est pour ça. Pour protéger ces petites fleurs. Mais elles sont plus là. Et comment que ça se fait ? Parce que Jack il est plus là. Il est là-bas sous les arbres avec les autres. Avec maman et papa, Tante Fil et Tante Bobine, Tante Clara, Oncle Moon, Oncle Jerry, et tous les autres. Mais vous vous rappelez, vous tous, han ?

Il s'est tourné vers Glo. Elle était assise sur les marches, ses petits-enfants à côté d'elle. Elle avait gardé son tablier. Elle regardait par terre, elle se rappelait. Elle a hoché la tête.

– Tu te rappelles le palmier-des-chrétiens dans la cour de Tante Fil, Glo ? Y'en avait d'autres qui en avaient, mais ils poussaient jamais aussi serrés, ils faisaient jamais autant d'ombre que celui de sa cour. Tu te rappelles, Glo ?

Elle a encore hoché la tête, sans le regarder. Elle le voyait, le palmier-des-chrétiens. Moi aussi je le voyais. Quand on était petits, c'est sous ses feuilles qu'on entraînait les petites filles. C'était l'endroit le plus frais en été. S'il pleuvait, s'il faisait de l'orage, ses feuilles étaient si larges qu'on était à l'abri.

– Et vous vous rappelez Jack et Rider qu'attaquaient le champ tous les matins avec les deux mules, Diamant et Job ? Johnny Paul nous a demandé.

Il regardait plus Glo présentement, il regardait au loin de nouveau.

– Dieu tout-puissant ! Me dites pas que vous vous rappelez pas ces petits matins où le soleil venait de sortir de derrière les arbres. Vous pouvez pas me dire que vous vous rappelez pas comment Jack et Rider partaient dans le champ avec leurs vieilles charrues. Jack avec Diamant, Red Rider avec Job. Ils touchaient à peine le sol pour garder les charrues d'aplomb. Ah ! Dites-moi qui pouvait battre ces deux hommes quand ils labouraient un sillon, han ? Qui ? Je vous le demande ?

– Personne, Beulah a dit. C'est sûr. Pas eux. C'étaient des hommes, ces deux-là.

Johnny Paul a hoché la tête. Pas pour Beulah. Il la regardait pas. Il regardait encore au loin, à travers les quartiers, vers les champs.

– On allait dans le champ à trente ou quarante, avec des couteaux à canne, des houes, des charrues, tout ce que vous voulez. D'un bout à l'autre du soleil. Le travail était forçant, misérable, mais on venait au bout de nos peines. On se serrait les coudes, on partageait le peu qu'on avait, et on s'aimait, on se respectait.

« Mais regardez comment c'est là tantôt. Où ils sont tous ? Où sont les roses ? Et les belles-de-nuit ? Les palmiers-des-chrétiens ? Où sont les gens qui priaient et chantaient dans l'église ? Je vais vous dire. Sous les arbres là-bas derrière, c'est là qu'ils sont. Et les herbes ont envahi la place où ils vivaient, en attendant que le tracteur vienne tout labourer. »

Là Johnny Paul s'est tourné vers Mapes. Durant tout le temps qu'il avait parlé, les autres avaient hoché la tête pour approuver ses paroles.

– Vous pouvez pas voir tout ça, Shérif, parce que vous avez jamais pu le voir. Vous pouvez pas voir Red Rider avec Job, Jack avec Diamant. Vous pouvez pas voir les gens dans l'église, vous pouvez pas entendre les chants et les prières. Fallait être là avant, pour plus rien voir ni entendre maintenant. Mais moi j'étais là, et je vois plus tout ça, et c'est pour ça que j'l'ai fait. J'l'ai fait pour ceux qui sont là-bas sous les arbres. J'l'ai fait parce que le tracteur, il se rapprochait de plus en plus du cimetière, et j'avais peur, si j'le faisais pas, qu'un jour le tracteur il entre et il retourne les tombes, et se débarrasse de toutes les preuves qu'on ait jamais existé. Parce que maintenant, ils tâchent d'effacer toutes les preuves que les Noirs ont cultivé cette terre, à dire qu'ils avaient eu rien que des machines depuis le début. Sûr qu'un jour ils effaceront toutes les preuves de notre existence, mais ils vont pas le faire tant que moi j'serai là. Maman et papa ont travaillé trop dur dans ces champs. Leurs parents ont travaillé trop dur dans ces champs. Et les parents de leurs parents, ils avaient travaillé trop dur, trop dur pour que le tracteur il entre dans le cimetière et détruise toutes les preuves de leur existence. Je suis le dernier. J'devais veiller à ce que les tombes elles durent encore un peu. Mais j'l'ai pas fait seulement pour ma parenté. J'l'ai fait pour tous ceux qui sont là-bas sous ces arbres. Et j'l'ai fait pour toutes les belles-de-nuit, les rosiers, et les palmiers-des-chrétiens qui poussaient par ici dans le temps.

Il est allé se mettre à l'écart près de la clôture du jardin. Personne disait rien. Même Mapes se taisait. Mathu était toujours devant lui, Candy pas très loin de Mathu, et son bon ami, Lou, pas très loin d'elle.

Mapes a poussé un grognement. Pas fort. Doucement. Il commençait à sentir ce qui se passait. S'il se trompait pas, il savait qu'il fallait qu'il attende. Le bonbon dans sa bouche bougeait plus. Puis Tucker a pris la parole. Et Mapes s'est remis à sucer son bonbon.

Tucker était un petit bonhomme à la peau brune. Je l'avais pas vu depuis, bon Dieu Seigneur ! deux ou trois ans peut-être. La dernière fois, c'était à l'enterrement d'Edna Zeno à Little Zion, un peu plus loin sur la route. C'est là qu'il vivait avec sa famille y'a vingt-cinq ou trente ans, mais maintenant que presque toute sa parenté avait disparu, il habitait à Jarreau, à une dizaine de kilomètres de Marshall, en allant vers Bayonne.

– Vous vous rappelez tous mon frère Silas ? il a demandé. Je parle aux vieux, pas aux jeunes. Tu te souviens pas de lui, Candy. Ils se sont débarrassés de lui avant que tu sois née. Il a été le dernier Noir à tâcher de faire du métayage par ici. Le dernier à se battre contre le tracteur.

Certains ont regardé le tracteur et les deux chargements de canne. Mais pas Mapes ; il regardait par terre. Il commençait à être fatigué. Fatigué d'écouter, fatigué d'être là, fatigué de tous ces nègres. Mais il savait pas quoi faire. Il pouvait emmener Mathu en prison, mais les autres, et surtout Candy ? Alors là il regardait par terre, il réfléchissait. Il avait déjà utilisé le seul moyen qu'il connaissait avec les gens de couleur : leur cogner dessus. Quand il a vu que ça changeait rien, quand on s'est tous mis en file pour qu'il nous cogne dessus, il a pas su quoi faire d'autre. Alors là il restait planté, un grand type lourd et rougeaud, les yeux au sol.

– On lui disait d'arrêter, disait Tucker. On lui disait qu'on avait tous laissé tomber, et que lui aussi il devait laisser tomber. Tous on lui disait ça. On tâchait de lui montrer que ça pouvait pas marcher. On avait eu les plus mauvaises terres depuis le début, et si dur qu'on trime, ceux qu'avaient les meilleures seraient toujours les premiers. Vous, les vieux, vous savez déjà tout ça. Quand la plantation a battu de l'aile, les Marshall ont distribué la terre à des métayers. Ils ont donné les meilleures terres aux Cajuns, et à nous les plus mauvaises, les terres basses près des marécages. Nous autres Noirs, on avait travaillé à la plantation cent ans durant, mais quand il a fallu mettre les terres en métayage, ils ont donné les meilleures aux Cajuns, qui y avaient jamais mis les pieds.

Il s'est tu, et il a regardé Candy. Elle était debout près de Mathu, les lèvres serrées, l'air sombre. Elle regardait de l'autre côté de la cour, à travers les quartiers, vers les champs. Elle savait que Tucker disait la vérité. Elle n'avait pas assisté à tout ça, elle était née trop tard, mais on lui avait raconté. Mathu lui avait raconté, nous aussi, et elle savait qu'il disait la vérité.

– C'est des faits tout ça, Tucker a dit. Des faits. Parce que tantôt c'est l'heure de faire les comptes, comme au Jour du Jugement. Et je dirai la vérité, sans trembler, même si pour ça je dois passer le reste de ma vie en prison.

Mapes a poussé un grognement, l'air de dire : « Ça se pourrait bien. »

– Ouais, vous pouvez grogner tant que vous voulez. Mais tout ce que vous pouvez faire, c'est me boucler. Là, vous voulez me boucler ?

Il s'est avancé vers Mapes les mains tendues.

– Là, j'suis prêt. Allez-y, bouclez-moi.

Mapes s'est contenté de le regarder, en déplaçant le bonbon dans sa bouche.

– Dommage que j'sois pas le shérif ici, l'adjoint a dit.

Durant tout ce temps il était resté à l'écart à ronger son frein.

– J'parie que tu me parlerais pas comme ça.

– Et tu ferais quoi, p'tit trou du cul ? lui a demandé Tucker.

Tout le monde a rigolé. Le petit adjoint est devenu tout rouge.

– Tais-toi, lui a dit Mapes.

– J'ai pas l'habitude que les nègres me parlent comme ça, l'adjoint a dit.

– T'as qu'à rester assez longtemps dans les parages, a fait Beulah, depuis les marches.

– On va accepter ça sans rien faire ? l'adjoint a demandé à son chef.

– Tu peux aller te promener, Mapes a répondu. J't'appellerai si j'ai besoin de toi.

– J'ai pas envie de me promener. Si ça tenait qu'à moi, ce vieux bamboula serait en cabane depuis une heure. Et je tirerais sur le premier qu'essaierait de le libérer.

Il a regardé Candy en disant ça.

Elle aussi l'a regardé de l'endroit où elle était, près des marches. Elle l'a regardé longuement et durement, de cette façon qu'avaient les Marshall de vous regarder. Le petit adjoint a soutenu son regard un temps, mais quand il a vu qu'elle allait pas céder, il s'est retourné vers Tucker. Il essayait de lui faire baisser les yeux là tantôt.

– Va te promener, Mapes lui a dit.

– J'ai pas envie.

– Tiens-toi tranquille alors. Laisse-les épancher leur bile. Tu disais ? il a dit à Tucker.

– Le gamin a fini ? Tucker a demandé.

– Il a fini, Mapes a dit.

– T'as fini, p'tit bonhomme ? Tucker a demandé à l'adjoint.

Le petit adjoint, il a pas répondu. Il a seulement regardé Tucker, et Tucker aussi l'a regardé.

– Vous savez tous ce qu'est arrivé, Tucker a dit.

Il regardait pas Mapes ; il regardait toujours le petit adjoint. Mais après un temps il a trouvé que ça valait vraiment pas la peine, et il s'est tourné vers nous.

– Vous vous rappelez comment qu'il faisait travailler sa femme et ses enfants, pour tâcher de lutter contre la machine. Elle est devenue folle, tellement il la faisait travailler. Mais même là, il a pas arrêté. Il voulait pas arrêter, jusqu'au jour où ils l'ont chopé et battu à mort.

Il s'est tu. Il nous regardait pas, il regardait au loin. On se taisait aussi. Tout était tranquille, les herbes, les champs, les marais – tout était tranquille, tranquille, à dire que toute la campagne attendait qu'il continue.

– Vous le savez pas parce que vous étiez pas là, et j'ai pas pu en parler avant, il a dit en se retournant vers nous. C'est resté là-dedans durant toutes ces années, à bouillir. (Il se tapait la poitrine.) Ça m'a gâché l'existence. Cette peur. Ça m'a gâché l'existence. J'sais pas comment que ça se fait que j'suis encore vivant.

Il s'est tourné vers Glo. Elle a hoché la tête. Elle savait de quoi il parlait. Nous tous aussi on savait de quoi il parlait.

– Comment qu'un homme pourrait battre une machine ? il a demandé. C'est pas possible, han ? C'est c'que vous dites ? Hébin, mon frère il l'a fait. Avec ses deux petites mules, il a battu le tracteur. Ces deux petites mules, elles faisaient tout ce qu'elles pouvaient, comme mon frère. Elles savaient bien que c'était la fin si elles y arrivaient pas. Elles entendaient la machine comme tout le monde, et elles savaient qu'elles devaient tirer, tirer, tirer, si elles voulaient que ça continue. Mon frère et les mules, les mules et mon frère. Alors elles tiraient pour lui, et tiraient pour lui. Elles suaient, glissaient, tombaient, mais elles tiraient toujours. La bave leur coulait de la bouche, le frein leur coupait la lèvre, la bave et le sang mélangés coulaient par terre, mais elles tiraient, tiraient pour lui dans toute cette boue. Et en fin de compte, elles ont gagné. Ils ont gagné. Mais ils auraient pas dû. Comment que la chair, le sang, le nègre pourraient gagner contre l'homme blanc et la machine ?

« Alors ils l'ont battu. Ils ont pris des tiges de canne, et ils l'ont battu, battu, battu. J'étais là, et j'ai pas bougé. Je chargeais de la canne pour Tony O'Linde, avec Joe Taylor. J'ai vu la course, j'ai vu mon frère battre Felix Boutan sur son tracteur. J'mentirais pour rien au monde aujourd'hui. J'ai vu mon frère gagner cette course. Mais il aurait pas dû gagner, il aurait dû perdre. On le savait tous, qu'il aurait dû perdre. Moi-même, son propre frère, j'savais qu'il aurait dû perdre. Y'avait des années qu'il aurait dû perdre, et parce qu'il avait pas perdu comme un nègre doit perdre, ils l'ont battu. Et j'ai rien fait que de rester là, les regarder battre mon frère à mort. »

Il s'est encore tu. Il nous a tous regardés. Mais y'en avait pas un qui osait le regarder. On avait tous fait de même une fois ou l'autre ; on avait tous vu notre frère, notre sœur, notre mère ou notre père se faire insulter devant nous un jour, sans lever le petit doigt.

Tucker était resté près des marches durant tout le temps qu'il avait parlé. Là, il est allé vers le bout de la galerie et il a regardé vers le cimetière. On voyait rien d'où il était, rapport aux herbes. Mais on savait tous où allait son regard ; on savait tous à qui il parlait. On avait tous fait la même chose, crié dans la direction du cimetière de l'une de ces vieilles cours.

– Pardonne-moi ! (Il avait levé les bras, le fusil dans une main, l'autre poing serré.) Pardonne-moi d'avoir rien fait ! il criait. Tu m'entends, Silas ? Dis, tu m'entends ?

Beulah s'est levée des marches, elle est allée le chercher, et elle l'a ramené. Ils se sont assis, et elle lui a passé le bras autour des épaules, en le tenant comme un petit enfant.

– Où ils étaient les gens de la loi ? il a dit en levant les yeux vers Mapes. (Il pleurait là tantôt.) Où ils étaient ? Ils ont dit qu'il avait coupé la route au tracteur, et que c'était lui qu'avait déclenché la bagarre. C'est ça la loi pour les nègres. C'est ça la loi.

Il regardait Mapes. Il voulait que Mapes le regarde en face. Mais Mapes, il y tenait pas. Il suçait son bonbon.

– Comment qu'un homme sur un chariot avec des mules, de la chair et du sang, pourrait couper la route à un tracteur, une machine ? C'est pas possible. Pas possible. Mais c'est ce qu'ils ont dit. Et moi, comme j'avais peur, Tucker a dit en nous regardant, comme j'avais peur, même après avoir vu ce qui s'était passé, j'ai dit comme les Blancs. Par peur de souffrir un peu dans ma chair, j'ai battu mon propre frère avec une tige de canne même pareil que les Blancs.

Il nous a tous regardés l'un après l'autre. Il voulait qu'on le juge pour ce qu'il avait fait. Que nous on le juge ? Comment un seul aurait pu le faire ? Qui n'avait pas fait de même, un jour ou l'autre ?

On est restés silencieux. Mapes aussi. Son petit adjoint disait rien non plus. Y'avait pas un souffle d'air, si bien que les arbres, les buissons, tout était silencieux.

Alors Yank s'est mis à parler. Mapes a brusquement tourné la tête vers lui. Il avait cru que le temps des paroles était fini. Il a commencé à dire quelque chose à Yank, peut-être même à jurer contre lui. Mais il l'a pas fait. Il l'a seulement fixé durement. Mais Yank a pas fait attention à lui.

– Ouais, il a dit. Tous ceux qui voulaient faire dresser un cheval, ils appelaient Yank. Dans la paroisse, en dehors de la paroisse, ils demandaient à Yank. Chaque fois qu'ils avaient besoin de faire dresser un cheval pour une dame, ils appelaient Yank, parce qu'ils savaient que j'connaissais mon boulot. Un tas de ces richards de Blancs que vous voyez se pavaner dans toute la ville sur leurs beaux chevaux à la parade de Mardi gras, c'est moi qui les ai dressés, leurs chevaux. Moi, Sylvester J. Battley en personne. Demandez à Mathu, Rufe, Tucker, Gable, demandez à Glo, ils peuvent vous le raconter.

Il s'est tourné vers Mathu. Mathu le dépassait d'au moins trente centimètres. Il était grand et droit, Yank petit, trapu, les jambes arquées. Il levait les yeux vers Mathu, des yeux marron qui le suppliaient de confirmer ses paroles. Mathu a hoché la tête. Il a pas dit un mot, il l'a même pas regardé, il a fait que hocher la tête. Mais ça lui suffisait, à Yank.

– J'dressais tous les chevaux et toutes les mules, il a répété.

Il nous parlait plus là tantôt. Il se revoyait dans le temps, quand il était plus jeune, et qu'il faisait tout ça.

– J'les dressais tous. J'ai dressé Snook et Chip pour Candy. Chip qu'a failli me tuer en me jetant contre c'te barrière. Mais je m'suis relevé. C'était lui ou moi. Maintenant il est dans le pré là-bas, trop vieux pour faire autre chose que brouter. Mais allez lui demander qui c'est qui l'a dressé. Allez-y !

Il s'est encore arrêté. Il hochait pensivement la tête. Il revoyait toujours le temps d'antan.

– Ils ont plus de chevaux à dresser. Ils ont des tracteurs, des machines à couper la canne, et depuis j'suis plus rien. Là tantôt, ils vous regardent, et ils vous traitent de fainéant, parce qu'ils vous voient assis à rien faire. Ils se rappellent pas quand vous dressiez tous les chevaux et toutes les mules. Snook, Chip, Diamant, Job. J'ai dressé Tiger, Tony, Sally, Dot, Lucky, Cora, John Strutter, Lottie, Hattie, Bird, Red, Bessie, Mut, Lena, Bascom. Pour le docteur Morgan, j'ai dressé Slipper, Skeeter, Roland. J'les ai tous dressés. Mais ceux de par ici ils s'en rappellent plus. Ben moi j'm'en rappelle. J'm'en rappelle. Et j'sais bien qui c'est qui m'a pris tout ça.

– T'as jamais entendu parler du progrès ? Mapes lui a demandé.

Il avait recommencé à s'essuyer la figure et le cou.

– J'parle pas du progrès. J'parle du dressage des chevaux.

– Tu serais plus capable de dresser un cheval même si ta vie en dépendait.

Mapes a remis son mouchoir dans sa poche. Il était plus blanc, son mouchoir ; il était gris et sale.

– P't-être que j'peux plus dresser les chevaux, Yank a dit, mais c'est pour ça qu'j'ai tué l'homme qui me les a pris, les chevaux.

– Note ça dans le rapport, Griffin, Mapes a dit par-dessus son épaule.

– Bien, Shérif, Griffin a dit. Yank. Y-a-n…

– Sylvester J. Battley, Yank a dit. Tâche de bien écrire Sylvester et Battley, si t'as d'l'orthographe. Quand les gens de ma famille liront mon nom dans les journaux là-haut dans le Nord, j'veux qu'ils soient fiers.

– Vous allez tolérer ça encore longtemps, Shérif ? l'adjoint a demandé.

– Allez-y, dites-lui, Shérif, Jacob a dit. J'crois pas qu'il ait encore compris c'qui se passe, ce p'tit bonhomme.

Durant une seconde, Mapes a regardé Jacob ; et puis il s'est tourné vers Griffin.

– Va voir où en est Russell. Vérifie s'il est arrivé là-bas. Et dis-lui d'y rester. Ça pourrait prendre un bon moment.

Le petit adjoint au cul serré, avec son pantalon trop large, il a quitté la cour en roulant les mécaniques, à dire qu'il était prêt à embarquer quelqu'un. Mais probable qu'il aurait pas été fichu d'emmener Snookum en prison, si le gosse avait pas voulu.

Après avoir parlé à la radio deux ou trois minutes, il est revenu dans la cour, et il a annoncé à Mapes que Russell était arrivé là-bas, et qu'il avait dit que tout allait bien pour le moment. Mapes lui a ordonné de retourner à la voiture, d'appeler Hilly par la radio, de lui dire de patrouiller sur la route qui longeait Marshall, et de rien laisser passer de suspect dans notre direction. Le petit adjoint, il a respiré profondément, et il est retourné sur la route en marmonnant.

Je l'observais tellement, ce petit adjoint, que j'ai rien entendu quand Gable a commencé à parler. Il parlait si doucement qu'il fallait être tout près pour l'entendre. C'est d'abord Glo que j'ai entendue. Elle disait :

– Attention, Gable. Tu connais ton cœur. Attention là !

Gable était debout de l'autre côté des marches, près de Glo. Il habitait pas à Marshall, il habitait à Morgan. Près du Bayou du Gros Homme, dans une petite cabane, derrière les saules, là-bas à Morgan. Il vivait là tout seul depuis quinze ou vingt ans. Il allait à l'église deux fois le mois, le dimanche de la Détermination et le dimanche du Sacrement. On le voyait rarement autrement. Il restait derrière ses arbres à Morgan. Il avait son petit jardin, quelques poulets, et il restait derrière ses arbres. Le dernier qu'on aurait cru voir ce jour-là, c'était bien Gable.

– Il avait que seize ans, et pas toute sa tête à lui, mais ils l'ont quand même mis sur la chaise électrique, rapport à une drôlesse d'une famille de p'tits Blancs. Ils savaient bien quel genre de fille c'était. Ils savaient qu'elle avait couché avec tous les hommes, blancs ou noirs, des bords de la rivière. Mais ils l'ont mis sur la chaise parce qu'elle avait dit qu'il l'avait violée. Même si c'était vrai, il avait que seize ans tout de même, et ils le savaient, qu'il avait pas toute sa tête.

– Fais attention alors, Gable, Glo lui a dit.

Elle a tendu la main pour le toucher, mais il était trop loin d'elle.

– Ils nous ont appelés et ils nous ont dit qu'on pourrait le prendre à onze heures, parce qu'ils allaient le tuer à dix. Qu'on pouvait demander à un croque-mort de l'attendre à la porte de derrière si on voulait l'emporter quand ce serait fini. C'est une chose à dire à une mère ? Ou à un père ? « Venez le chercher à onze heures, parce qu'on va le tuer à dix. » C'est une chose à dire à...

Sa voix s'est étranglée, et il s'est tu. Je voulais pas le regarder. Je me rappelais. C'était en 31 ou 32, en 32 je crois. Huey Long était à Washington à l'époque.

J'ai encore entendu Glo lui dire :

– Fais attention, Gable. Fais attention.

– Ils ont appuyé sur le bouton, appuyé, mais ça marchait pas. Alors quand ils l'ont détaché et ramené dans sa cellule, il croyait qu'il était déjà au ciel. Y'avait un prisonnier de couleur, Monk Jack, qu'était chargé de la surveillance. Il nous a raconté que le garçon il disait : « C'est au paradis que j'suis ? Han ? C'est le paradis ? Hé, vous ! c'est le paradis ici ? » Il disait aussi : « Salut, machin ! Salut, truc ! Vous êtes au paradis, vous aussi ? C'est fini, Dieu soit loué ! Et ça m'a juste un peu chatouillé. Ça m'a pas fait mal du tout. » Et Monk Jack disait qu'ils lui avaient dit : « Non, non, nègre, t'es pas encore mort. Mais laisse-nous le temps. »

« Après, Monk Jack nous a raconté, ils ont reflanqué le garçon dans sa cellule, et ils se sont mis à taper sur la chaise électrique, à jurer et à lui donner des coups de pied pour la faire marcher. Pendant que deux gardiens faisaient ça, un troisième est sorti pour nous dire, au croque-mort et à moi, qu'on pouvait repartir, parce que ça prendrait encore un bon bout de temps. Me dire ça à moi, son père, pendant que les deux autres tapaient sur cet engin en jurant pour le faire marcher. »

– Ton cœur, Gable, Glo a dit en tâchant de le prendre par le bras, mais il était encore trop loin.

– Monk disait qu'on entendait ces deux-là jurer contre la chaise dans tout le tribunal. Y'en avait pas un qui savait quoi faire, ils ont dû aller chercher quelqu'un de Baton Rouge pour la réparer. Ensuite ils ont fait sortir le garçon, ils ont attaché les courroies, et ils ont appuyé sur le bouton. Quand tout a été fini, Monk nous a dit, les Blancs sont sortis de là comme après une partie de cartes. Ils en parlaient même pas. Y'avait rien à en dire.

« Et qu'est-ce que j'ai fait pour les empêcher de tuer mon garçon comme ça ? Que pouvait faire un pauvre nègre, sinon aller voir les Blancs et tomber à genoux ? Mais non, ils ont pas eu pitié. Y'en a même qu'ont dit que mon garçon, il pouvait s'estimer heureux d'être mort sur la chaise électrique, et pas au bout d'une corde. Au moins il avait été traité comme un Blanc, qu'ils disaient. Et il valait mieux qu'on oublie tout ça, et qu'on l'oublie lui aussi.

« Mais j'ai jamais oublié. J'ai jamais oublié. Ça fait plus de quarante ans maintenant, et tous les jours de ma vie, toutes les nuits, je revis cette journée de pluie.

« Et c'est pour ça que j'ai tué Beau, m'sieur le Shérif. Il était comme cette petite drôlesse blanche. Il était pareil que ceux qu'ont mis mon garçon sur la chaise électrique et appuyé sur le bouton. Non, il était pas né encore, Beau, mais le même sang coulait dans ses veines. »

Quand Gable a eu fini, tout est resté silencieux. Même les enfants sur les marches bougeaient pas. On entendait pas un oiseau, pas un bruit. Mapes suçait plus son bonbon. La seule chose qui bougeait, c'était l'ombre de la maison. Elle couvrait toute la cour là tantôt.

L'adjoint est revenu, et il a dit à Mapes qu'Hilly allait monter la garde devant la plantation. Mapes l'a pas regardé ; il s'est remis à sucer son bonbon. Il attendait que quelqu'un dise quelque chose.

– Je peux parler ? Jameson a demandé à Mapes.

Il était tout seul près du bout de la galerie. Il tenait à montrer à Mapes qu'il avait rien à faire avec nous. Mais Mapes l'a regardé comme s'il le détestait lui aussi. Ses yeux gris cendre étaient durs comme l'acier.

– J'savais pas que c'était toujours moi qui commandais ici, il a dit.

– Vous êtes pas le shérif ? Jameson a demandé.

– J'vois pas le rapport.

– Prenez un fusil si vous voulez parler, Jameson, a dit Clatoo de l'endroit où il était assis sur la galerie.

– Non, monsieur Clatoo, Jameson lui a dit. Je vais pas prendre un fusil.

– Alors vous feriez mieux de la boucler. C'est ceux qu'ont des fusils qui parlent les premiers aujourd'hui.

– Alors comme ça, elle t'a fait chef? Mapes a demandé à Clatoo.

Clatoo l'a même pas regardé. Et y'a rien qu'un Blanc déteste plus qu'un Noir qui le regarde pas quand il lui parle.

Clatoo regardait Coot.

– On dirait que t'allais dire quelque chose, Coot?

Coot était là dans son uniforme de la Première Guerre mondiale. L'uniforme était tout fripé et plein de trous, mais Coot le portait comme s'il était flambant neuf. Il avait même le calot, et la médaille. Un autre jour, les gens se seraient moqués de lui, habillé comme ça.

– C'est moi qui l'ai tué, Coot a dit.

– Et ma grand-mère aussi, elle l'a tué, a fait Mapes.

– J'suis le seul homme de la paroisse qu'a été dans le 369e.

Le vieux Coot regardait même pas Mapes. Il était près de la clôture du jardin, et il regardait vers les champs à travers les quartiers.

– Le 369e c'était un bataillon d'hommes de couleur. On pouvait pas se battre à côté des gens d'ici à c'te époque. Fallait suivre l'entraînement en France, sous les ordres d'officiers français. Ils nous entraînaient bien, on les tenait nos positions. Boy Houser, Minnycourt[4], Champagne, on les tenait. Ils nous ont décorés, embrassés sur la joue, et tout. Et j'étais fier comme un pou, jusqu'à tant que je rentre chez moi. Le premier Blanc que j'ai rencontré, le tout premier, un de ces abrutis du bord

4. Noms de lieux en France, selon Coot. *[NdT]*.

de la rivière qui parlent même pas anglais, il m'a dit que je ferais mieux de pas porter cet uniforme et cette médaille si longtemps que j'vivrais. J'étais rentré au pays maintenant, qu'il m'a dit, et ils aimaient pas les nègres qui portaient des médailles pour avoir tué des Blancs. J'vous parle du temps de la Première Guerre mondiale. Mais ils ont pas changé, pas du tout. Regardez ce qu'est arrivé au fils à Curt quand il est revenu de la Seconde Guerre. Ils l'ont chopé avec la photo d'une Allemande, et vous vous rappelez c'qu'ils lui ont fait avec un couteau. La Corée, pareil. Le garçon de couleur qui s'était jeté sur une grenade pour protéger sa section, les hommes politiques, ils ont pas permis qu'on l'enterre à Arlington avec les autres. Le Vietnam, pareil. Ça a pas changé du tout.

Quand Coot vous parlait, il avait l'habitude de se balancer d'avant en arrière. Assis ou debout, il se balançait, se balançait. Des fois il s'arrêtait de parler un temps, mais il arrêtait pas de se balancer.

– J'mettais mon vieil uniforme, et j'me regardais dans la glace de la penderie. J'savais que j'pouvais pas le porter dehors, mais dans la maison j'pouvais. Aujourd'hui, je m'suis dit que j'allais le mettre et m'asseoir sur la galerie avec mon fusil, et que j'allais tirer sur le premier qui s'moquerait de moi ou m'dirait de l'enlever. J'suis resté une charge de temps, mais personne est passé devant la maison. Au bout d'un moment, je m'suis dit que j'me mangerais bien un lapin pour le souper, et j'suis parti pour les marais. Mais quand j'suis arrivé sur la route de Pologne, quelque chose a commencé à me tirer par ici, on aurait dit. J'sais pas ce que c'était, mais pas moyen de forcer mes vieux pieds à aller ailleurs qu'à Marshall.

Coot regardait Mapes là tantôt, mais Mapes le regardait pas. Il regardait dans les quartiers, après le jardin de Mathu. Peut-être que Coot lui avait dit la vérité une minute plus tôt en racontant qu'il avait mis son vieil uniforme et qu'il était sorti sur sa galerie, mais Mapes savait qu'il lui mentait rapport au reste.

Coot a repris :

– J'étais là sur la galerie quand il a sauté le fossé avec son fusil. J'lui ai dit : « Arrête un peu, mon garçon. Arrête. » Mais vous croyez qu'il a écouté ? C'était qu'un vieux nègre qui lui parlait. Rien qu'un vieux nègre. Les Allemands aussi ils croyaient qu'on oserait pas tirer sur eux, parce qu'ils étaient blancs. Ils oseront pas tirer sur nous, ces nègres, on est blancs ! Le 369e, il en a laissé beaucoup dans les tranchées, un sourire idiot sur la figure.

Coot a continué à se balancer après avoir fini de parler. Il était fier de son petit discours. Il nous a regardés pour voir quel effet ça nous faisait. Je lui ai fait un petit signe. Deux ou trois autres aussi. Il était fier qu'on l'ait écouté.

– Jésus, regarde ici, Jameson a dit. Regarde ici, s'il Te plaît, Jésus !

– Probable qu'Il est de leur côté, Mapes a dit.

– Ne dites pas ça. Ne blasphémez pas contre Lui à un moment pareil. Vous devriez être en train de faire votre devoir, non ?

– Qu'est-ce que vous voulez que je fasse ? Que j'arrête Mathu ? Vous croyez que je veux me retrouver avec cette bande de vieux invalides à Bayonne ? Avec tous ceux qui sont déjà en train de se saouler pour le grand match de demain ?

– Vous allez faire quoi, attendre que Fix débarque ici avec sa clique ?

– J'aurai peut-être un peu de chance.

– La seule chance que vous pourriez avoir, c'est qu'ils tuent pas tout le monde.

– Ferme ta gueule là, espèce de vieux lèche-bottes, Beulah lui a dit.

Jameson était au moins à trois ou quatre mètres de Beulah. Il s'est avancé vers elle. Mais il avait pas fait la moitié du chemin qu'elle s'est levée d'un bond pour l'attendre. Elle avait serré les poings et elle les faisait tournoyer. Il a stoppé plus vite qu'il s'était mis en marche.

– Arrive donc par ici, vieux lèche-bottes, Beulah disait en faisant tourner ses poings. Je vais te corriger. Ou ça te rendra encore plus fou, ou ça te mettra du plomb dans la cervelle. Arrive un peu voir. Tu crois que Mapes t'a cassé la figure ? Arrive un peu, espèce de vieux putois !

– Doucement, Révérend, Mapes a dit.

– J'peux lui tirer dessus, Dirty Red ? Rooster a demandé. Ou je laisse ma femme le corriger ?

– Vous allez rien lui faire, ni l'un ni l'autre, Dirty Red a répondu. S'il ouvre encore la bouche, Snookum a qu'à le battre. Tu t'chargeras de c'petit travail pour nous, han, Snookum ?

Snookum a jeté un coup d'œil à sa grand-mère pour voir ce qu'elle en pensait, mais de la façon qu'elle l'a regardé, il a compris qu'il ferait mieux de rester tranquille.

Mapes s'est approché de Jameson et lui a passé le bras autour des épaules.

– Pourquoi vous rentrez pas chez vous, Révérend ?

– Ma place est ici, Jameson a dit en surveillant toujours Beulah.

Il avait parlé si doucement qu'on l'avait à peine entendu. Il a levé les yeux vers Mapes.

– Ma place est ici, Shérif.

– Comme vous voudrez, Mapes a dit en laissant retomber son bras des épaules du pasteur.

– Quelqu'un a autre chose à dire ? a demandé Clatoo.

Personne a répondu. Mapes a attendu une seconde ; puis il a regardé à la ronde.

– Vous voulez dire que vous avez plus d'histoires à raconter ? il a demandé. Et moi qui croyais que vous vous étiez juste mis en train.

– Oh ! Personne est à court d'histoires, Beulah a dit.

Elle a continué à regarder Jameson un moment avant de se tourner vers Mapes.

– Vous voulez que j'commence ? elle a demandé à Mapes. Vous voulez qu'une femme s'y mette, n'importe laquelle ? J'peux vous raconter des choses qui sont arrivées aux commères de par ici qui vous feront dresser les cheveux sur la tête. Vous voulez que j'commence ? Vous avez qu'à dire oui.

– Non, a dit Mapes. Ça suffit, les histoires à dormir debout.

Il a regardé la compagnie.

– Alors, c'est le jour des comptes, hein ? Et tout est de la faute à Fix ? Responsable ou pas, c'est lui qui doit payer pour tout c'qui vous est arrivé, hein ?

– Il a fait sa part de saletés, Beulah a dit.

– Il s'est pas levé au Sénat pour empêcher qu'on enterre ce garçon à Arlington. Il a pas fait marcher la chaise électrique.

Il s'est tourné vers Bing et Ding, les deux mulâtres, qu'étaient côte à côte.

– Et toi, Ding, la femme qui a empoisonné l'enfant de ta sœur était sicilienne, pas cajun. Elle avait rien à voir avec Fix.

– Elle vivait au bord de la rivière, Ding a répondu. Et lui aussi. J'vois pas la différence.

– La rivière, la rivière, a fait Corrine.

Tout le monde s'est tourné vers elle. On s'attendait pas à l'entendre parler. Elle avait pas dit un mot depuis qu'elle était là. Elle était restée assise dans le fauteuil à bascule, à regarder dans la cour. Depuis son arrivée, elle avait bougé qu'une fois, pour apporter la courtepointe pour couvrir Beau. On avait presque tous oublié qu'elle était là.

– La rivière, elle a répété. Là où les gens allaient durant toutes ces années. Où ils pêchaient, où ils lavaient leur linge, où on les baptisait. La rivière Saint-Charles. Elle nous nourrissait, elle lavait nos habits, elle lavait nos âmes. La rivière Saint-Charles... C'est fini pourtant. Ils l'ont prise. On peut plus y aller.

Elle s'est arrêtée. Elle avait pas levé la tête. Elle regardait toujours dans la cour.

– Moi non plus, j'peux plus y faire ce que j'y faisais, à la rivière, Mapes lui a dit.

Mais elle l'écoutait pas; elle savait peut-être même pas qu'il était là.

– Je peux pas y pêcher comme avant. Je peux pas y chasser comme avant. Ça aussi, vous le reprochez à Fix ? Alors vous vous trompez de coupable. Lui aussi c'est une victime de notre temps. C'est pour ça qu'il est retourné dans le bayou, parce qu'ils lui ont pris la rivière, à lui aussi.

Corrine continuait à regarder dans la cour. Je crois pas qu'elle avait entendu Mapes.

Mais Beulah l'avait entendu, elle.

– À une époque il vivait près de la rivière. Et sûr qu'il a fait sa part de saletés quand il était là. Comme de noyer ces deux petits enfants qu'habitaient plus haut sur la route.

– Tu parles de choses qui se sont passées y'a trente ou quarante ans, Mapes a dit. Et t'as pas de preuves que Fix ait été mêlé à cette histoire.

– C'est pas les Blancs tout craché, ça ? Beulah nous a dit sans quitter Mapes des yeux. Les Noirs se font lyncher, tirer dessus, noyer, étriper, et lui il vient nous dire qu'il y a pas de preuves, qu'on sait pas qui c'est qui l'a fait. La preuve, c'est ces deux petits enfants couchés dans leurs cercueils. Ça suffit comme preuve qu'ils étaient morts. Pour nous autres Noirs en tout cas, ça suffit comme preuve qu'ils étaient morts. Et puis nous faites pas le coup du « c'était y'a trente ou quarante ans », non plus. Les choses ont pas tellement changé par ici. Après les manifestations qu'y avait, y'en avait toujours qui manquaient. Alors venez pas nous dire qu'c'était y'a trente ou quarante ans, à dire que maintenant tout est si épatant. Non, il a semé sa mauvaise graine. Même s'il est vieux là tantôt, les autres ils ont pas les mains propres non plus.

– Alors t'en sais plus long que moi.

– Si vous parlez des saletés qu'j'ai reçues sur la figure, sur ma figure noire de femme noire, oui, m'sieur le Shérif, j'crois bien que j'en sais plus long que vous.

– Et tu feras n'importe quoi pour me forcer à te mettre en prison, c'est ça ?

– Si vous emmenez Mathu, vous m'emmenez aussi.

– Je vais l'emmener, tôt ou tard. Et j'te garderai une place.

– Je serai prête. Laissez-moi seulement rentrer chez moi passer ma robe propre.

– J'te trouverai une robe à mettre. Et un seau et une serpillière.

– Je connais ça, les seaux et les serpillières. Et aussi les binettes, les pelles, les haches, les couteaux à canne, les lames de faux, les charrues... et en plus j'sais me servir d'un fusil s'il le faut. J'ai déjà été au pénitencier.

– Continue comme ça, et t'es sûre d'y retourner.

Mapes s'est tourné vers Glo, assise sur les marches.

– Et toi, Glo ? il a demandé. Et les petits ?

– J'suis prête, Glo a dit. J'trouverai quelqu'un pour s'occuper des petits.

– Toddy j'sais pas, mais moi j'suis prêt à y aller, Snookum a dit en faisant craquer ses jointures. Dommage que j'suis pas un peu plus vieux, j'aurais pu lui tirer dessus.

– Et moi qui croyais que c'était toi ! Mapes a dit. Ou alors c'est toi qu'es allé dans les quartiers rameuter tout le monde ?

– J'ai plus rien à dire. Tapez-moi avec un bout de tuyau si vous voulez.

Snookum a baissé la tête. Mapes l'a regardé un moment, puis il a hoché la tête et il s'est tourné vers Candy. Elle était debout à côté de Mathu, qui s'était assis au bout d'une marche.

– Alors c'est comme ça que t'as tout goupillé, tout le monde ou personne ?

– C'est moi qui l'ai tué, Candy a dit.

– Et tu les laisses te traiter de menteuse sous ton nez ?

– C'est pour me protéger.

– Sûr. Mais t'étonne pas si tu trouves ton nom sur la même liste que celui de Fix avant la fin de la journée.

– Ça vous ferait plaisir, hein ?

– Y'a rien qui pourrait me faire plus plaisir.

Mapes s'est tourné vers son adjoint.

– Va voir où en est Russell.

– Encore ? l'adjoint a dit. Pourquoi on jette pas ce vieux bamboula à l'arrière de la voiture, et on s'en va pas ?

Tout le monde a regardé le petit adjoint, Candy encore plus durement que les autres.

– Va voir où en est Russell comme je t'ai dit, a répété Mapes.

Le petit adjoint a regardé le shérif, il a secoué la tête, et il est sorti de la cour.

– Vous feriez mieux de l'avertir, ce garçon, Beulah a dit à Mapes. C'est-à-dire, si vous tenez à le garder.

– Sûr qu'il a une grande gueule pour quelqu'un qu'a un si p'tit cul, a dit Yank, qui était près du jardin. Pardonnez-moi, mesdames.

– Aucune importance, Mapes a dit. On est tous une grande famille, pas vrai, Candy ?

Candy lui a pas répondu. Elle a posé la main sur l'épaule de Mathu, doucement, comme si elle touchait une fleur. Mathu changeait pas souvent d'expression, mais quand Candy l'a touché, il a souri.

– Tu as besoin de t'allonger ? elle lui a demandé.

Il a secoué la tête. Candy a regardé Mapes :

– Il n'était pas trop bien ces derniers temps. Il avait des vertiges.

– Bien sûr, a fait Mapes en hochant la tête. Moi aussi j'ai des vertiges quand je tire sur quelqu'un.

Il a regardé vers la route par-dessus son épaule.

– Alors ? il a crié.

– Tout est calme, a crié l'adjoint en retour.

– Le calme avant la tempête, Mapes a dit à Lou. Il sera là quand il les aura tous rassemblés.

– Nous aussi on sera là, Clatoo a dit, de la galerie.

Gil et moi, on venait de sortir du cours de bio, quand Cal nous a rattrapés pour dire à Gil que l'entraîneur voulait le voir tout de suite dans son bureau.

– Je croyais qu'on avait déjà discuté de tout ça, a dit Gil.

– Je crois pas qu'il veuille te parler de football, cette fois, lui a dit Cal.

Gil m'a demandé si je voulais le raccompagner au gymnase, et comme Cal avait une heure devant lui, il est venu avec nous. Cal, c'était Calvin Harrison, dit Poivre, sans doute le meilleur demi du pays cette année-là – il avait déjà été sélectionné pour le titre d'All-American[5]. Gil, c'était Gil Boutan, dit Sel, à coup sûr le meilleur arrière de la Ligue du Sud-Est, sans parler des autres ligues. Sel et Poivre étaient les surnoms de Gil et Cal à LSU, l'université de Louisiane. Gil étant cajun, les types chargés de la pub lui avaient cherché un surnom adéquat, mais quand ils avaient vu comment Cal et lui se débrouillaient ensemble, ils avaient opté pour Sel et Poivre.

Gil était un parfait footballeur, il finirait professionnel, mais ce qu'il désirait plus que tout, tant qu'il était à LSU, c'était d'être All-American avec Cal. Ce serait une première, un Noir et un Blanc dans la même équipe d'attaque, et en plein Sud, qui plus est. L'université était consciente de l'en-

---

5. « All-American » est un titre décerné par les journalistes aux meilleurs joueurs dans chaque discipline sportive. *[NdT].*

jeu, les communautés noire et blanche de Baton Rouge aussi, ainsi que tout le reste du pays. Où qu'on aille, on entendait parler de Sel et Poivre, de LSU. Tous les deux étaient de puissants sprinters et d'excellents bloqueurs. Gil bloquait pour Cal quand Cal débordait l'aile, et Cal lui renvoyait l'ascenseur quand Gil montait au centre. Ça affolait les types de l'équipe de défense adverse, parce que Gil et Cal étaient porteurs du ballon à peu près le même nombre de fois à chaque match, et l'adversaire ne savait plus où donner de la tête. Par-dessus le marché, c'était Sugar Washington le capitaine, et c'était pas un lambin non plus.

Moi ? Ma foi, je n'ai rien d'un Sugar Washington. Je ne suis que son deuxième remplaçant. Je m'appelle Thomas Vincent Sullivan. Je suis rouquin, j'ai les joues rouges et les yeux verts. La plupart des gens m'appellent Sully, mais d'autres, surtout les Noirs de l'équipe, me surnomment TV. Pas forcément à cause des initiales de mes prénoms, mais parce que je suis fou de télévision. Un vrai télédingue.

Pendant que Gil était dans le bureau de l'entraîneur, Cal et moi, on est restés dehors à parler du match du lendemain, LSU contre Ole Miss, l'université du Mississippi. Ça allait être le match de l'année. On savait que si on les battait, personne ne pourrait plus nous arrêter, et le Sugar Bowl se déroulerait chez nous au Jour de l'an. Déjà les hôtels et les motels étaient pleins de Baton Rouge à la Nouvelle-Orléans. La presse nationale couvrait le match. On ne pouvait aller nulle part sans entendre parler de la rencontre. Si on était pour LSU – il fallait être fou pour ne pas l'être – on disait que rien ne pourrait arrêter Sel et Poivre. Pour ceux qui étaient contre – des milliers de supporters du

Mississippi étaient venus pour le match – tout ce que l'équipe d'Ole Miss avait à faire, c'était de stopper Sel et Poivre, et la victoire serait à elle, elle pourrait l'emporter dans ses bagages. Ça faisait un mois qu'on ne parlait que de ça, et à présent il restait un peu plus de vingt-quatre heures – trente – et tout serait réglé. Si vous connaissez un peu le climat de la Louisiane, vous savez qu'avant les orages il y a pas mal de tonnerre et d'éclairs. Eh bien, l'orage éclaterait le lendemain à huit heures, mais il couvait depuis un mois, et personne ne pensait le voir se calmer avant le dernier moment.

Après être resté dans le bureau de l'entraîneur une dizaine de minutes, Gil est ressorti, et il est passé à côté de nous comme si on n'était pas là. J'ai pensé qu'il avait oublié où il nous avait laissés, et je l'ai appelé. Mais il a poursuivi son chemin. Cal et moi, on s'est regardés, et on lui a couru après. Il marchait vite, en se frottant les poings.

– Gil, attends, ai-je fait. Hé, Gil !

Cal était d'un côté, moi de l'autre.

– Qu'est-ce qui se passe, vieux ? lui a demandé Cal.

Il s'était arrêté, il respirait fort, comme on fait dans la conférence[6] après s'être fait plaquer. Il fixait le sol, en se frottant les poings, en se frottant les jointures comme s'il voulait s'arracher la peau.

Cal lui a mis la main sur l'épaule, et je lui ai pris le bras.

– Qu'est-ce qui se passe ici ? lui ai-je demandé.

Il s'était mis à secouer la tête ; il regardait toujours par terre.

---

6. Dans le football américain, le moment où les joueurs se réunissent, au cours du jeu, pour recevoir les instructions du capitaine. *[NdT]*.

– Mon frère. Mon frère. Il a été tué.

– Dans un accident? lui a demandé Cal.

Il continuait à secouer la tête comme s'il allait se mettre à pleurer. Je lui tenais le bras, et Cal lui tapotait le dos pour le consoler. Et brusquement, il s'est retourné contre Cal. Sans crier gare, il lui a jeté un regard comme si soudain il le haïssait. Cal et moi, on n'en revenait pas.

– Gil, lui ai-je dit. C'est Cal, Gil!

Il s'est détourné de Cal et m'a regardé.

– Pourquoi ça arrive aujourd'hui? (Il pleurait à présent.) Pourquoi aujourd'hui?

– Calme-toi, Gil, ai-je fait.

Des étudiants avaient commencé à s'attrouper autour de nous et à poser des questions. Cal et Gil ne pouvaient pas éternuer sans qu'une foule se rassemble.

– Il faut que je rentre chez moi, a-t-il dit. Tu peux me prêter ta voiture? La mienne est encore au garage.

– Je vais te conduire. Je peux sécher mon cours de théâtre.

– Pourquoi ça arrive aujourd'hui, Sully? Pourquoi?

Je ne savais pas quoi lui répondre, et j'ai regardé Cal. Il restait là, l'air blessé. Il ne savait pas pourquoi Gil s'était retourné contre lui, et moi non plus.

– Allons-y, a dit Gil.

– Hé, c'est Cal, Gil, lui ai-je dit.

– Viens, allons-y, a-t-il fait en s'éloignant.

Je l'ai suivi, mais ça me faisait vraiment de la peine de voir la façon dont il traitait Cal.

Ma Karmann-Ghia de 68 était garée de l'autre côté du gymnase. Sur le campus, j'ai dû rouler à deux à l'heure à cause de tous les cinglés qui reconnaissaient Gil et voulaient lui souhaiter bonne chance pour le lendemain. Ce n'étaient pas tous des étudiants, d'ailleurs. Beaucoup d'anciens étaient déjà arrivés pour le match, qui n'aurait pas lieu avant vingt-quatre heures. On a dit que la ville des États-Unis la plus fana de football, c'est Norman, en Oklahoma, mais si un endroit est pire qu'ici, je demande à voir, ou plutôt non, je n'y tiens pas, parce que ça pourrait s'avérer dangereux.

Gil gardait la tête baissée. Il ne regardait pas ses supporters. Je conduisais à deux à l'heure. Une douzaine d'autres voitures nous suivaient à la même allure. Une fois sur la route de Highland, j'ai pu accélérer un peu, faire du dix. Ça grouillait de cinglés. Le lendemain à la même heure ce serait dix fois pire. Si Gil devenait un jour All-American, beau comme il était, il aurait toute la ville à ses pieds, y compris les femmes qui y vivaient.

Gil restait silencieux. Je ne savais pas si je devais dire quelque chose, alors je me taisais aussi. Je pensais toujours à Cal. J'étais triste que Gil l'ait traité comme ça. Sur le terrain, ils dépendaient l'un de l'autre comme les deux mains qui manient une batte de base-ball. Et j'avais toujours vu Gil se conduire en gentleman.

On avait traversé le Mississippi, et on était sur la grand-route qui menait chez ses parents à Saint-Raphaël. J'avais semé tous les cinglés, du moins ceux qui étaient en liberté, et je pouvais rouler à quatre-vingt-dix à présent. Pendant tout le trajet, Gil est resté assis en silence, se frottant les poings, les yeux sur la route. Je me taisais aussi, ne sachant que dire. Je ne sais jamais quoi dire quand quelqu'un perd un membre de sa famille. En outre je pensais toujours à Cal.

– Bon Dieu, j'espère qu'ils n'ont rien à voir avec ça, a dit Gil.

Il ne me regardait pas. Il regardait toujours la route.

– J'espère que c'est pas l'un d'eux, nom d'un chien !

– De qui tu parles ?

– Des Noirs de Marshall. C'est là qu'il s'est fait tuer. J'espère que c'est pas l'un d'eux, nom d'un chien.

Alors c'était pour ça qu'il s'était dressé contre Cal. Qu'il soit ou non mêlé à cette affaire, il était coupable à cause de sa couleur. Putain ! Tous les deux, sur le terrain, vous êtes le meilleur tandem que j'aie jamais vu, et à cause de ça... Putain ! Allons, Gil, je me suis dit, tu vaux mieux que ça.

– Tu connais pas ma famille, Sully. Tu sais presque rien de moi.

Si, je te connais, ai-je pensé. J'en connais un rayon sur toi. Je ne t'avais jamais vu sous cet angle, mais j'en connais un bout sur toi, et sur le vieux Fix, aussi. J'ai entendu dire comment il patrouillait avec ses gars dans le temps. Mais je ne savais pas que toi aussi tu étais comme ça.

On aurait pu suivre la même route jusqu'à trois ou quatre kilomètres de chez lui, mais quand on est arrivés au panneau indiquant la rivière Saint-Charles, il m'a dit de prendre l'embranchement. La route était bien droite sur six kilomètres, bordée de champs de canne des deux côtés. Une grande partie de la canne avait été coupée, et au loin, au-delà du champ qui longeait la route à droite, on voyait la ligne sombre des arbres marquant la lisière des marais. Gil regardait dans cette direction, et il n'a pas cessé jusqu'à ce qu'on prenne la route qui suivait le Saint-Charles. La rivière était gris-bleu, et très calme. De l'autre côté de son cours, à environ un kilomètre, les voitures paraissaient toutes petites sur la grand-route.

On a roulé cinq ou six cents mètres, et Gil m'a fait signe de tourner. Jusque-là, je n'avais pas compris qu'on n'allait pas directement chez lui parce qu'il voulait d'abord passer à Marshall.

Juste en entrant dans les quartiers de la plantation, j'ai remarqué une voiture de police garée au bord de la route. Le flic en uniforme bleu-gris est sorti du véhicule, et il a levé la main pour nous arrêter. Il est venu vers nous, et il a tout de suite reconnu Gil.

– Gil ! a-t-il fait.

– Hilly, a dit Gil.

Ce Hilly m'a regardé. C'était un rouquin avec des taches de rousseur, à peine plus vieux que nous. Il était sans casquette et sans cravate. Les deux boutons du haut de sa chemise étaient défaits, laissant voir les poils rougeâtres de son torse. Il a reporté son attention sur Gil.

– Mapes m'a chargé de veiller au grain, mais je crois que vous pouvez passer.

– Mapes est toujours là ? a demandé Gil.

– Oui.

– Merci.

– J'serai avec toi demain soir, a dit Hilly.

Aussitôt il s'est rendu compte de sa maladresse.

– Merci, a fait Gil, et on est repartis.

On était sur une petite route de campagne, toute blanche de poussière, bordée d'herbes folles des deux côtés. Les deux ou trois baraques de planches paraissaient abandonnées, faisant ressembler l'endroit à une ville fantôme du Far West. Il ne manquait plus qu'un ou deux rouleaux d'herbes sèches bondissant sur la route. Vers le milieu des quartiers, je distinguai un tracteur et plusieurs voitures. En approchant, j'ai reconnu la Porsche bleu ciel de Lou Dimes, ornée d'une raie blanche sur le côté. Lou Dimes, dix ans plus tôt, avait été avant de l'équipe de basket de LSU, et il venait toujours à la plupart des matchs. Parfois il assurait les reportages pour le journal de Baton Rouge.

Gil m'a fait signe de me garer devant le tracteur. On n'était pas là depuis trente secondes qu'un petit bonhomme chétif est sorti des herbes. Un revolver lui pendait à la main droite. Il nous a regardés d'un air soupçonneux, puis il a reconnu Gil, et il a souri. Il s'est approché de la voiture et il s'est penché à la fenêtre.

– Je savais pas que c'était toi, a-t-il dit. Désolé de ce qui est arrivé, Gil.

Il m'a regardé et m'a fait un salut de la tête, que je lui ai rendu. Je le trouvais un peu pâlichon pour un flic.

– Tu veux parler à Mapes ? a-t-il demandé à Gil.

On est descendus de voiture, Gil s'est arrêté un moment pour regarder le tracteur ; puis on a suivi l'adjoint vers la maison.

Mais on s'est encore arrêtés, Gil et moi. La cour et la véranda étaient pleines de vieux bonshommes avec des fusils. Le shérif était là aussi, armé d'un fusil à pompe. Lou Dimes était avec sa copine, Candy. Trois ou quatre Noires étaient assises sur la véranda et les marches avec des marmots crasseux. Tous, sans exception, nous regardaient. C'était comme dans *La Quatrième Dimension*. Vous connaissez cette série télévisée ? Vous traversez une petite ville isolée, et tout d'un coup vous tombez sur une scène complètement insolite – c'était un peu comme ça. Ou comme de regarder un tableau de Bruegel. Un de ces tableaux de Bruegel vraiment, vraiment bizarres.

Quand il a reconnu Gil, le shérif a baissé son fusil. Les autres aussi. Tous ces vieux fusils s'abaissaient en même temps vers le sol.

Gil est entré dans la cour en sautant le petit fossé herbu. J'étais à un pas derrière lui, et l'herbe n'a pas eu le temps de se relever, je l'ai aplatie de nouveau. Et j'avais bien l'intention qu'elle reste comme ça jusqu'à ce qu'on parte.

– Gil !

Le shérif avait parlé le premier. C'était un de ces grands types lourds, l'image parfaite que se feraient les gens du Nord ou d'Hollywood du shérif d'une petite ville du Sud.

Gil ne lui a pas répondu. J'ai salué Dimes et Candy. Dimes m'a dit bonjour, mais pas elle. Elle était debout près des marches à côté d'un vieux bonhomme en pantalon vert et tee-shirt sale. Elle était perdue dans ses pensées. Ni Gil ni moi, ni rien de ce qui l'entourait ne semblait l'intéresser, à part le vieux peut-être. Je l'avais vue à quelques matchs avec Dimes, et elle avait toujours l'air de s'ennuyer. Ce jour-là, elle avait la même attitude d'ennui. Elle paraissait très fatiguée aussi.

– Où est mon frère, Mapes ? ai-je entendu Gil demander.

– Ils l'ont emporté à Bayonne.

Gil regardait Mapes. Il ne trouvait pas que le shérif lui en avait dit assez long. Il voulait en savoir davantage sans avoir à le demander. Dans une situation pareille, il ne croyait pas devoir poser des questions.

– Tu vas chez toi ? a demandé Mapes à Gil.

Il essayait de lui montrer de la sympathie, mais c'était dur, avec un visage et des yeux comme les siens.

Cette fois encore, Gil ne lui a pas répondu. Il faisait tout ce qu'il pouvait pour garder son calme. Il voulait que le shérif lui en dise plus à propos de son frère.

– J'ai envoyé Russell dans le bayou, a dit Mapes, pour qu'il empêche ton père d'en sortir. Je veux pas de lui à Marshall, Gil. Je veux pas le voir à Bayonne avant que je le fasse venir.

Le shérif disait tout ça doucement, avec autant de sympathie qu'un homme pareil pouvait en témoigner. Il avait une grosse figure rouge aux lourdes mâchoires, des yeux couleur ciment. Même quand il essayait d'être gentil, ses yeux vous scrutaient durement.

Gil le fixait aussi. Il attendait que le shérif lui en dise plus sur ce qui s'était passé.

– J'en aurai fini avant le coucher du soleil, a dit Mapes. T'as ma parole.

– Fini avec quoi, Mapes !

Gil faisait tout ce qu'il pouvait pour se contrôler.

– Avec quoi ? a-t-il répété.

– Le meurtrier. Il sera en prison avant le coucher du soleil, j'te le garantis.

– Vous ne savez pas qui c'est ?

– Je crois que si. J'en suis sûr même.

– Alors pourquoi vous ne l'arrêtez pas ?

– Ils disent tous la même chose. Ils prétendent tous que c'est eux.

– Mais vous savez qui c'est ?

– Oui. Je sais qui c'est. Mais les autres ont menacé de venir en ville si je l'embarque. Elle aussi elle dit la même chose. Je veux pas de cette troupe à Bayonne. Pas avec tous ces gens qui s'excitent pour le match de demain. Si tu viens de Baton Rouge, tu sais de quoi je parle.

– Qu'est-ce que vous avez l'intention de faire, Mapes ?

– Je réglerai ça à ma façon.

– À votre façon ? Mon frère est mort depuis combien de temps, quatre heures ?

– Oui, environ.

Gil l'a regardé comme on regarde quelqu'un qui devrait vous en dire plus, beaucoup plus. Mais au lieu d'ajouter quelque chose, Mapes s'est détourné. Gil s'est mis à regarder les vieux qui l'entouraient. Finalement, il a posé les yeux sur celui qui était tout près de Candy, en pantalon vert et tee-shirt grisâtre. Pendant un moment, il n'a rien dit au vieil homme, qui regardait de l'autre côté de la route.

– C'est toi, Mathu ?

– Oui, a dit le vieux, sans regarder Gil.

Gil a lentement serré le poing droit. Pas parce qu'il voulait faire du mal au vieil homme. Son visage ne montrait ni haine ni colère – seulement de l'incrédulité devant la manière sèche, directe, dont le vieux lui avait répondu. S'il avait baissé la tête et marmonné sa réponse, peut-être ç'aurait été différent. Mais non, sèchement, directement, sans même regarder Gil : « Oui, c'est moi. »

– Demande aux autres, lui a dit Mapes. Demande à Candy.

Gil regardait toujours le vieux Mathu. Le vieillard ne faisait rien pour éviter son regard. Simplement, il regardait ailleurs d'un air pensif.

Mapes, le fusil à pompe dans une main, a posé son grand bras autour des épaules de Gil.

– Rentre chez toi, Gil.

Il l'avait dit aussi doucement qu'un homme pourvu d'une figure et d'yeux comme les siens en était capable. Mais pas forcément aussi doucement que ça peut être dit en pareille circonstance.

Gil regardait toujours le vieux Mathu. Rien n'indiquait qu'il avait entendu le shérif.

– Gil, a fait celui-ci en le secouant un peu. Gil !

Gil l'a regardé.

– Qu'est-ce qui se passe ici, Mapes ? a-t-il demandé.

On aurait cru qu'il venait d'entrer dans la cour et qu'il ne savait encore rien.

– Qu'est-ce qui se passe ici ?

– Qu'est-ce qui se passe ? s'est demandé Mapes à voix haute.

Il a jeté un coup d'œil circulaire sur les vieux avec leurs fusils. Peut-être connaissait-il les réponses, peut-être pas. Mais s'il les connaissait, il ne savait pas comment expliquer à Gil. Ou alors il ne savait pas comment s'exprimer pour que Gil comprenne.

– Rentre chez toi, a-t-il dit.

Gil a repoussé brusquement le bras de Mapes. Puis il s'est tourné vers Candy, qui était près du vieux Mathu. Jusque-là, elle n'avait pas manifesté le moindre intérêt pour notre présence.

– Qu'est-ce qui se passe ici, Candy ? lui a-t-il demandé.

Lentement, elle a levé la tête pour le regarder. Elle paraissait fatiguée. Mais elle ne lui témoignait aucune sympathie. Elle lui a raconté comment Beau et un type du nom de Charlie avaient commencé à se disputer là-bas dans les champs. Ce Charlie avait couru vers la maison, et Beau l'avait poursuivi avec un fusil. Elle était là, à bavarder avec le vieux Mathu. Elle avait dit à Beau de ne pas entrer dans la cour.

Elle le lui avait dit plusieurs fois. Il était entré, prêt à tirer, et elle l'avait arrêté. Les autres avaient appris ce qui s'était passé, et comme ils avaient pensé que ça pouvait mal tourner, ils étaient venus pour faire front avec elle. Elle avait déjà raconté tout ça à Mapes, a-t-elle ajouté.

– Tu mens, Candy, a dit Gil. Beau n'aurait jamais poursuivi Charlie avec un fusil. Un bâton, une tige de canne, oui, mais un fusil jamais. Pourquoi tu racontes tout ça ? Qu'est-ce que tu fais là d'abord ? Et pourquoi tous ces vieux sont-ils là, Candy ? Pour quoi faire ?

Elle ne lui a pas répondu. Elle regardait derrière lui. Elle avait dit ce qu'elle avait à dire.

Gil s'est tourné vers Lou Dimes, qui était près de Candy.

– Qu'est-ce qui se passe ici, Lou ? Je sais que je peux te faire confiance, à toi. Qu'est-ce qui se passe ?

Lou était là, debout près de Candy, l'air très embarrassé. On voyait qu'il aurait préféré être ailleurs. Il n'aimait pas ce qui se passait. Il a secoué la tête.

– Je ne sais pas, Gil, a-t-il répondu.

– Si, tu sais.

J'ai cru que Gil allait se mettre à pleurer.

– Qu'est-ce qui se passe, Lou ? Dis-moi ce qui se passe.

– Crois-moi, Gil, je n'en sais pas plus que ce que tu vois. Crois-moi, je t'en prie.

Il m'a regardé.

– Pourquoi tu ne l'emmènes pas chez lui ?

– Viens, Gil, ai-je dit en le tirant par le bras, mais autant tirer sur un arbre.

Gil s'est retourné vers Candy.

– Tu n'as jamais aimé Beau, lui a-t-il dit. Tu ne nous as jamais aimés, ni les uns ni les autres. Pour toi on était d'une espèce inférieure. Ce n'est pas vrai, Candy. Nous sommes tous de la même chair et du même sang. Ta famille a eu de la veine, pas la mienne, c'est tout.

Elle regardait derrière lui, comme s'il n'était même pas là. Elle paraissait fatiguée, mais à part ça son visage était sans expression.

– Mon Dieu, a-t-il dit. Mon Dieu, mon Dieu, Candy ! Si tu savais comme tu as l'air triste, pathétique !

Elle a fait semblant de ne pas l'entendre. Et peut-être était-ce vrai.

– Viens, Gil, ai-je dit en le tirant encore par le bras.

– Ça ne s'arrêtera donc jamais ? a-t-il dit en les regardant tous. Ça ne s'arrêtera jamais ? Je fais tout ce que je peux, pourtant. Ça ne s'arrêtera donc jamais ?

Les autres ne le regardaient pas. Ils ne baissaient pas les yeux ; simplement, ils regardaient ailleurs.

– Viens, ai-je dit. Viens, fichons le camp d'ici.

Il les a tous regardés, les uns après les autres. Puis il s'est détourné et il est parti. Et je l'ai suivi hors de la cour.

Depuis une heure, j'avais remarqué que les gens quittaient la cour un par un pour se rendre derrière la maison. Le seul moment où ils ont cessé ce manège, c'est quand Gil et l'autre type sont venus, mais dès qu'ils sont partis, ils ont recommencé à aller derrière un par un. Chacun y restait quatre ou cinq minutes, revenait, hochait la tête, et c'était le tour d'un autre. Mapes ne faisait pas attention à eux, et Candy non plus.

Elle était adossée contre la véranda, près des marches où Mathu était assis, et je me suis adossé près d'elle. Je lui ai demandé de venir se promener avec moi, pour que nous puissions parler. Elle a refusé. Ne vaudrait-il pas mieux qu'elle soit chez elle ? lui ai-je demandé. Elle ne voulait pas partir. Je lui ai dit que je la tiendrais au courant de la suite des événements. Non, elle ne s'en irait pas. Pourquoi avait-elle besoin de moi alors ? Elle avait besoin de moi, c'est tout. Mapes était de l'autre côté des marches. Il ne manifestait pas le moindre intérêt pour notre conversation. Comme tous les autres, il paraissait attendre quelque chose. Mais qu'attendaient-ils ? Que Fix fasse son apparition, ou non ? J'ignorais ce qui se passait. Je faisais simplement acte de présence.

Moi aussi je suis allé derrière la maison. J'ai rencontré un des vieux bonshommes qui revenait des cabinets. Il avait son fusil comme les autres, mais il s'est quand même écarté pour me laisser passer. En nous croisant, nous nous sommes salués.

Le vieux bonhomme avait fait attention. Ils avaient tous fait attention. Il n'y avait aucune trace d'humidité sur le siège. Quelques épis de maïs, la couverture d'un vieux catalogue, des feuilles de journaux, quelques sacs en papier. Je n'avais pas l'usage de tout ça, alors j'ai craché dans le trou, et je suis ressorti à l'air libre. Au milieu du sentier, j'ai croisé Candy.

– Il y a des araignées là-dedans ? m'a-t-elle demandé.

– Je n'en ai pas vu. Rien que des toiles. Pourquoi tu ne rentres pas chez toi, Candy ?

– Merci, m'a-t-elle dit en poursuivant son chemin.

– Tu veux que je t'attende ?

– Non, retourne devant, avant qu'il fasse des bêtises.

– Candy, tu ne peux rien faire de bon ici. Pourquoi tu ne rentres pas chez toi ?

Elle ne m'a pas répondu. Elle était déjà entrée dans les cabinets. Je suis retourné devant, et quelques minutes plus tard elle est revenue, et elle a repris son poste auprès de Mathu. Les autres lui avaient laissé la place libre. Mathu et elle se sont regardés, et elle lui a demandé comment il se sentait. Il lui a dit que ça allait. J'ai surpris le regard de Mapes sur eux, mais il n'a rien dit.

C'est alors qu'on a vu la poussière, et avant même que Mapes ait pu faire signe à Griffin, l'adjoint était sorti de la cour le flingue à la main. Il le portait mollement contre sa jambe, et Mapes le regardait. Il était clair qu'il allait se débarrasser de lui à la première occasion.

Tout le monde observait la poussière qui s'élevait au-dessus des herbes, mais personne n'a bougé. Ils devaient penser qu'il faisait encore trop clair pour que Fix se pointe, et même s'il le faisait, ils auraient le temps de se disperser avant qu'il puisse viser. Mapes n'a pas bougé non plus, il s'appuyait nonchalamment contre l'extrémité de la véranda. Il avait toujours son fusil, bien sûr, et j'ai vu que son pouce était près du cran de sûreté.

Griffin était dans le fossé, derrière une touffe d'herbes rouges, le revolver à la main droite, tandis que de la gauche il écartait les tiges pour mieux voir dans les quartiers. Au bout d'un moment, il a regardé Mapes et lui a fait signe que tout allait bien. Le pouce de Mapes a effleuré le cran de sûreté de son fusil, mais à la manière dont il regardait Griffin, on voyait qu'il allait se débarrasser de lui quand tout serait fini, ou même avant.

J'ai compris alors pourquoi Griffin avait hoché la tête : c'était Miss Merle. Elle s'est arrêtée juste après l'emplacement de l'ancien portail, et elle est restée assise dans la voiture à nous regarder, exactement comme tous les autres l'avaient fait, même si c'était la deuxième fois qu'elle découvrait le spectacle. Et puis elle est descendue, chargée d'un panier couvert d'un torchon, et elle a commencé à s'activer. D'abord elle s'est approchée de Griffin, elle lui a dit quelque chose, et il est allé à la voiture dont il a sorti un panier couvert d'un torchon. Il est revenu dans la cour le panier dans une main et le flingue dans l'autre. Mapes le regardait comme s'il se demandait s'il avait vraiment besoin de lui pour le reste de la journée. Miss Merle s'est mise à distribuer des sandwiches, pas à Mapes, Candy ou moi d'abord, mais à ceux qui étaient le plus près. Puisque nous étions tous une bande de conspirateurs, devait-elle penser, pas un ne valait plus cher que l'autre, alors elle s'est mise à distribuer des sandwiches au fur et à mesure, dans un flot de paroles.

– Regardez-moi ça, non mais, regardez un peu ça ! Regardez ça !

Elle sortait les sandwiches de son panier et elle poursuivait :

– J'espère que vous aimez le jambon-fromage, il n'y a rien d'autre. Regardez ça ! Non mais, regardez ça ! Dépêchez-vous avec le panier, a-t-elle dit à Griffin par-dessus son épaule.

L'adjoint lui a apporté le panier plein, et elle lui a tendu le premier. Si bien que Griffin était là, un panier vide dans une main et un revolver chargé dans l'autre.

– Vous ne pouvez pas ranger ça une seconde ? lui a demandé Miss Merle. Sur qui vous allez tirer, sur le cochon ?

– Non, m'dame, a fait Griffin.

– Regardez ça ! a-t-elle dit, les yeux sur lui.

Puis elle s'est tournée vers nous.

– Regardez-moi ça !

Elle s'était mise à distribuer ses sandwiches à nouveau. Ils étaient soigneusement enveloppés dans du papier paraffiné. Il y avait de la laitue et de la tomate avec le jambon et le fromage.

– Et toi ! a-t-elle dit à Candy. Non mais, regarde-toi. Regarde-toi donc !

Candy a pris le sandwich sans regarder Miss Merle en face. Celle-ci a secoué la tête d'un air dégoûté, et elle s'est tournée vers Mapes.

– Tenez. Prenez-en deux plutôt. Mais je n'ai pas de bière.

Mapes a craché un bout de bonbon blanc à peu près épais comme une lentille de contact.

– C'est bon l'eau, a-t-il dit. Ça te dérange pas, hein, Mathu ?

– Snookum, va chercher la cruche d'eau froide

dans la glacière, a dit Mathu. Et prends des verres dans le garde-manger.

Snookum a quitté la véranda en mangeant. Tout le monde mangeait, tout le monde sans exception. Mapes, Candy, Mathu, Griffin, les vieux, les vieilles, les enfants, tout le monde mangeait. On était tous affamés.

– Tu as déjà vu une chose pareille ? se demandait Miss Merle à voix haute. Miséricorde divine !

Puis, à Mapes :

– Alors ?

– Ils sont bons, a dit le shérif. Qui les a faits ?

– Janey et...

Elle s'est interrompue, et s'est contentée de le regarder, de ce regard propre aux femmes du Sud, qu'elles soient noires ou blanches. On dirait qu'elles pensent que vous ne devriez pas être en même temps sur la même planète, elles et vous.

– Vous voyez ce soleil ? a-t-elle demandé à Mapes.

L'ombre de la maison avait traversé la route jusqu'à l'endroit où étaient le tracteur et les remorques.

– Encore une heure, a dit Mapes.

Snookum est revenu avec la cruche et les verres, et il a versé de l'eau à Mapes. Puis il s'est planté devant Miss Merle, mais elle était trop absorbée par Mapes pour le remarquer. Elle ne comprenait pas comment Mapes pouvait tranquillement boire de l'eau dans une situation pareille. Ni bien sûr comment ils avaient pu se retrouver sur la même planète, elle et lui.

– J'peux en avoir un autre ? a dit Snookum.

Elle a sursauté et s'est retournée vers le petit garçon.

– Quoi ? a-t-elle fait avec colère.

– Un sandouiche. Candy m'a rien donné parce que j'suis allé...

Il a jeté un coup d'œil à Mapes et s'est tu.

Miss Merle n'a pas cherché à comprendre de quoi il parlait. Elle l'a seulement regardé comme si lui non plus n'avait rien à faire sur la même planète. Snookum tendait la main avec espoir. Sa petite figure noire et ses boucles en tire-bouchon étaient poussiéreuses, sa petite main poisseuse. Miss Merle l'a toisé. Elle ne voulait pas ressentir de la pitié. Il y en avait tant d'autres qui méritaient de la pitié. Où allait-elle s'arrêter ?

– Tiens, a-t-elle dit en lui fourrant un sandwich dans la main. Et maintenant, fiche le camp.

– Lou aussi en prendrait bien un autre, a dit Mapes.

– Quoi ? a demandé Miss Merle en se tournant vers lui.

Mapes continuait à mâcher. Un tremblement nerveux agitait le coin gauche de la bouche de Miss Merle. Elle était sûre que Dieu avait commis une erreur en la plaçant à cet endroit en même temps que Mapes. Mais Mapes ne pensait pas à ça. Il continuait à manger.

– Tiens, m'a dit Miss Merle. Et fais-les passer.

J'ai posé un sandwich sur la véranda près de l'endroit où j'étais, et j'ai fait le tour avec le panier. La plupart des gens refusaient de se resservir. Ils avaient encore faim, mais il n'y avait pas assez de sandwiches pour que tout le monde en ait deux, alors presque tous refusaient poliment d'en reprendre. Lorsque j'ai eu fini, Miss Merle m'a repris le panier pour aller vers ceux qui lui paraissaient les plus affamés. Elle poursuivait sa litanie.

– Regardez ça ! Regarde-moi ça, Jésus ! Tenez. Seigneur, regardez ça ! Tiens, Clabber. Tiens, Clatoo. Prends ça, Dirty Red. Jésus, regarde-moi ça !

Elle est revenue vers l'endroit où Mapes était nonchalamment appuyé contre la véranda. Son fusil à pompe était calé contre les marches.

– Il n'y a pas de dessert, a-t-elle dit. La tarte n'est pas assez grande pour vous tous et…

Elle s'est arrêtée. Pourquoi expliquer quoi que ce soit ? Pourquoi même perdre son temps à nous apporter des sandwiches ?

– Mon Dieu, as-tu jamais rien vu de pareil de toute ton existence ? s'est-elle demandé à voix haute.

Puis, se retournant brusquement vers Candy :

– Tu es contente maintenant, toi et ton armée ?

Candy mangeait son sandwich les yeux baissés. Elle n'a pas répondu.

– Combien de temps va durer cette comédie ? a lancé Miss Merle à Mapes.

– Ils disent tous que c'est eux, a dit Mapes. Qui je dois embarquer ? Elle ?

La petite bouche rouge de Miss Merle, sa petite bouche d'oiseau, s'est serrée deux ou trois fois. À l'expression de ses yeux, on voyait qu'elle se demandait toujours pourquoi Dieu l'avait placée ici en même temps que nous. Dieu ne lui a pas répondu, alors elle s'est retournée contre moi.

– Et tu es censé être un homme ? Quelle sorte de mari tu feras si tu la laisses…

De nouveau, elle s'est tue. Je ne voulais pas la regarder, mais je sentais qu'elle me fixait. Elle avait sans doute envie de me frapper, de taper sur quelqu'un, mais elle était trop bien élevée. Elle s'est tournée vers Mathu.

– Dis-lui de déguerpir.

– C'est à elle de décider, lui a-t-il répondu en mâchant.

– Depuis quand ?

Il n'a pas cessé de mâcher. Il ne l'a pas regardée non plus. Mais elle continuait à le regarder. Pas comme une Blanche regarde un Noir à qui elle donne des ordres ou des conseils, mais comme une femme, n'importe laquelle, regarde un homme quand ils ont passé bien des moments ensemble.

Ces moments partagés, ils les avaient consacrés à l'éducation de Candy. Quand son père et sa mère étaient morts dans l'accident, Miss Merle et Mathu s'étaient rendu compte que ceux de la grande maison, sa tante et son oncle, étaient incapables de l'élever convenablement. Alors ils s'en étaient chargés eux-mêmes. L'une dans l'intention d'en faire une dame, et l'autre pour qu'elle comprenne les gens qui vivaient sur sa terre. Candy avait été plus proche de Miss Merle et de Mathu que de quiconque.

Comme Mathu refusait de rendre son regard à Miss Merle, sa petite bouche d'oiseau s'est serrée à nouveau deux ou trois fois. Puis elle s'est brusquement tournée vers nous.

– Il faut que je m'en aille. Où est mon autre panier ?

Elle a repéré Griffin, et lui a arraché le panier des mains.

– Faites ce que vous voulez, tous tant que vous êtes. Mais ne venez pas là-bas me demander de panser vos blessures. Janey n'est pas en état de le faire non plus, elle est trop paniquée. Et Bea est complètement saoule.

– J'vous accompagne à la voiture, lui a dit Mapes.

– Pour quoi faire ? a-t-elle rétorqué en brandissant un des paniers.

– Doucement ! a dit Mapes en levant la main en signe de paix. J'veux seulement vous remercier pour les sandwiches.

Miss Merle était là, le panier levé. Mapes n'osait pas broncher. Les autres non plus, d'ailleurs. Si elle avait balayé l'air de son panier, je crois que tout le monde se serait sauvé en courant.

Elle a secoué la tête.

– Non, je ne vais battre personne. Je rentre chez moi. Si je reste encore un peu, je sens que je vais devenir folle.

Elle est sortie de la cour. Mapes l'a rattrapée juste au moment où elle traversait le fossé. Ils ont parlé quelques instants près de la voiture. Mais elle est montée, et elle est allée plus loin dans les quartiers faire demi-tour. Quand elle est repassée devant la maison, je suis allé rejoindre Mapes sur la route. Il était appuyé contre sa voiture, et il regardait les gens dans la cour. Je me suis adossé à côté de lui. Il faisait un peu frais maintenant que l'ombre avait tout recouvert. Mapes m'a offert un de ses bonbons. J'ai secoué la tête. Je savais qu'il en avait plus qu'un ou deux, il en aurait sans doute besoin plus tard.

– Qu'est-ce qui va se passer, Mapes ? lui ai-je demandé.

– J'sais pas. J'attends que Russell m'appelle.

– Qu'il vous appelle pour quoi ?

– J'sais pas.

– Vous n'avez pas l'air très pressé.

– Non, a-t-il fait.

Il a regardé Mathu assis sur les marches. Puis il a levé les yeux vers le ciel, vers l'endroit où le soleil avait brillé un peu plus tôt.

– De toute façon, il est trop tard pour aller à la pêche.

Sully

De Marshall au Bayou Michel, il y a seize kilomètres environ, huit le long de la rivière Saint-Charles, et ensuite huit autres par une route goudronnée. Le Bayou Michel est alors à votre droite, des maisons à gauche font face au bayou. La route serpente sans arrêt le long du bayou. Jamais plus de deux cents mètres de ligne droite entre deux tournants.

On était en pays cajun. Quelques autres Blancs, ainsi que des Noirs, y vivaient aussi, mais la majorité des habitants étaient des Cajuns. Ils s'appelaient Jarreau, Bonaventure, Mouton, Montemare, Boutan, Brossard, Guerin, Hebert, Boudreaux, Landreaux, tous des noms cajuns. Il y avait même des Smith et des Kelly qui se prétendaient cajuns parce que leur père avait épousé une femme cajun. Les Noirs du bayou, en plus de l'anglais, parlaient également le français des Cajuns.

C'était le pays de Gil. J'y étais déjà venu cinq ou six fois, et j'avais toujours apprécié. On allait à la chasse et à la pêche, ou simplement faire des visites. Gil aimait tout le monde dans le coin, et tous l'aimaient, les Blancs comme les Noirs. Il serrait aussi volontiers la main à un Noir qu'à un Blanc, et alors les Noirs rayonnaient de fierté. Mais ce jour-là, je n'avais pas vu un Noir, homme, femme ou enfant, depuis que nous avions quitté Marshall.

Gil, le bras à la fenêtre, regardait les arbres qui bordaient le Bayou Michel. C'étaient surtout des saules pleureurs ; leurs longues branches souples balayaient le sol et la surface de l'eau. De temps en temps, on voyait un cyprès, un sycomore, ou un autre arbre, mais il y avait surtout des saules, et beaucoup de buissons. Lorsqu'il y avait une trouée entre les arbres et les buissons, on apercevait l'eau brune et sale, peu profonde. Sur l'eau elle-même, aucune trace de vie. Pas d'animaux, d'oiseaux, ni de verdure. Rien que des petites branches et des feuilles mortes tombées des arbres de la rive. Gil regardait le bayou par la fenêtre, mais il gardait le silence. Il ne m'avait pas dit un mot depuis que nous avions quitté Marshall.

À présent nous arrivions chez ses parents, une grande maison de bois peinte en blanc, dont les portes, les fenêtres et la véranda étaient équipées de moustiquaires. Il y avait pas mal de voitures et de camions devant la maison, si bien que nous avons dû parcourir une centaine de mètres avant de trouver un endroit pour nous garer. Puis nous sommes descendus et revenus à pied vers la maison. Un grand type aux cheveux blond cendré était debout près d'une voiture. Il nous regardait approcher en souriant.

– Gilly ! a-t-il fait.

– Russ, a dit Gil. (Puis, me désignant d'un signe de tête.) Je te présente Sully.

Russ m'a fait un salut que je lui ai rendu. Nous nous sommes serré la main.

Gil s'est mis à regarder tous les camions et les voitures garés devant la maison. Cinq ou six hommes se tenaient autour d'un de ces camions dans la cour.

– On t'attend a l'intérieur, a dit Russ à Gil.

– Tu entres ? a demandé Gil.

– Faut que je veille à ce que ton papa reste ici.

– Je voudrais bien que tu entres, si ça t'ennuie pas.

– Bien sûr, si t'y tiens.

Russ s'est penché par la fenêtre de sa voiture, et il a pris une cravate accrochée au rétroviseur. Après l'avoir soigneusement nouée, il a rentré sa chemise blanche dans son pantalon gris, et il s'est encore penché pour prendre sa veste sur le siège. Elle était posée sur un revolver, un 38 spécial à crosse de bois. Il l'a considéré un instant, puis il l'a rangé dans la boîte à gants et il a claqué la portière. Il a passé les doigts dans sa chevelure blond cendré, et nous sommes entrés dans la cour.

Les hommes qui s'y trouvaient ont parlé à Gil, mais d'un ton retenu. On voyait qu'il était un héros pour eux, mais ce jour-là, l'enthousiasme manquait. Gil les a presque tous salués d'un signe de tête, et il a serré deux ou trois mains, mais il ne s'est pas arrêté pour parler. Les hommes ne nous ont rien dit, à Russ et à moi. Je suivais Gil de près, et Russ était à un pas ou deux derrière moi. Gil a tiré sur la porte grillagée, et il a poussé la porte de bois. On est entrés dans une pièce où il y avait au moins trente personnes. Des hommes, des femmes, des petits enfants, parlant français cajun ou anglais.

– *Bonjoure*, Gilbert, a dit une petite fille à Gil.

Gil s'est penché et l'a embrassée. Il a encore serré la main à deux ou trois personnes; puis il s'est enquis de son père. Un gros homme en kaki a désigné une porte à droite. Russ et moi, on a suivi Gil dans une autre pièce. Il y avait moins de monde ici, peut-être une douzaine de personnes. Tous des hommes, à l'exception de deux femmes et d'un petit garçon. Les deux femmes étaient assises sur un lit de cuivre à quatre colonnes à la tête duquel pendait une moustiquaire. L'une pleurait, la tête baissée, et l'autre l'entourait de son bras. Fix Boutan était assis dans un fauteuil près de la fenêtre, le petit garçon sur les genoux. C'était un homme de petite taille, avec une grosse tête, de larges épaules, un torse épais, et de grosses mains. Il n'avait pratiquement pas de cou, sa tête était posée sur ses épaules comme un ballon de volley sur un banc. Il devait revenir de chez le coiffeur, parce que ses cheveux gris étaient coupés très court sur les côtés, brossés en arrière, et je voyais, comme je sentais, la brillantine dont ils étaient imprégnés. Il avait dû vouloir se faire beau pour le grand match du lendemain. Quand on est entrés dans la pièce, il a levé les yeux vers Gil et on a vu qu'il avait pleuré.

– Te voilà, a-t-il dit.

– Oui, papa, a dit Gil en l'embrassant sur la joue.

Il a passé la main sur la tête du petit garçon qui était sur les genoux de Fix ; ensuite il s'est tourné vers les femmes assises sur le lit. L'une pouvait avoir dix-huit ans, l'autre, celle qui pleurait, vingt-six ou vingt-sept. Gil s'est penché vers elle et l'a embrassée. Il lui a dit quelque chose que je n'ai pas compris, puis après avoir parlé à la plus jeune, il a échangé quelques mots avec deux ou trois des hommes qui étaient dans la pièce. Ils lui ont serré la main en hochant la tête et en parlant à voix basse. Gil s'est retourné vers Fix.

– Je sais que c'est une affaire de famille, papa, mais Sully m'a emmené en voiture de Baton Rouge, et j'ai demandé à Russ d'entrer aussi.

Fix m'a fait un signe de tête. J'avais déjà été salué plus chaleureusement, mais après ce qui s'était passé ce jour-là, je comprenais. Il a regardé Russ, mais sans rien lui dire et sans le saluer. Puis il a reporté son attention sur Gil.

– Pourquoi t'arrives si tard ?

– Je suis passé à Marshall, papa.
– Tu l'as vu ?
– Ils l'avaient déjà emporté à Bayonne.

La femme qui pleurait a baissé la tête davantage. L'autre la serrait contre elle. Fix les a regardées, puis il a regardé Gil de nouveau. Le petit garçon, qui avait quatre ou cinq ans, a appuyé sa tête contre la poitrine de Fix.

Gil s'est assis sur le lit à côté de la jeune femme, et il a fixé le sol en serrant ses mains l'une contre l'autre.

– Et alors ? a demandé Fix en voyant que Gil restait silencieux.

– Il veut pas de toi là-bas, papa, a dit Gil en levant les yeux vers son père.

Fix l'a regardé en plissant les yeux. Des hommes ont chuchoté entre eux. Fix a levé sa grosse main, pas très haut, et les autres se sont tus respectueusement.

– Il veut pas de moi où ça ?

– À Marshall, ni à Bayonne. Pas avant qu'il te fasse venir.

– Mapes est fou, a dit l'un des hommes.

– Faut qu'il soit fou, a fait un autre.

– Mon fils est à la morgue, abattu comme un chien, et Mapes veut pas de moi à Bayonne ? a demandé Fix à Gil.

– Il est fou, a répété l'un des types.

Fix l'a regardé pour le faire taire. Il avait des petits yeux sombres de cochon, et il n'avait pas besoin de vous regarder bien longtemps pour vous faire taire. Puis il a regardé Gil.

– Mapes est encore à Marshall ?
– Oui, papa.
– Qu'est-ce qu'il fait à Marshall ?

– Il parle aux gens.
– De quoi ? Il sait pas qui c'est ?
– Il pense que c'est Mathu.
– Mais pourquoi Mathu aurait tué mon garçon ?
– Il prétend que Beau est entré dans sa cour avec un fusil.
– Pour quoi faire ? a demandé Fix.
– Il courait après Charlie. Avec un fusil.
– Et Mathu l'a tué pour ça ?
– C'est ce que Mapes croit.
– On est pas en train de perdre du temps, Fix ? a demandé quelqu'un du fond de la pièce.

C'était un grand type, l'air pas commode. Il portait une de ces chemises hawaïennes à fleurs rouges, bleues et jaunes, qui sortait de son pantalon. À côté de lui se tenait un autre type à l'air mal embouché, en chemise brune à manches courtes. Tous les deux étaient en pantalons kaki.

– Luke Will, a dit Fix, t'étais peut-être un ami de Beau, mais tu fais pas partie de cette famille, alors t'as rien à dire.
– J'étais plus qu'un ami. Un grand ami. On a pris une bière ensemble hier soir.
– Quand même t'as rien à dire. C'est moi qui parle. Et mes fils. J'te dirai quand tu pourras parler. C'est clair, Luke Will ?
– J'dis quand même qu'on perd un temps précieux.
– Tu ferais mieux de sortir, Luke Will, si tu peux pas fermer ta grande gueule.

Luke Will n'a pas bougé. Fix l'a regardé un moment ; puis il a regardé l'autre type en chemise brune, pour l'avertir aussi. Ensuite il s'est retourné vers Gil, qui était assis sur le lit.

– Alors ? lui a-t-il dit.

– Je peux dire quelque chose, papa ?

– Vas-y.

– Papa, a commencé Gil, en se penchant un peu pour le regarder. Papa, a-t-il répété, mais il s'est tu.

Fix regardait Gil en tapotant la jambe du petit garçon. Le gosse était vêtu d'un short bleu et d'un tee-shirt blanc. Il n'avait pas de chaussures.

– Eh bien ? a dit Fix.

– Papa, je suis allé à Marshall.

– Tu l'as déjà dit.

– Là-bas j'ai vu une chose – une chose que ni toi, ni moi, ni personne ici n'a jamais vue. Un tas de vieux Noirs avec des fusils, papa. Des vieux bonshommes, de ton âge, de l'âge de parrain, de monsieur Auguste, tous avec des fusils, papa. Qui t'attendent.

– Des nègres qui m'attendent avec des fusils ? a demandé Fix, en ouvrant un peu plus ses petits yeux porcins, et en serrant le petit garçon contre sa poitrine.

– Une quinzaine, peut-être plus, a dit Gil. Et Mapes a un fusil à pompe. Ils t'attendent tous.

– Allons nous occuper de Mapes et de ses nègres ! a lancé quelqu'un.

– Papa, a dit Gil sans même se tourner vers l'homme. C'est des vieillards, papa. Édentés, arthritiques, avec des cataractes. Des vieux, des vieux Noirs. Qui ont souffert. Qui attendent, pas toi, papa, mais ce que tu représentes. Demande à Sully. Des vieux, fatigués, qui s'efforcent de tenir la tête droite.

– Qu'est-ce que tu veux dire, Gilbert ? lui a demandé Fix.

Gil a levé les yeux vers moi pour que je lui vienne en aide.

– Sully, dis-lui, s'il te plaît.

– Je parle pas à ton ami, Gilbert, je te parle.

– Papa, a fait Gil.

Il se frottait les jointures, cherchant les mots pour s'exprimer. Quand il s'agissait de faire avancer le ballon, il était imbattable, mais pour lui, rien n'était plus difficile que d'essayer de dire à son père ce qu'il ressentait profondément.

– Papa, a-t-il répété en se penchant vers Fix, les mains crispées.

Fix attendait.

– Papa, toute ma vie j'ai entendu raconter ce que ma famille avait fait aux autres. Ces histoires, je continue à les entendre raconter, par des Noirs, par des Blancs. Même par des adversaires quand on joue dans une autre ville. Ils me plaquent pas trop fort, parce qu'il faudrait qu'ils en répondent devant les Boutan. Ça me fait mal d'entendre ça, papa. Ça me fait mal là, a-t-il dit en se frappant la poitrine. Ça me fait mal parce que je sais que c'est pas vrai.

– Qu'est-ce que tu veux dire, Gilbert ? Viens-en au fait.

Gil avait recommencé à se frotter les jointures.

– Je veux être All-American à LSU, papa. J'ai de bonnes chances – avec Cal. Pour la première fois, un Noir et un Blanc, en plein Sud. J'y arriverai pas sans Cal, papa. Je dépends de lui. Chaque fois que j'ai la balle, je dépends de ses blocages, ou de ses feintes pour détourner l'adversaire. Quand je suis sur le terrain, je dépends de lui à chaque instant.

Fix l'observait. Gil regardait par terre en se mordant la lèvre inférieure. Fix attendait. Tout le monde attendait, en retenant son souffle. Le petit garçon a appuyé sa tête contre la poitrine de Fix et s'est mis à sucer son pouce. La femme sur le lit ne pleurait plus. La plus jeune la tenait toujours par les épaules. Dans la pièce voisine, les gens ne parlaient plus aussi fort que tout à l'heure.

Gil a levé les yeux vers Fix.

– Je ne pourrais pas devenir All-American, papa, si j'étais compromis dans une affaire illégale. Il suffirait que notre nom soit cité pour que la presse yankee me démolisse.

Gil s'est penché un peu plus vers son père.

– Je ne m'exprime pas comme il faudrait, papa. Je ne dis pas ce que je voudrais. Mais tu comprends ce que j'essaie de te dire ? Tu comprends, papa ?

– Et ton frère alors, Gilbert ? a dit Fix, en le scrutant de ses petits yeux porcins. Et Beau ?

– J'aimais mon frère, papa. Il était beaucoup plus vieux que moi, mais on était très proches. C'est lui qui m'a appris tout ce que je sais de la chasse et de la pêche. J'aimais mon frère, papa. Mais il est mort. Rien de ce qu'on fera ne pourra le ramener. Tu comprends ce que j'essaie de dire, papa ?

Les sombres petits yeux porcins continuaient à fixer Gil.

– T'as fini, Gilbert ?

– Je n'irai pas avec vous, papa, a dit Gil en secouant la tête. Tu peux me battre, mais je n'irai pas avec vous.

– Je te demande si t'as fini, Gilbert ? T'as fini ?

Gil a pris une profonde inspiration et il a hoché la tête. Puis il a baissé les yeux vers le plancher.

– Qu'est-ce que tu penses de notre grand All-American, hein, Alphonse ? Et toi, Auguste ?

Fix s'adressait aux deux vieillards assis à sa droite, mais sans cesser de regarder Gil. Ils n'ont pas répondu. L'un a haussé les épaules, mais l'autre même pas.

– Et toi, Claude ? a demandé Fix en levant les yeux vers l'homme debout au pied du lit.

Claude était l'un des frères aînés de Gil. Il était chauffeur de camion pour une compagnie pétrolière de Lafayette. C'était un grand gaillard d'environ un mètre quatre-vingt-dix, aux cheveux bouclés noirs comme du jais. Il était en kaki, et sa chemise était marquée de sueur dans le dos et sous les bras. Il se curait les ongles avec un petit couteau à manche de nacre. Même après avoir été interpellé par son père, il a continué.

– Tu sais mieux que moi, papa, a-t-il répondu sans le regarder.

Fix a hoché la tête.

– Jean ?

Jean était un autre frère de Gil. Il ne ressemblait pas du tout à Gil ni à Claude, ni à Fix d'ailleurs. Il était aussi petit que son père, mais trop pâle. Trente-cinq ans environ. Il portait un costume gaufré à rayures noires et blanches, une chemise blanche, et un petit nœud papillon. Il a jeté un coup d'œil nerveux à ses voisins, puis il s'est rapproché du fauteuil de Fix. Le vieil homme avait les yeux levés vers lui, et tapotait la jambe du petit garçon.

– Faut qu'on parle, papa, a dit Jean.

– Vas-y, parle.

– Qu'est-ce qu'on fera quand on ira à Bayonne, papa ? Et qui va y aller ?

– Tu veux pas aller à Bayonne ? lui a demandé Fix.

– J'y vis, papa, à Bayonne. Ma boucherie est à Bayonne. Mais qui d'autre va y aller ?

Il a jeté un coup d'œil aux hommes qui l'entouraient, puis il s'est mis à regarder Fix de nouveau.

– Et pour quelle raison, papa ?

– J'y vais pour voir mon garçon, a dit Fix. Ton frère.

– Et tous les autres, papa ? a dit Jean en désignant du menton les hommes debout au fond de la pièce. Pourquoi ils vont à Bayonne ?

– Ton frère a été sauvagement assassiné aujourd'hui. Tu l'oublies si facilement, Jean ?

– Non, papa, je l'oublie pas si facilement. J'oublierai jamais cette journée, jamais. Mais Gilly a raison. La justice est là pour faire ce que beaucoup de gens voudraient nous voir faire. Des gens qui sont dans cette pièce en ce moment.

– Ces gens sont tes amis. Mes amis, les amis de Beau.

– Si vous êtes des amis de la famille, montrez du respect pour la famille. Restez en dehors de Bayonne jusqu'à ce que Mapes ait tiré les choses au clair.

– Mapes n'a jamais rien tiré au clair, a lancé Luke Will du fond. Beau est mort depuis des heures, abattu comme un chien galeux, et il a encore rien fait, Mapes.

– N'écoutez pas Luke Will, vous autres, a dit Russ.

Il était resté près de moi, et pendant tout ce temps il n'avait rien dit.

– L'écoutez pas. Tout ce qu'ils cherchent, lui et sa bande, c'est la bagarre.

– Quelle bande, Russell ? a demandé Luke Will.

– Tu sais très bien quelle bande, a répondu Russ en regardant toujours Fix.

– T'as peur de dire des noms ?

Luke Will souriait – un rictus vraiment mauvais – du coin de la bouche.

– Tout le monde ici sait de qui je parle, a dit Russ, toujours sans regarder Luke Will. N'écoute pas Luke Will, Fix. C'est pas un ami.

– Si, c'est un ami.

– Donne le signal, Fix, a dit Luke Will.

– Quel signal, Luke Will ? a demandé Fix en se tournant vers lui.

– D'aller à Marshall.

– C'est à moi de prendre la décision, à moi et à mes fils. Pas à toi !

Luke Will a hoché la tête.

– D'accord, Fix. J'attendrai ta décision. Et puis j'irai à Marshall.

– J'te conseille pas d'essayer, lui a dit Russ en se tournant vers lui pour la première fois.

Luke Will l'a gratifié de son méchant sourire. C'était un de ces grands et gros péquenots à la panse de buveur de bière. Il avait une longue tignasse brune, et quand il a souri, j'ai vu qu'il lui manquait plusieurs dents. Le type à côté de lui n'était pas beaucoup plus reluisant, mais au moins il la fermait.

– Je tolérerai pas ça chez moi, a dit Fix. Et toi, Russell, j'me tiendrais tranquille si j'étais toi.

– Je ferai n'importe quoi pour t'empêcher de sortir d'ici, Fix, a dit Russ. Et ça vaut pour tous les autres, a-t-il ajouté en regardant à la ronde.

Il a reporté son attention sur Fix.

– Je parle sérieusement, Fix. J'ai des ordres.

Fix a tendu le doigt vers lui.

– Tu peux pas m'empêcher de partir, Russell. Y'a que mes fils qui pourraient m'en empêcher. L'oublie pas.

– Jean et Gilly ont raison, a répliqué Russ. C'est Luke Will qu'a tort. Il cherche la bagarre.

– Dans ma maison, je décide qui a tort et qui a raison.

Fix avait élevé la voix. Il tenait le petit garçon de la main gauche, tout en tendant l'index de la main droite vers Russ.

– C'est moi qui décide. Moi, William Fix Boutan. C'est moi qui décide.

Il a regardé Russ dans les yeux pour voir s'il avait quelque chose à ajouter. Russ l'a regardé aussi, mais il s'est tu.

Fix s'est tourné vers les vieux à sa droite. Assis tous les deux sur leur chaise, droits comme des planches, ils écoutaient en silence. Celui qui était le plus près de Fix avait une chemise blanche propre et bien repassée, et un pantalon kaki. Son chapeau était posé sur son genou. L'autre avait un pantalon blanc et une chemise hawaïenne bariolée d'une demi-douzaine de couleurs. Son chapeau était accroché au dossier de sa chaise.

– Qu'est-ce qu'il faut que je fasse, Alphonse ? a demandé Fix au premier, d'une voix redevenue calme.

– Quoi que tu décides, je s'rai d'accord, Fix, a dit le vieil homme.

– Auguste ? a demandé Fix à l'autre.

– J'suis vieux, Fix. J'sais plus qui a raison et qui a tort.

– Moi aussi j'suis vieux, a dit Fix. Y'a vingt ans, j'aurais pas posé de questions. À l'heure qu'il est, je serais déjà à Marshall.

– Y'a vingt ans, j't'aurais accompagné, Fix, a dit Auguste.

– Ils sont aussi vieux que nous, et ils m'attendent, d'après notre All-American.

– Des vieillards avec des fusils qu'attendent d'autres vieillards avec des fusils, tu trouves pas ça farce ?

– Et Beau dans son tiroir réfrigéré à Bayonne, Auguste ? C'est pas farce aussi ?

– C'est moi qui l'ai baptisé. J'suis son parrain. Tu dois bien savoir ce que j'ressens.

– On perd pas not' temps, Fix ? a demandé Luke Will du fond de la pièce.

– Jean et Gilbert disent non, Luke Will. Même mon bon ami Auguste il dit non.

– Auguste est un vieil homme, il a plus toute sa tête, a dit Luke Will. Gilly et Jean, ils veulent être bien vus par les nègres. Gilly veut jouer au football avec eux, et s'amuser avec les petites négresses qui sentent mauvais. Ce qu'il veut, c'est battre Ole Miss demain. Quant à monsieur Jean, faut qu'il vende ses tripes et sa couenne de porc aux nègres. Y'a pas un Blanc qui se respecte qui les lui achèterait.

– C'est vrai, Gilbert ? a demandé Fix. Tu sacrifierais l'honneur de ton frère pour jouer au football avec des nègres ? C'est vrai ?

– L'époque de Luke Will est finie, papa. Passée. Révolue.

– Et la mienne ? La mienne, Gilbert ?

– Tout ça c'est fini, papa. L'époque où on faisait justice soi-même, c'est fini. On n'est plus dans les années vingt, trente, quarante. On est bientôt en 80. Des gens sont morts pour que ça change, des gens qu'on connaissait. Cette époque est révolue pour de bon. J'espère.

– De quoi tu parles, Gilbert ? Maintenant, la responsabilité familiale compte moins qu'un match de foot ? C'est ça que tu veux dire ?

– Je parle pas de responsabilité familiale, papa. Je parle de l'époque des comités de lynchage. Je parle de l'idée que Luke Will se fait de la justice.

– Alors j'suis un lyncheur à présent, Gilbert ?

– C'est ça que Luke Will veut qu'on fasse. Lui et sa bande, ils croient encore que le monde a besoin d'eux. Mais le monde a changé, papa. Luke Will et sa bande sont une espèce en voie de disparition. Ils ont besoin d'une cause comme celle-ci pour remettre un peu de sang frais dans leurs corps moribonds.

– Et Beau ? a demandé Luke Will à Gil.

Mais il devait lui parler dans le dos, parce que Gil ne lui faisait pas l'honneur de se tourner vers lui.

– Beau, il est plus vivant que moi en ce moment ?

– Alors, Gilbert ? a dit Fix.

– Beau est mort, et je le déplore, papa. Mais je voudrais que les gens sachent qu'on est différents de ce qu'ils croient. Ils s'attendent à nous voir partir en patrouille ce soir. Ils attendent tous ça. Eh bien moi je dis qu'il faut les laisser attendre. Qu'ils attendent ! Qu'ils attendent !

– Et toi, monsieur le boucher, le fameux vendeur de tripes de porc ? a demandé Fix en levant les yeux vers Jean.

– Ils veulent qu'il se passe quelque chose, a dit Jean en s'essuyant la figure avec son mouchoir. (Puis il s'est essuyé les mains et il a rangé le mouchoir.) Je suis d'accord avec Gilly.

Fix l'a regardé en hochant la tête ; puis il a regardé les autres.

– Et vous, qu'est-ce que vous en pensez ? a-t-il demandé. Vous trouvez que ce... ce boucher, et ce... ce grand footballeur ont raison ?

– On perd du temps, a dit Luke Will.

Personne d'autre n'a répondu. Ils ont seulement chuchoté entre eux. Ni Russ, ni Claude, ni moi n'avons rien dit. Je n'étais pas prêt à ouvrir la bouche.

– Alors, Gilbert ? a demandé Fix.

– Ils écouteront, papa. Fais-leur comprendre que ça nuirait à notre famille, à notre réputation.

– Mais surtout à la tienne, hein, monsieur All-American ?

– Ça me nuirait, oui, papa.

Les yeux de Fix se sont posés sur la femme assise sur le lit. Elle ne pleurait plus depuis longtemps, mais pas une fois elle n'avait levé la tête pour regarder quelqu'un. Fix a abaissé son regard vers le petit garçon assis sur ses genoux et lui a tapoté la jambe.

– Tu connais ce petit garçon que je tiens là ? a-t-il demandé en regardant Gil de nouveau. C'est P'tit Beau. Il a plus de papa.

Il a fixé Gil un moment, pour laisser à ses paroles le temps de faire leur effet ; puis il a montré de la tête la femme assise sur le lit.

– Tu connais cette dame assise là, Doucette ? Hein ? Elle a plus de mari.

– Je suis désolé, papa. Je ferai tout ce que je pourrai pour P'tit Beau et Doucette.

– Oui, bien sûr. On fera tous tout ce qu'on pourra. Mais aujourd'hui son mari... son papa... ton frère est couché sur une dalle froide à Bayonne. Et tout ce qu'on fait, c'est de rester assis là à discuter. Alors, Gilbert ?

Gil a baissé la tête sans répondre.

– J'ai attendu, j'ai attendu, j'ai attendu tous mes fils, mais surtout toi. Celui qu'on a envoyé à LSU. Le seul, le premier de la famille à y aller. Le seul qu'ait fait des études. Le savant, Alphonse et Auguste. On attend le savant, l'All-American. Et qu'est-ce qu'il dit ? Il dit de pas bouger. Il dit de rester assis à pleurer avec les femmes. Parce qu'il veut être All-American. L'autre, je comprends. Il faut qu'il vende ses tripes de porc. Il a jamais été très malin. Il a été qu'à l'école primaire. Mais celui-ci, qu'est allé jusqu'à l'université...

– On fait que perdre not' temps ici, Fix, a répété Luke Will, Mapes a besoin d'aide.

– J'irai pas sans mes fils. Tous mes fils. Y'aura pas de brèche dans la famille. C'est la famille, la famille. La majorité, ou rien.

– On laisse ces nègres attendre avec des fusils, et on s'en occupe pas ? a dit Luke Will. Ils veulent la guerre ? Donnons-leur la guerre.

Deux ou trois hommes l'ont approuvé.

– Elle m'intéresse pas, ta guerre, Luke Will. La seule chose qui m'intéresse, c'est ma famille. Si la majorité trouve que leur frère n'en vaut pas la peine, alors la famille a parlé. Y'a que ma famille qui m'intéresse.

Gil a levé les yeux vers son père. Il pleurait.

– Je suis désolé, papa.

– Désolé, Gilbert, pourquoi ?

– Pour tout.

– Non, explique-toi.

– Pour ce qui est arrivé. Pour Beau. Pour nous tous. Que tu croies que je suis contre toi. Je suis désolé pour ces vieux à Marshall. Oui, papa, je suis désolé pour eux aussi.

– Un vrai Christ, a dit Fix, en faisant le signe de croix. Un vrai Christ parmi nous, Alphonse et Auguste. Il souffre pour le monde entier.

Assis droits et minces comme des planches, les deux vieillards n'ont rien dit.

Fix continuait à regarder Gil. Puis sa tête s'est mise à remuer d'avant en arrière, d'avant en arrière, si légèrement pourtant qu'on le remarquait à peine. Plus il regardait Gil, plus sa tête se balançait. Ses sombres petits yeux porcins s'étaient rétrécis, presque fermés. Il regardait toujours Gil, il le regardait comme si toute confiance, toute foi et toute espérance avaient disparu. Puis, brusquement, il a fait un geste du menton vers son fils.

– Va-t'en, Gilbert. Va-t'en. T'es assis sur le lit de ta mère. Le lit où tu es né, où Beau est né, où vous êtes tous nés. Tu le profanes, ce lit, en restant dessus. Va donc bloquer le ballon. Laisse ce ballon prendre la place de ta famille. Qu'il apporte des fleurs au cimetière à la Toussaint. Je veux pas te voir dans cette maison, ni dans ce cimetière. Va t'en. Va jouer au ballon.

Gil n'en croyait pas ses oreilles. Nous non plus. Il a regardé son père, il voulait lui dire quelque chose, mais il ne pouvait pas. Les petits yeux sombres de Fix, dans sa large figure tannée par le soleil, assuraient à son fils qu'il avait parlé sérieusement.

– Fix !

Le vieillard assis près de lui s'était penché en avant et lui avait touché le bras.

– Fix.

– J'suis mort, Alphonse. Celui pour qui on a travaillé, pour qui on s'est sacrifiés, qui représentait tous nos espoirs ! Je ferais mieux d'aller m'étendre près de Matilde.

– T'es pas mort, Fix, a dit le vieux.

– C'est pourtant ce qu'ils disent, l'All-American et le boucher. Ils disent que mes idées sont dépassées. Ils disent qu'aimer sa famille, défendre l'honneur de sa famille, c'est dépassé. Il reste quoi ? Toute ma vie, j'ai cru que ça valait la peine de vivre pour ça. Ma famille. Ma famille. Non, j'ai plus qu'un endroit où aller, le cimetière de Bayonne. Beau et moi près de Matilde.

– J'vais à Marshall avec toi, a dit le vieil homme.

Son visage ne montrait pas beaucoup d'émotion, et le long doigt osseux qui touchait le bras de Fix était presque sans vie lui aussi.

– J'prends mon fusil et je vais avec toi, si c'est ça que tu veux.

– Deux vieillards, Alphonse ? Auguste avait raison, c'est une farce.

– Y'en a d'autres qui viendront aussi, j'en suis sûr. Goudreau va venir avec nous, il est encore plein de feu. Et Montemare, Felix Richard. Anatole aussi sortira de son fauteuil.

– C'est pour la famille, Alphonse. J'ai pas d'autre cause à défendre. J'suis trop vieux pour les causes. Luke Will a qu'à se battre pour des causes. Mais c'est pour la famille. Un membre de la famille a été attaqué, et la famille, la famille doit demander justice. Mais ces deux-là, ils disent que non. Ils disent que c'est fini, le temps où un homme devait vivre pour sa famille. Alors il reste quoi, sinon d'aller m'étendre au cimetière avec Beau et Matilde ?

Il a regardé Gil, qui était toujours assis sur le lit.

– J't'ai dit de t'en aller. Emmène ton frère monsieur Tripes de Porc avec toi. Je veux plus jamais vous voir, tous les deux. Change de nom, si ça peut t'aider à devenir All-American. Sors de ma maison. Va dire à ton ami Mapes que le vieux Cajun ira à Bayonne au gré de la justice. J'ai plus rien à dire maintenant.

Il a sorti un grand mouchoir rouge imprimé de sa poche arrière, et il s'est mouché. Puis il a rangé le mouchoir, et il a serré le petit garçon contre lui en baissant les yeux.

Gil s'est levé et il s'est tourné vers son frère Claude, qui se nettoyait l'ongle du pouce avec le petit canif à manche de nacre.

– Claude ? a dit Gil d'un ton suppliant. Claude ?

Claude a continué à se curer l'ongle sans lui répondre. Il n'a même pas levé la tête. Alors Gil s'est tourné vers l'un des vieillards, le vieil Alphonse.

– Parrain, a-t-il dit, j'ai pas toujours été un bon garçon ? Je vous ai pas toujours obéi, à mon père et à toi ? Quand je viens ici voir mon père, je viens pas te voir aussi, toi et tous ceux du bayou ? Je ne vais pas à la messe avec la famille ? Et je ne me procure pas des billets pour que vous puissiez voir les matchs ? Dis, Parrain ?

Le vieil homme regardait Fix, pas Gil.

– Monsieur Auguste, a dit Gil à l'autre vieux, est-ce que je suis pas un bon garçon ?

Mais le vieux regardait droit devant lui.

– Doucette ? a dit Gil à la femme assise sur le lit. Tu ne m'aimes plus, Doucette ? Tu veux plus que P'tit Beau aime son oncle ? Hein, Doucette ?

Elle gardait la tête baissée, sans répondre. Gil a jeté un coup d'œil autour de lui. Les seuls à le regarder étaient Luke Will et l'autre type à l'air mal embouché, mais leur regard n'était pas amical, loin de là.

Gil s'est retourné vers son père. Fix était assis dans le fauteuil, tête basse, un peu tassé en avant, comme un ours de pierre.

– Bats-moi si tu veux. Donne-moi une correction. Bats-moi si tu veux, mais me chasse pas de cette maison. Me chasse pas de la maison, papa.

Fix restait immobile comme la pierre. Il n'entendait plus rien.

Russ a passé le bras autour des épaules de Gil, et il l'a fait sortir de la chambre. Je suivais à un pas derrière. Les gens de la pièce voisine étaient déjà au courant, ils ne regardaient plus Gil de la même façon que lorsqu'il était entré. Ils lui laissaient largement le passage cette fois, et j'ai vu une femme retenir la petite fille qui lui avait parlé tout à l'heure, et qui voulait venir vers lui. Elle se débattait, mais la femme la retenait, lui pressant la tête contre sa cuisse.

Finalement nous sommes sortis sur la véranda. À travers le grillage, je voyais le soleil descendre derrière les arbres de l'autre côté du bayou. Un petit nuage rose barrait le soleil, donnant au ciel l'aspect d'un tableau serein.

– Fallait que t'agisses comme t'as fait, a dit Russ.

– J'aurais pu faire le contraire.

– Et ça aurait mieux valu, tu crois ?

– Ça ne pourrait sûrement pas être pire.

Pendant qu'on était sur la véranda, Luke Will et son copain sont sortis.

– Si tu crois que ça va se terminer comme ça, tu te mets le doigt dans l'œil, a dit Luke Will à Gil.

– Fous-moi le camp, Luke Will, a dit Russ. T'as pas à parler au nom de cette famille.

– Faut pourtant que quelqu'un le fasse.

– Personne t'a choisi.

– P't-être que j'm'en charge par principe.

– Je veux pas que tu provoques des ennuis, Luke Will. Évite Marshall, et évite Bayonne. Je te préviens.

– Tu me fais pas peur, Russell. Toi et ton patron avec son gros bide, vous me faites pas peur du tout.

– Commence pas à créer des ennuis. Je te préviens.

– Ils ont déjà commencé, les ennuis. Quand les nègres se mettent à abattre des Blancs en plein jour à coup de fusil, c'est là que les ennuis commencent.

– On n'a pas besoin de types comme toi pour les régler.

– Faut que quelqu'un s'en occupe avant que ça dégénère. Bientôt, ils vont violer les femmes.

– Et voilà ! m'a dit Russ. Quand ils sont à bout d'arguments, à chaque coup ils ramènent les femmes.

– P't-être que tu t'en fous qu'ils violent ta femme ou ta petite fille. P't-être qu'ils le font tout le temps, et que tu t'en fous ?

Il a grimacé un sourire à l'intention de Russ. Il voulait que l'autre lui envoie un coup de poing, mais Russ avait trop de sang-froid.

– Admire la psychologie, m'a-t-il dit.

Je me suis bien gardé d'ouvrir la bouche. Je n'allais pas dire un mot tant que ces deux brutes seraient là. C'est tout juste si j'osais respirer.

– Toi et les types comme toi, votre époque est finie, a dit Russ.

– T'inquiète pas pour mon époque. J'serai encore là quand toi et ton espèce vous y serez plus depuis belle lurette. Tu peux achever ton père, a-t-il dit à Gil. Mais je serai dans le coin. Allons-y, Sharp.

Ils ont claqué la porte grillagée derrière eux. C'étaient deux grands types, deux gros péquenots, le genre de lascars que Bull Connor prenait pour adjoints dans les années soixante. Ils ont traversé la route vers une camionnette blanche. Dans la cabine, deux fusils étaient accrochés à un râtelier. Le véhicule était équipé d'une CB. Luke Will l'a allumée et a commencé à parler. L'autre type, Sharp, a mis le contact et a démarré. On les a regardés s'éloigner sur la route.

– Qu'est-ce que tu vas faire ? a demandé Russ à Gil.

– Je sais pas, a-t-il répondu.

– Tu veux mon avis ? Retourne à Baton Rouge, tâche de te reposer un peu et demain, joue au football. Joue le meilleur match de ta vie.

Gil a regardé Russ, incrédule.

– Quoi ? a-t-il fait. Mon frère est mort. Papa me hait. Claude me hait. Doucette, P'tit Beau aussi. Et tu parles d'un match de foot ? T'es dingue ?

– Tu peux absolument rien faire ici ce soir. Mais demain, tu peux faire quelque chose, pour toi et pour nous tous : joue le meilleur match de ta vie.

Luke Will et les types comme lui, ils veulent pas te voir sur le même terrain que Poivre demain. Ils veulent plus jamais vous voir ensemble.

– Et mon frère ? Et Claude ? Et Papa ? Et Doucette et P'tit Beau ? Comment ils prendraient ça ?

Russ a haussé les épaules et secoué la tête.

– Y'en a beaucoup qui comprendront pas. Y'en a beaucoup qui détesteront ça. Mais ce match, il sera vu à la télé par des millions de gens. Et vous aurez beaucoup plus d'amis, Poivre et toi, que d'ennemis.

– Je me fous du public. Je parle de ma famille. Pas du public.

– Moi aussi, je pense à ta famille. Surtout à P'tit Beau.

– Et papa ?

– P'tit Beau ! P'tit Beau. C'est l'avenir de P'tit Beau qui compte. Tu veux faire quelque chose pour ton frère mort ? Fais quelque chose pour l'avenir de son fils : joue ce match demain. Que tu battes Ole Miss ou non, tu battras Luke Will. Parce que si tu joues pas, c'est lui qu'aura gagné demain. Et s'il gagne, peut-être qu'il aura le dessus encore longtemps. Ça fera pas un brillant avenir pour P'tit Beau, hein ?

– Et mon père ? Je l'ai déjà tué. Demain je l'enterre ?

Russ a posé la main sur l'épaule de Gil.

– Gilly, a-t-il dit. Des fois, faut faire du mal pour faire du bien. Des fois, faut arracher une plante pour qu'une autre pousse à la place. Tu peux aider P'tit Beau demain. Tu peux aider tout le pays demain. Et tu peux t'aider toi-même.

Gil a détourné le regard.

– Bon, a fait Russ. Assez de discours. Faut que je fasse mon rapport à Mapes. Je serai là-bas dans la voiture si tu veux me parler.

Il est descendu de la véranda en desserrant sa cravate. Avant d'avoir atteint la route, il avait déjà tombé la veste. Il a accroché cravate et veste sur un cintre à l'arrière de la voiture. Puis il est monté devant pour parler à la radio.

– Il a raison, Gil, ai-je dit. On devrait rentrer.

Il ne m'a pas répondu. Il regardait les arbres au bord du bayou, de l'autre côté de la route. Le soleil était descendu un peu plus bas que la fine couche de nuages roses.

– Qu'est-ce que t'en dis, Gil ?

– Fous-moi la paix. Je veux réfléchir. Tu vois pas que je veux réfléchir, nom de Dieu ?

Jacques Thibeaux, dit P'tit Jack

Il vient tous les soirs juste avant le coucher du soleil boire ses deux Jack Daniels avec de la glace. Des fois il cause ; la plupart du temps, il dit rien, il est renfermé. Les autres clients, même s'ils le connaissent depuis longtemps, ils vont pas entamer la conversation s'il leur parle pas le premier. Il a sa place, dans le coin près du distributeur de cigarettes. De là il peut voir la porte de l'ancienne salle des nègres. Il a choisi cet endroit y'a des années, comme ça, quand un de ses nègres entrait dans la salle réservée, il me faisait signe d'aller lui servir à boire – de la bière, du vin, ce qu'il voulait. Eh ben, la salle des nègres elle est fermée depuis quinze ou seize ans. C'est arrivé au moment de toute cette connerie de déségrégation. Les nègres ils voulaient plus de la ségrégation, alors ils venaient plus dans leur salle. À la place ils venaient au magasin acheter leur bouteille, et ils allaient s'accroupir contre le mur dehors pour la boire, mais ils allaient plus dans leur petite salle privée. Et sûr qu'ils venaient pas ici avec mes clients blancs. Oh, une ou deux fois, y'en a qu'ont eu le culot d'essayer, mais vu la manière que mes clients blancs les regardaient, et vu la manière que je les servais (j'leur flanquais le verre sur le bar en en renversant la moitié) ils ont vite compris qu'ils étaient pas les bienvenus. Alors ils ont renoncé à lutter contre la ségrégation dans la salle des Blancs, et ils ont tout bonnement acheté leur bouteille à la boutique, et puis ils allaient dehors ou dans leur bagnole, ou ils la ramenaient chez eux pour la boire. Vous voyez, ici on est pas à Marriott, et c'est pas l'Holiday Inn non plus, pas encore, et j'crois pas que ça le devienne un jour. C'est rien qu'une vieille épicerie-buvette à la fourche de la route entre le bayou et la rivière, où y'a une salle pour les Blancs et une autre petite salle privée pour les nègres, et ça va pas plus loin. Quand ils ont refusé, y'a quinze ou seize ans, de venir dans leur petite salle à eux, ben ma foi, j'leur ai vendu leur bouteille au comptoir de l'épicerie, et j'les ai laissés l'emporter dehors, là où ça leur chantait d'aller la boire, moi j'm'en foutais, du moment qu'ils se frottaient pas à mes clients blancs. Vous pouvez me critiquer, mais c'est comme ça que ça se passe dans les petits patelins comme ici. On est pas à Baton Rouge, on est pas à la Nouvelle-Orléans, on est pas à Marriott, et c'est pas l'Holiday Inn – pas encore, et vingt dieux j'doute fort que ça le devienne un jour. Vous pouvez dire ce que vous voulez, j'en ai rien à foutre.

Mais lui, il regarde toujours dans la direction de la salle des nègres, quand il vient se taper ses deux bourbons avec de la glace tous les jours. Comme j'vous l'ai dit, l'endroit est fermé depuis seize, peut-être même dix-sept ans, et j'm'en sers comme réserve maintenant, mais il regarde toujours par là en buvant. Il peut y avoir tout ce que vous voulez à la télé, du football, du base-ball, du basket, des Japs qui jouent au volley, des Chinois qui jouent au ping-pong, des Blancs et des nègres qui courent partout, des tapettes noires et des tapettes blanches qui lancent en l'air des petites majorettes blanches, n'importe quoi. Il regarde quand même vers cette porte. Je me demande s'il entend des fantômes là-dedans. Je me demande s'il entend chanter là-dedans. Des fois, quand j'suis tout seul ici, j'tends l'oreille pour écouter, mais j'entends jamais rien. Un rat, des fois, qu'essaie de se faufiler dans un des sacs de jute qui s'empilent là-dedans, mais c'est tout.

Vous savez, j'le plains. Parce qu'on voit bien qu'il a jamais rien voulu de tout ça. Il a jamais voulu être responsable du nom et de la terre. Ils lui ont laissé, ça lui est resté. C'est pour ça qu'il boit comme ça, et qu'il laisse sa nièce mener la baraque. Qu'elle s'en occupe, il s'en fout. Il s'en fout si ça va au diable. C'est ce qu'il veut au fond, que ça aille au diable. Au diable ! Il porte le nom parce qu'ils lui ont donné, il vit sur la terre parce qu'ils lui ont laissée, mais il s'en fout. C'est pour ça qu'il picole comme ça. Il se lève et il picole. Il pique un petit roupillon, il se réveille, et il picole encore. Encore un petit roupillon, et après il vient ici. Réglé comme du papier à musique. Il se fout du tiers comme du quart. Des femmes, du cul, comme du reste. De la politique comme du reste. Des nègres comme du reste. Il leur paie un verre parce que Nat, ou Dan, un de ceux-là, l'a mis sur son testament. Mais il s'en fout. Et je peux pas dire que je le blâme. Les choses sont trop compliquées, c'est tout. À mon avis, pour les gens comme lui, elles ont toujours été trop compliquées. Protéger le nom et la terre. C'est trop dur pour la plupart des gens. Se sentir coupable pour ci et pour ça. C'est pas lui qui l'a voulu. Il est arrivé, il a trouvé tout ça, et ils sont morts en lui laissant. Vous savez, y'a un truc qui me frappe tout d'un coup. Peut-être que quand il regarde cette porte, il les maudit. Non, pas les nègres qu'étaient là-dedans avant à chanter, ceux qui les ont amenés ici, ceux qu'ont bâti cette salle. Oui, ça vient de me frapper, il les maudit quand il regarde cette porte à s'en faire mal aux yeux. Des fois, il rate sa bouche avec son verre, tellement qu'il la regarde, cette porte.

J'avais deux autres clients quand il est entré, et je causais du meurtre avec l'un d'eux. Quand Jack est arrivé, j'ai fait signe à mon client de baisser la voix. On était pas censés être au courant déjà. Mais un truc comme ça, ça reste pas longtemps caché dans un patelin comme ici. Quand Charlie, le nègre, il s'est pas présenté à l'usine à une heure et demie avec ses deux chargements de canne comme il aurait dû, Robert Jarreau, le contremaître à Morgan, il a attendu jusqu'à deux heures et quart avant de téléphoner pour savoir ce qui se passait.

Attendez, bougez pas, laissez-moi vous raconter comment que ça se goupillait. Beau livrait six remorques de canne par jour six fois par semaine à l'usine pendant le broyage. Ou plutôt, c'était un de ses nègres, Charlie, qui les livrait. Le premier chargement, deux remorques d'un coup, arrivait vers neuf heures, neuf heures et demie. Le deuxième était prêt vers les midi, mais Beau laissait toujours Charlie déjeuner avant d'y aller ; et puis quand il avait mangé, il amenait le deuxième chargement, deux remorques, vers une heure et demie, deux heures moins le quart, ça dépendait si y'avait beaucoup de camions et de tracteurs sur la route à cette heure, bien sûr. Après avoir livré ce chargement, il partait chercher le troisième, qu'il livrait vers quatre heures ou quatre heures et demie, toujours fonction de la circulation. Alors quand Robert a pas vu le deuxième chargement arriver, celui d'une heure et demie, deux heures moins le quart, il a attendu jusqu'à deux heures et quart, deux heures et demie, et il a appelé chez Fix pour avoir des explications. C'est là qu'ils lui ont dit ce qui s'était passé. Robert est venu à ma boutique vers trois heures et il m'a dit. Après avoir bu deux ou trois bières, il est reparti à l'usine. Tout le restant de la journée, j'ai attendu, attendu que ça commence à bouger. Je me suis mis à parler avec un de mes clients. Il m'a dit d'où il venait, du Mississippi. Les gens de là-bas, qu'il a dit, ils savaient régler les petites questions comme celles-là. Je lui ai dit qu'y en avait ici même à Saint-Raphaël qu'étaient pas manchots non plus. Y'avait un autre client au bar, un bonhomme au teint jaune, à l'air pensif, mais il la bouclait. Il était même assez loin de moi et du gars du Mississippi. Ça me faisait ni chaud ni froid, et le type du Mississippi, ça paraissait pas le tracasser non plus. On a continué à parler comme s'il était même pas là. Mais quand j'ai vu Jack entrer, j'ai fait signe à mon client de baisser la voix.

– Comment ça va, Jack ? j'ai dit.

Il a hoché la tête sans rien dire. Il est allé dans son coin, face à la porte de la vieille salle des nègres. Je lui ai servi son premier verre, un Jack Daniels avec de la glace. J'ai vu qu'il était pas d'humeur causante, alors je suis retourné près de mon client du Mississippi.

– Faut que j'y aille, qu'il a dit. Je dîne en ville avec des copains. Vous êtes sûr que vous voulez pas parier un peu sur le match ?

– J'aime pas piquer du fric à un nouveau client.

Il a rigolé. Il était sympa, ce type.

– Feriez mieux de prier qu'il arrive rien à Sel et Poivre. Ole Miss leur mettrait une déculottée.

Il a fini son verre et il m'a laissé cinquante cents de pourboire.

– Merci, j'ai dit. J'peux pas vous souhaiter bonne chance, vous savez de quel côté j'suis.

Il a ri et il est sorti. Vraiment sympa, ce type.

Après son départ, c'est devenu calme. Jack avait rien à dire, et l'autre client encore moins. J'étais sûr que c'était un type instruit, toujours en train de réfléchir. Quand il voulait à boire, il montrait son verre. Il disait jamais « Hé, patron ! » ni rien, juste un petit signe du menton vers son verre vide. Quand je l'avais servi, encore un hochement de tête. Pas un mot. Ma parole, je me serais cru à la morgue plutôt que dans un bar. Ça a duré comme ça un quart d'heure, vingt minutes, jusqu'à ce que Robert revienne. J'étais si content de le voir que j'ai manqué lui offrir une bière.

– T'es au courant pour Beau ? il a demandé.

En fait, il savait que Jack était là. Il avait déjà vu sa voiture devant la porte, et il savait que Jack venait dans mon bar vers cette heure-là tous les jours que Dieu fait. Mais j'étais pas censé savoir ce qui s'était passé, pas encore.

– Quoi, Beau ? j'ai fait.

– Il s'est fait tuer, Robert a répondu. Oh, bonjour, Jack, qu'il a dit à Marshall.

Marshall a hoché la tête sans rien dire.

– Beau a été tué ? j'ai dit. Comment c'est arrivé ? Où ? Quand ?

Je suis pas mauvais comédien quand je veux.

– Sur la plantation, Robert a dit en jetant un coup d'œil à Jack. Donne-moi une Miller.

– C'est vrai, Jack ? j'ai demandé à Marshall.

Il a hoché la tête.

J'ai sorti la Miller pour Robert. Tous les deux on s'est regardés. Il était pas mauvais comédien non plus.

– C'est un meurtre ? j'ai demandé à Robert.

– Mapes est là-bas en ce moment. Il interroge des nègres. C'est Hilly qui me l'a dit.

– Mazette ! Y'a une éternité qu'on a pas eu une bonne pendaison par ici. Va y'en avoir une, si j'connais bien mon Fix.

– Ce genre de choses n'arrive plus, a dit mon client, taciturne.

Pour un peu j'aurais sursauté. C'était comme si un mort venait de parler. Il avait pas prononcé autant de paroles à la file depuis qu'il avait commandé son premier verre. Robert et moi, on l'a regardé, mais on lui a pas répondu. Jack n'a pas levé les yeux de son bourbon.

– C'est arrivé quand ? j'ai demandé à Robert.

– À l'heure du déjeuner.

– Et Fix est pas encore là ?

– Pas encore.

– Il va venir, j'ai dit. Tu peux parier tes bottes que le vieux Fix va partir en patrouille avant la fin de la journée.

– Ce genre de choses n'arrive plus, a répété le client taciturne.

Il nous regardait pas en parlant. Il regardait dans la glace derrière le bar. Et puis il s'est tourné vers Jack.

– Vous n'êtes pas d'accord, monsieur ? Que ce genre de choses n'arrive plus ?

Pendant un temps Jack l'a pas regardé. Puis il l'a regardé un bon moment avant de répondre. Il aimait pas qu'on lui pose des questions sans y être invité.

– Je ne crois pas que nous ayons progressé à ce point, il a dit en regardant la porte, pas le client.

Je me demandais s'il entendait des fantômes chanter là dedans.

– Moi j'espérais que nous avions fait des progrès, qu'il a sorti tranquillement, mon client tranquille.

Il a examiné Jack un long moment. Jack, avec son costume gris impeccable, sa chemise blanche, sa cravate, avait l'air d'un homme intelligent. Le genre de type avec qui on peut avoir une conversation intelligente. Mais ça l'intéressait pas, Jack. Il avait pas regardé le client en lui répondant, et maintenant, il le regardait encore moins. Il louchait sur son verre.

Entre Robert qui buvait sa bière Miller et Jack Marshall, on aurait pu mettre un type costaud. Personne s'approchait jamais beaucoup plus près de Jack, à part Felix Morgan, même quand c'était bondé. Il venait là pour boire, et des fois il payait une tournée, mais il vous faisait sentir que vous étiez pas de son monde. Felix Morgan, si. La famille Morgan possédait la plantation voisine et l'usine où on broyait presque toute la canne de la paroisse.

Je venais de servir son deuxième verre à Jack quand Luke Will, Sharp Thomson, Henry Tobias, Alcee Boudreaux et ce gamin de Leroy Hall sont arrivés. Ils venaient une ou deux fois par semaine. Je m'attendais vaguement à les voir ce soir-là, et pourtant j'aurais pas dû les revoir si vite, vu que Luke Will, Sharp Thomson et Beau étaient venus ensemble la veille au soir. Alors ça m'a un peu étonné, mais pas trop, après ce qui s'était passé.

– Messieurs, Luke Will a fait, de cette grosse voix éraillée qu'il a.

Luke Will et Sharp Thomson étaient chauffeurs de camion pour une société de Bayonne, la Compagnie de Ciment et Gravier du Sud. Les trois autres y travaillaient aussi. En plus, ils se chargeaient de petits boulots pour que ça continue à tourner rond dans la paroisse. Comme de renverser des bus scolaires de nègres, de jeter des serpents dans les églises nègres pendant les prières, ou de virer les nègres des motels et des restaurants réservés aux Blancs avant. On disait que ces petits services civiques leur rapportaient plus que leur travail à l'usine de ciment. Mais personne savait d'où venait le fric, ou si des gens le savaient, ils étaient pas assez bêtes pour aller le raconter.

– Salut, les amis, j'ai dit. Belle journée, hein ?

Ils se sont approchés du bar. Robert et l'autre client étaient au milieu, et Jack à l'autre bout du comptoir, les yeux sur son verre. S'il les avait levés, il aurait vu Luke Will, pas la porte de l'ancienne salle des nègres ; Luke Will était aussi grand que la porte.

– File-nous une bouteille, P'tit Jack, Luke Will a dit. Et apporte-nous des cocas.

– Pas de bière ce soir, les amis ?

– Apporte une bouteille, a dit Luke Will, en regardant Jack au bout du bar. Comment allez-vous, monsieur Marshall ? il a demandé.

Jack Marshall lui a fait un signe de tête.

– Vous avez eu des ennuis, à ce qu'il paraît ?

– Non, aucun, a dit Jack sans le regarder, mais en regardant dans sa direction.

– Cette histoire avec Beau, a fait Luke Will.

– J'ai entendu dire qu'il s'était fait tuer, a dit Jack, l'air aussi ému que s'il avait appris la mort d'un rat.

– C'est un de vos nègres qu'a fait le coup, monsieur Marshall.

Là, Jack l'a regardé. Il se contentait plus de regarder dans sa direction, il le regardait franchement.

– Je n'ai pas de nègres, il a dit. Je n'en ai jamais eu. Je n'en ai jamais voulu et je n'en aurai jamais. C'est à elle qu'ils appartiennent.

– Où elle est Candy ? Luke Will a demandé.

– Dans les quartiers, je pense.

– En train de protéger ses nègres ?

– Je n'ai pas la moindre idée de ce qu'elle y fait.

– Et Mapes est toujours là-bas, en train de jouer au détective ?

– D'après ce qu'on m'a dit, oui. Maintenant, si ça ne vous ennuie pas, j'aimerais finir mon verre.

– Encore une seconde de votre temps, monsieur Marshall.

Jack avait déjà baissé les yeux. Puisqu'il pouvait plus voir la porte, autant regarder son verre, il pensait. Il a pas levé la tête. Je crois bien qu'il avait jamais autant parlé à Luke Will ou à un type comme lui. J'ai voulu dire à Luke Will de laisser tomber, mais après je me suis dit : « Oh, et puis merde ! C'est pas Jack Marshall le propriétaire ici, c'est moi. Et la seule raison qu'il a de venir ici, c'est qu'aucun bar est aussi près de sa belle maison sur la rivière. »

– J'crois que Mapes a besoin d'aide, Luke Will a dit.

Jack a levé les yeux et il l'a regardé, avec à peu près autant d'intérêt qu'un piquet ou un mûrier dans un champ. La porte de la salle des nègres était plus importante pour lui qu'un Luke Will de chair et de sang.

– J'espérais que vous n'y verriez pas d'inconvénient, Luke Will disait.

– Seriez-vous en train de suggérer que j'y aille pour l'aider ?

– Pas exactement.

– Que suggérez-vous alors ?

Luke Will et ses potes, tous les cinq, ont regardé Jack. On savait tous ce que Luke Will suggérait. Jack aussi. Luke Will a plus rien dit, ni personne. Et j'ai continué à servir. J'ai posé une bouteille d'Old Crow, des verres, des cocas et un bol de glace sur le comptoir. Luke Will et ses copains ont plongé les mains dans la glace et ont commencé à remplir leurs verres. J'ai jeté un coup d'œil dans le bol et j'ai vu de la terre et de la crasse se déposer au fond. Certains de ces types s'étaient pas lavé les mains en sortant du travail.

– Les rouages de la justice peuvent parfois paraître lents, a sorti tranquillement l'autre client. Mais c'est encore la meilleure chose que nous ayons. N'est-ce pas Churchill qui a dit ça ?

Il a tiré une pipe de sa poche.

– Vous permettez, messieurs ?

Personne lui a répondu. Il a allumé sa pipe.

Luke Will a levé son verre, et quand il l'a reposé il était à moitié vide. Le deuxième coup, y avait plus rien dedans, que les glaçons, et il s'est resservi.

– Le vieux, il vient pas, il a dit.

– Quoi ? j'ai fait.

– Son All-American de fils l'a fait changer d'idée.

– C'est un mensonge, j'ai dit.

Les regards de Luke Will et de ses amis ont convergé vers moi.

– Qu'est ce que t'as dit, P'tit Jack ? Luke Will a demandé.

– J'voulais pas dire ça, j'ai répondu. Dieu sait que j'voulais pas. Ça m'a échappé, quand j'ai entendu que Fix venait pas ce soir. Ça m'a échappé.

– Fais gaffe, P'tit Jack, j'suis pas très patient, tu sais.

– J'comprends pourquoi. J'comprends pourquoi. Écoutez, les gars, si j'vous offrais cette bouteille ? Pour vous montrer de quel côté j'suis ? Pas la peine de payer. C'est moi qui régale. D'accord ?

Ils ont tous dit qu'ils étaient d'accord, et j'ai respiré. J'avais pensé à cette batte de base-ball qu'est sous le comptoir. J'aurais pas pu en faire grand-chose contre tous les cinq, mais on prend ce qu'on a.

– Je crois que c'est la meilleure solution, a dit l'homme à la pipe.

Franchement, qu'est-ce qu'il avait besoin de la ramener juste quand les choses s'arrangeaient ? Il les connaissait même pas ces types. Moi je les connaissais, et il voyait bien qu'ils étaient prêts à me sauter sur le paletot par-dessus le comptoir, alors quelles chances il aurait eues, lui ? Ils l'auraient lynché comme un nègre, voilà ce qu'ils auraient fait.

– Qu'est-ce que vous avez dit, monsieur ? Luke Will lui a demandé.

– Laissez la justice s'occuper de cette affaire, a dit l'homme, sans même regarder Luke Will.

– Dites, d'où c'est que vous êtes, monsieur ? Leroy a demandé. Vous seriez pas un de ces yankees juifs de New York de la NAACP[7] par hasard ?

Le type a ôté la pipe de sa bouche et il a regardé Leroy. Le gosse avait pas plus de dix-sept, dix-huit ans. J'aurais même pas dû lui servir à boire, mais vu la bande qui l'accompagnait, j'allais pas faire l'idiot.

– Du Texas, a dit l'homme à la pipe. Mais j'enseigne à l'université de Lafayette.

– Vous enseignez quoi, le nègre ?

– J'enseigne la littérature noire, entre autres, l'homme de Lafayette a dit.

Tout en regardant Leroy, il tenait le tuyau de sa pipe contre sa bouche. Il avait l'air de se demander ce que c'était que ce garçon. Vous savez, quand on voit un animal sans boyaux et sans tête chez le bou-

---

7. NAACP, *National Association for the Advancement of Colored People. [NdT].*

cher, et qu'on sait pas exactement ce que c'est ? Eh ben, c'est comme ça que le prof regardait Leroy.

– Vous seriez pas un peu en retard pour vos cours ? Leroy a demandé.

– Pas de cours le vendredi soir, le type a dit.

– Vous devez en avoir un, réfléchissez.

L'homme à la pipe a réfléchi deux secondes, et il a secoué la tête.

– Non, mon garçon, pas que je sache.

– Alors pourquoi vous retournez pas à Lafayette en démarrer un ? Leroy a dit en s'approchant un peu du type.

– Allons, allons, Leroy, j'ai dit. Calme-toi.

– Bien sûr, Leroy a fait en regardant l'autre. Bien sûr.

Il a vidé son verre, et il est retourné s'en verser un deuxième. J'ai regardé le bonhomme à la pipe de l'université de Lafayette. Je déteste mettre un Blanc à la porte, mais j'aurais bien voulu qu'il rentre chez lui, je vous jure.

– Alors comme ça, Fix s'en remet à Mapes, hein ? a demandé Robert à Luke Will, en levant sa bouteille vide pour que je lui apporte une autre Miller.

– C'est pas lui, Luke Will lui a répondu. C'est ce péteux d'All-American et le marchand de tripes de Bayonne. C'est eux qui l'ont fait changer d'idée. Il voulait venir, mais pas sans eux. Quand j'suis parti, il pleurait.

– Bon Dieu ! j'ai dit. (J'ai servi Robert, et j'ai ramassé mon argent.) Où va le monde ? Où diable va le monde ?

Jack a terminé son verre et il l'a posé sur le bar.

– Bonsoir, il a dit, en sortant de son coin.

– Vous nous quittez, Jack ?

– Oui.

Jack, pour atteindre la porte, devait passer devant Robert et le type de Lafayette. Le prof s'est retourné pour le regarder.

– Monsieur ? il a dit. Vous n'êtes pas propriétaire de cet endroit ?

Jack s'est arrêté pour regarder le type. Il aimait pas que des inconnus lui adressent la parole s'il leur parlait pas le premier.

– Quel endroit ? il a demandé.

– Là où ce Beau a été tué.

– J'en possède le tiers.

– Vous ne croyez pas que vous devriez faire quelque chose ?

– Le shérif y est. Il est payé pour ça.

– Je parle d'autre chose.

– De quoi ?

Le type, il regardait Jack. Jack aussi le regardait, mais sans aucune expression sur la figure.

– Vous m'avez l'air d'un homme intelligent, monsieur, l'homme a dit.

– Oui. Et alors ?

– Vous devez vous sentir concerné par cet endroit, par les gens qui y vivent ?

– Ils y vivent bien, a dit Jack. Ils ne paient pas de loyer ni rien.

– Et ce qui se passe en ce moment, ça n'a pas d'importance ?

– Il se passe quelque chose ? Je ne vois pas. Et vous ?

L'autre l'a regardé interloqué. Mais faut dire qu'il le connaissait pas.

– En définitive, ce sont les gens comme vous et moi qui paient les pots cassés.

– Certainement, a dit Jack. Mais je paie mon écot depuis soixante-dix ans déjà. Et vous ?

– La dette ne sera jamais éteinte tant que nous supporterons cet état de choses, le prof a dit.

Jack a poussé un grognement, mais il n'a pas changé d'expression.

– Si vous ne supportez pas ce qui se passe ici, vous feriez mieux de rentrer au Texas, il a dit, et il est sorti.

Il a fait marche arrière devant la porte, et il est reparti le long de la rivière. Les ombres des arbres de la rive recouvraient tout à cette heure. Il ferait bientôt nuit – et Luke Will et ses acolytes s'envoyaient la gnôle de plus en plus vite.

– Il vous a réglé votre compte, Leroy a dit au prof.

Il regardait pas Leroy. Il regardait dans la glace derrière le bar. Leroy était de plus en plus saoul. Sa figure enfantine était devenue rouge betterave. Ses yeux bleus avaient l'air encore plus bleus. Ses petites lèvres rouges auraient dû être celles d'une fille, pas celles d'un homme.

– Apporte une autre bouteille par ici, P'tit Jack, Luke Will a dit.

– Bien sûr, les amis, j'ai dit. N'oubliez pas que c'est moi qui ai offert la première.

Je disais ça pour leur faire comprendre que celle-ci, je l'offrais pas. Je l'avais traité de menteur tout à l'heure, mais ça valait pas deux bouteilles, d'après moi.

J'ai tout posé sur le comptoir, et ils se sont servis. J'ai encore jeté un coup d'œil rapide dans le bol de glace. Ouais ! de la terre et de la crasse couvraient le fond. Certains de ces types avaient pas vu un lavabo depuis des semaines.

– Vous, là-bas ! Luke Will a dit au prof de Lafayette. Vous croyez pas que vous devriez vous barrer ?

– J'y pensais justement.

– Pensez pas. Taillez-vous.

Le type a vidé les cendres de sa pipe dans la paume de sa main ; puis il les a jetées dans le petit cendrier de fer blanc que j'avais sur le bar.

– Vous êtes sûr de ne pas commettre une erreur, en vous chargeant de la justice ?

– Vous partez, ou vous avez besoin qu'on vous escorte ? Luke Will a demandé.

– Je m'en vais. Mais avant de prendre congé, je voudrais vous dire une chose : ne faites pas ça. Pour le bien du Sud. Au nom de Sel et Poivre, ne faites pas ça.

– Sharp, accompagne ce monsieur à sa voiture avec Henry. S'il n'en a pas, montrez-lui la route de Lafayette.

– Luke, s'il te plaît, j'ai dit. C'est un Blanc. Ça peut t'attirer des ennuis.

– Si c'est un Blanc, qu'il se conduise comme un Blanc. Sharp et Henry, allez-y !

Sharp Thomson et Henry Tobias ont commencé à avancer vers le prof de Lafayette. Il a levé les mains en vitesse.

– J'y vais, il a dit.

– Feriez mieux de rentrer tout droit à Lafayette, hein ? Luke Will a dit. J'sais où la trouver, votre école. Je traverse la vallée de l'Atchafalaya tous les jours.

Le professeur a cherché le regard de Robert, mais Robert a baissé les yeux sur son verre. Puis le prof m'a regardé, il a vu que j'étais pas de son côté non plus. J'étais pas contre lui, mais c'était un étranger, et les autres, c'étaient mes clients réguliers. Sans compter que je suis pas fou : je voulais pas arriver ici un jour et voir des serpents à sonnettes et des mocassins d'eau grouiller partout.

Ce pauvre type, il trouvait personne pour le soutenir, alors il a hoché la tête comme pour lui-même et il est sorti. Vous avez jamais vu un plus triste compère, jamais de votre vie. On aurait dit qu'il portait tout le poids du monde sur ses épaules.

– Tu d'vrais faire gaffe qui c'est que tu reçois, P'tit Jack, Luke Will m'a dit.

– On peut pas juger d'après l'emballage, j'ai dit. Il avait l'air correct quand il est entré. Le genre faiblard, à se faire tout le temps de la bile, mais correct.

– Sois plus prudent à l'avenir.

– Sûr. Tu me connais. N'importe quoi pour faire plaisir à mes clients réguliers.

– J'm'en jette encore un, et j'suis prêt pour la castagne, Leroy a dit en se resservant. Putain, j'en peux plus d'attendre ! Allons-y tout de suite.

– Mollo, gamin. T'auras ton heure, Luke Will a fait.

– Je ferme à dix heures le vendredi, les gars, j'ai dit. La bourgeoise, vous savez.

– Ce soir tu restes ouvert autant qu'on voudra, Luke Will a dit.

– D'accord, les gars, d'accord.

Je voyais tous ces serpents à sonnettes et ces mocassins grouiller dans la baraque.

– N'importe quoi pour faire plaisir à mes clients réguliers.

J'ai regardé Robert de l'autre côté du bar. Il finissait sa bière. Il avait déjà jeté un coup d'œil à la porte par-dessus son épaule.

– T'en veux une autre ? je lui ai demandé.

Je voulais qu'il reste avec moi. J'avais besoin qu'il reste, nom d'un chien !

– Aux frais de la maison, j'ai dit. Aux frais de la maison cette fois.

– Non, je rentre, j'suis pas rentré de la journée. Bonsoir.

– C'est la maison qui paie. Choisis ta marque. Deux bières, n'importe laquelle.

Il est sorti. Je l'ai entendu monter dans sa bagnole et démarrer. Je me suis pas retourné vers Luke Will et ses copains. Face au coin vide du bar, j'avais peur et je me sentais seul. Personne disait un mot. Je savais que ma peur les faisait bicher.

– Regardez-le, regardez-le, Leroy a dit. Il tremble comme un vieux nègre qu'a les foies. Maintenant tu sais c'que ça sent, un vieux nègre. Regardez-le, non mais regardez-le !

Je voulais pas me retourner, alors il a longé le bar pour se planter devant moi, et il a commencé à me montrer du doigt en rigolant. Là, il était saoul, saoul comme tout, et sa douce figure de fille et ses petites lèvres rouges le faisaient ressembler à un monstre que j'avais vu un jour dans une foire.

– Finissons c'te bouteille et foutons le camp, Luke Will a dit.

Albert Jackson, dit Rooster

Miss Merle partie avec ses deux paniers, Lou est allé sur la route rejoindre Mapes. Ils se sont appuyés contre la voiture du shérif, en nous regardant dans la cour. Moi, j'étais adossé contre le bout de la galerie, là où on tourne le coin de la maison pour aller aux cabinets. Chimley il en revenait, et avant qu'il regagne le devant, je l'ai vu se pencher et sortir une cartouche de la boîte à chaussures sous la maison. Deux, qu'il en a pris. La première, il l'a mise dans son fusil, la deuxième dans sa poche. C'était ce qu'on avait fait durant tout ce temps, vous voyez. Bien sûr, on allait aux cabinets. Clatoo nous avait déjà dit où il l'avait mise sa boîte de cartouches, et chaque fois qu'un de nous allait aux cabinets, et qu'on voyait que les Blancs nous regardaient pas, on se penchait derrière la maison et on prenait une ou deux cartouches dans la boîte. Et personne remarquait rien. Ni ma femme, Beulah, ni les autres commères, ni ce fou de Jameson. C'était lui surtout qu'était capable d'aller dégoiser.

Pas longtemps après le retour de Chimley, quand on a entendu un bruit à la radio de la voiture, Mapes a ouvert la portière et il s'est mis à parler dans la radio. On entendait le brouillage, et après l'autre voix. Ça a duré comme ça durant deux ou trois minutes : le brouillage, la voix ; le brouillage, Mapes. Et puis il a raccroché le micro, et il est revenu dans la cour avec Lou. Mapes avait le sourire. Et comment qu'il avait le sourire ! Mais un sourire par en dedans ; on voyait qu'il souriait par en dedans, quand même que ses lèvres bougeaient pas.

– Bon, groupez-vous par ici, qu'il a dit.

On a commencé à se rassembler, mais sans se presser. La journée avait été longue. Le soleil était presque couché. Les moustiques sortaient déjà des mauvaises herbes. Tout le monde était fatigué, pourtant personne pensait à rentrer au bercail, pas encore. Pas avant que tout soit réglé fini.

– On dirait que vous avez déterré la hache de guerre un peu trop tard, les amis, Mapes a dit. Fix il vient pas.

Il souriait. Ses grosses vieilles joues en étaient toutes gonflées. Il regardait à la ronde en souriant. Mais personne lui souriait, parce que personne voulait le croire. On avait trop attendu de cette journée pour la voir se terminer comme ça.

C'est Johnny Paul qu'a parlé le premier.

– C'est un mensonge, qu'il a dit.

Il était à portée de bras de Mapes. Mais Mapes avait pas envie de le battre. C'était déjà bien beau de lui sourire. Il aurait pu l'arrêter et lui taper dessus quand il voulait. Là tantôt, c'était déjà bien beau de lui sourire.

– Moi je dis que c'est pas vrai, Johnny Paul a répété. C'est pour nous faire rentrer chez nous. Vous connaissez Fix. Vous savez qu'il doit venir.

On a tous dit qu'on connaissait Fix et qu'il pouvait pas faire autrement.

– Ah ! Mapes a fait, tout content.

– C'est seulement pour nous décourager, Johnny Paul a dit. Encore une tromperie de Blanc. Regardez le sang dans l'herbe. C'est le sang du fils à Fix. Vous croyez que Fix va pas venir, alors que son propre sang est répandu dans l'herbe ?

– Il va venir, Mat a dit.

– Tu parles ! Et comment qu'il va venir, Johnny Paul a dit. Regardez les marques dans l'herbe.

On a tous regardé l'endroit où Beau était tombé. L'herbe était écrasée, on voyait encore le sang.

– Et pourtant il viendra pas, Mapes a dit. Alors vous feriez aussi bien de rentrer chez vous.

– Le shérif ment, Johnny Paul nous a dit. (Il s'est tourné vers Mapes.) Voyons, Shérif, j'vous traite de menteur devant une bande de nègres. Vous allez pas me coffrer ?

Mapes a secoué là tête en tendant le doigt vers Johnny Paul.

– T'essaies d'être un héros aujourd'hui, Johnny Paul, et tu voudrais que j't'aide. Eh ben, compte pas sur moi.

Nous autres on restait là, à regarder Mapes. On savait pas quoi faire. On voulait pas le croire, même s'il disait vrai. On était fin prêts pour la bagarre, on en voulait une.

– Ça ressemble pas à Fix, Clatoo a dit de la galerie. Y'a rien qui pourrait empêcher Fix de venir à Marshall aujourd'hui.

– C'est là que tu te trompes, M. Clatoo, Mapes a dit en se rapprochant de la galerie et en levant les yeux vers lui. En fait, c'est ce que j'croyais aussi. Parce que, tu vois, eh ben toi, moi, et les autres, on avait en tête le Fix d'y a trente ans. Y'a trente ans, Fix serait venu, il aurait pendu Mathu au premier arbre, et vous tous, au lieu de faire les fiers-à-bras, vous vous seriez cachés sous le lit. Mais il s'est passé une chose durant les dix, quinze dernières années : Sel et Poivre ont commencé à jouer ensemble. D'ailleurs c'est votre faute. (Mapes nous a tous regardés.) C'est vous qu'êtes responsables. Ça vous suffisait pas que Sel joue pour LSU d'un côté de la ville, pendant que Poivre jouait de l'autre côté. Non, vous vouliez qu'ils jouent ensemble. Vous avez prié, prié pour qu'ils jouent ensemble. Eh ben ils l'ont fait, et voilà c'qu'arrive. Sel est rentré chez lui et il a parlé à son papa. Gil, le jeune Blanc qui s'est arrêté ici, c'est lui Sel. Vous le connaissez tous, vous l'avez assez vu à la télé. Il est rentré, et il a dit à son papa qu'il avait besoin de Poivre et que Poivre avait besoin de lui. Il a dit à son papa qu'il irait pas avec lui lyncher Mathu. Il lui a même dit que si le nom des Boutan était cité dans les journaux, il pourrait jamais devenir All-American. Mais c'est vous qu'êtes responsables.

Mapes faisait le tour de la cour. Il nous regardait sous le nez les uns après les autres. Il s'arrêtait une seconde, il en regardait un, et puis il faisait quelques pas, s'arrêtait et en regardait un autre durant un temps.

– C'est vous qu'êtes responsables. Vous vous êtes coupé l'herbe sous le pied. Vous avez prié Dieu que Sel et Poivre jouent ensemble, et il vous a exaucés. En même temps, vous vouliez que Dieu garde Fix comme il était y'a trente ans, pour qu'un jour vous puissiez le descendre. Eh ben, Dieu pouvait pas faire les deux. C'est pas qu'il aime Fix, mais il a trouvé l'autre idée encore meilleure – Sel et Poivre. Alors ? Vous voulez quoi ? Que Sel et Poivre jouent ensemble, ou que Dieu garde Fix comme il était y'a trente ans, pour que vous puissiez le descendre ? Décidez-vous. J'suis sûr que Dieu attend là-haut sur son nuage.

On a tous cru que Mapes était devenu fou. Mais non, il était seulement heureux. De toute mon existence, j'avais jamais vu un Blanc aussi heureux.

Il aurait embrassé le premier compère qu'aurait débarqué.

– Alors, personne a rien à dire ? il a demandé en regardant autour de lui.

On savait pas quoi dire. On savait pas à quel saint se vouer. Tout était tranquille, tranquille. On entendait pas un bruit, même en tendant l'oreille. Y'avait rien qui bougeait. Tout était tranquille.

Mapes s'est tourné vers Mathu, qu'était assis au bout d'une marche.

– T'es prêt, mon ami ?

– J'suis prêt, Mathu a répondu.

Durant tout ce temps, Candy était restée près de lui. Même quand Mapes était passé devant elle en faisant son petit discours, elle lui avait pas prêté cas. Je sais même pas si elle l'avait entendu. En tout cas, elle le montrait pas, jusqu'à tant qu'il prononce le nom de Mathu. Alors elle est venue dans l'allée. Tranquille, elle est venue dans l'allée, et elle a attendu les bras croisés.

– Qu'est-ce que tu fabriques ? Mapes lui a demandé. Tu sais pas quand le rideau est tiré ?

Elle lui a pas répondu. Alors ma femme s'est levée des marches, et elle a rejoint Candy dans l'allée. Moi aussi j'ai rejoint ma femme. Et puis tout le monde a suivi. Glo et ses trois petits-enfants. Même Corrine s'est débrouillée pour descendre de la galerie et sortir dans la cour.

Mapes nous regardait, une main sur le bras de Mathu, le fusil dans l'autre.

– J'ai dit que le spectacle était fini, il a dit. M'obligez pas à faire du mal à quelqu'un.

Personne a bougé.

– Dégage l'allée, Griffin. J'veux personne en travers de mon chemin. Sers-toi de ton flingue s'il le faut.

Griffin était près du jardin, le revolver passé à la ceinture. Il l'a tiré, et il a fait quelques pas vers nous. Mat, Cherry Bello, et un des frères Lejeune ont levé leurs fusils. Pas haut. À hauteur de la taille.

Griffin s'est arrêté.

– Attendez, Clatoo a dit de la galerie. Attendez. On peut parler, Shérif ? On peut causer à l'intérieur avec Mathu, moi et les autres hommes ?

Mapes nous regardait toujours. Griffin aussi. Il savait pas si les fusils étaient chargés, et il tenait pas à prendre de risques.

Mapes s'est tourné vers Clatoo.

– Parler ? il a fait. Parler de quoi ? Depuis que j'suis ici, j'ai entendu que des parlotes.

– Donnez-nous deux minutes, Clatoo a dit. Vous pouvez bien nous laisser ça.

Mapes s'est retourné vers nous. D'autres hommes avaient levé leur fusil à la hauteur de la ceinture.

– Bon. Vous avez deux minutes. Faites vite, j'suis fatigué maintenant.

– Venez tous à l'intérieur, Clatoo nous a dit. Pas toi Candy.

– Personne ne va parler sans moi, elle a dit en revenant vers la galerie.

– Cette fois il faut, Candy. Rien que les hommes avec des fusils.

– Sûrement pas ! elle a dit. C'est chez moi ici.

– Je sais, Candy. Mais cette fois on veut pas de toi.

Ça lui a cloué le bec. Personne parlait comme ça à Candy, ni les Blancs ni les Noirs – surtout pas les Noirs.

– Qu'est-ce que t'as dit ? elle a demandé à Clatoo. Tu sais où tu es ? Tu sais à qui tu parles ? Fiche le camp de chez moi.

– Non, j'm'en irai pas, Candy.

– Quoi ?

– Pas avant que tout soit tiré au clair. J'ai déjà dit au shérif que j'm'en fous d'aller en prison, et même de mourir aujourd'hui. Ça veut dire que j'reçois pas d'ordres non plus.

Pour le coup, elle était colère. Tellement colère qu'elle en tremblait. Elle a essayé de faire baisser les yeux à Clatoo, mais lui, il voulait pas céder. Alors elle s'est tournée vers Mapes. Normalement, elle aurait pas eu besoin de se tourner vers lui, il aurait fait descendre Clatoo de la galerie même s'il avait fallu l'abattre pour ça. Mais là, il a juste souri à Candy. Il était content de ce qui se passait, qu'un de nous lui réponde. Elle s'est tournée vers Lou. Il a tendu la main en l'appelant par son nom pour qu'elle vienne. Mais elle s'est retournée vers nous.

– Continuez à écouter Clatoo si vous voulez, elle a dit. Mais souvenez-vous qu'il a un peu de terrain à lui où aller. Vous, vous n'avez que cet endroit. Si vous l'écoutez, vous n'aurez plus rien.

Mapes a ri tout haut. Il souriait plus par en dedans comme tantôt.

– Tiens, tiens ! il a dit. Écoutez votre bienfaitrice ! Vous faites ce qu'elle veut, ou elle vous fiche à la porte. Vous avez entendu, vous autres ?

Elle s'est tournée vers lui.

– Vous avez cherché à nous diviser toute la journée.

– Et toi, tu veux les garder en esclavage pour le restant de leur existence, il lui a répondu.

– Personne n'est esclave ici. Je les protège comme je l'ai toujours fait. Comme ma famille l'a toujours fait. Demandez-leur.

– Au moins, les gens de ta famille les laissaient

parler. C'est pour ça qu'ils ont construit cette église, là-bas. Voilà que t'essaies de les en empêcher.

Candy a pas su quoi lui répondre. Alors elle s'est tournée vers Mathu.

– C'est ce que tu veux ? elle lui a demandé. Tu veux entrer tout seul, sans moi ?

Mathu a secoué la tête.

– J'suis fatigué, Candy, c'est tout. Si c'est ce qu'ils veulent, j'ai rien contre. J'veux seulement qu'on en finisse.

Elle a plus dit un mot. Comme un chat, elle a sauté sur la galerie, elle est passée devant Clatoo, et elle s'est plantée devant la porte, les poings sur les hanches.

– Alors, qui va entrer ? elle a demandé.

– Descends de là, Mapes lui a dit. Ils veulent causer, ils vont causer. Toi, tu descends de là.

Candy l'écoutait pas, elle restait plantée là, les poings sur les hanches, à défier tout le monde.

– Griffin, Mapes a dit à son adjoint. Va l'écarter de la porte.

Le pauvre vieux Griffin tenait toujours son revolver. Il a fait deux pas vers la galerie, et il s'est arrêté.

– Alors ? Mapes a dit.

– Il sait que je vais lui casser la figure, elle a dit.

– Monte ces marches, Griffin, Mapes a dit en avançant sur lui.

Au lieu d'obéir l'adjoint s'est esbigné, et le shérif était trop gros pour le rattraper. On a rigolé, et Mapes s'est tourné pour nous faire taire. Après il a regardé Candy.

– Descends de là, Candy. Si je monte ces marches, tu vas te retrouver en taule, je te le jure sur l'enfer.

Mais Candy, elle a pas bougé.

– Descends, Candy, Lou a dit. Ne te donne pas en spectacle devant ces gens.

– C'est ce qu'elle a fait toute la journée, Mapes a dit. Dis-lui de pas se rendre encore plus ridicule.

Elle était debout devant la porte, les mains sur les hanches, et on la regardait tous. Beulah a ri tout haut.

– Tiens bon, mon chou, elle a dit. Tiens bon.

– Boucle-la ! Mapes lui a dit. J'suis fatigué maintenant. T'entends ? J'suis fatigué.

– Laissez-moi lui causer, Shérif, Mathu a dit en montant les marches.

Elle le regardait approcher. Au début, elle avait les mains sur les hanches ; et puis elle les a laissées glisser, comme si elle était prête à se battre avec lui s'il disait une parole de travers. Mais à mesure qu'il approchait, on voyait sa figure changer, ses poings se desserrer.

– Je veux que tu rentres chez toi, qu'il a dit, mais pas fort, doucement, comme il lui parlait quand elle était petite.

Elle a secoué la tête.

– C'est ce que j'veux, il a répété.

Elle a encore secoué la tête.

Autrefois, quand elle avait cinq ou six ans, elle venait souvent jouer dans sa cour, et elle le suivait partout dans le jardin. Quand le soleil allait se coucher, il lui disait de rentrer chez elle.

« Non », qu'elle disait.

« Va chez toi. »

« Non ! »

Alors il la prenait par la main, ou il mettait la petite sur son dos, et il la ramenait à la grande maison. Le lendemain, avant le coucher du soleil :

« Rentre chez toi maintenant. »

« Non. »

Là tantôt ils se regardaient. Elle se mordait les

lèvres. Elle avait envie de pleurer, mais elle pouvait pas, pas devant nous.

– Faut que j'y aille, Mathu a dit. J'dois payer.

– Non. Papa et Grand-Pa disaient que tu avais assez payé. Tu as toujours payé pour eux. Tu ne vas pas payer pour moi aussi.

Il a posé sa vieille main sur le visage de Candy, et elle l'a gardée contre sa joue.

Lou avait suivi Mathu en haut des marches, mais il était resté à l'écart durant tout le temps qu'ils causaient. Quand ils ont plus rien dit, il s'est approché.

– Partons, Candy, il a dit.

Elle l'a même pas entendu. Mathu avait ôté sa main, mais elle la gardait entre les siennes.

– Ce n'est plus Marshall sans toi, elle lui a dit.

– Je serai toujours là, Candy.

– Ce n'est que des kilomètres de terre. Des mauvaises herbes, des arbres, et de la terre. Mais ce n'est pas Marshall sans toi.

– Je serai là.

– Candy ! a fait Lou.

– Tu as connu les premiers, elle a dit à Mathu. (Elle n'entendait pas Lou.) Tu as connu Grand-Pa Nate. Le premier Marshall. Tu te rappelles, celui de la guerre de Sécession ?

– Je me rappelle le Colonel.

– Tu les as tous connus. Tu as grandi avec mon grand-père. Tu as élevé mon papa. Tu m'as élevée. Je veux qu'un jour tu m'aides à élever mon enfant.

– Je serai là.

– Pas comme ça. Pas là-bas derrière, sous les arbres, comme un fantôme. Je veux que tu lui tiennes la main. Que tu lui parles de Grand-Pa. Que tu lui parles des champs. Que tu lui dises à quoi ressemblait la rivière avant les baraques et les quais. Tu es le seul à pouvoir lui parler de tout ça.

– J'lui en parlerai.

– Non. Tu ne pourras pas de la tombe. S'ils te jettent dans cette prison, tu mourras. Et cet endroit aussi mourra. Il n'aura plus de raison d'être si tu n'es pas là. Mon père disait que cet endroit, c'était toi, toi.

– Je serai là.

– Candy, a fait Lou.

– Va avec lui, Mathu a dit. Il est temps que tu ailles à lui. Moi, ça ira.

Lou s'est rapproché.

– Viens, Candy.

Elle tenait toujours la main de Mathu.

– Mon papa, et tous les autres, ils disaient que c'était toi, toi, toi.

Lou la tirait par le bras, mais elle s'accrochait toujours à Mathu.

– Ils disaient que cette terre, c'était Mathu. Mathu. Ils disaient que c'était toi.

– Viens, Candy, Lou a répété en la tirant encore.

– Ils disaient que toi parti, c'était fini, parce qu'on ne pouvait pas... ça ne pouvait pas... pas sans toi, Mathu.

Il a couvert les mains de Candy de sa grande main gris noir, gris cendre, et il l'a détachée de lui. Lou a pris Candy sous son bras, et il l'a portée en bas des marches. Elle le maudissait, elle le tapait, elle maudissait Mapes, elle donnait des coups de pied, mais Lou n'en faisait pas cas. Il l'a traînée sur la route, il l'a jetée dans sa voiture noire, et il a claqué la porte. Ensuite il est resté adossé contre la voiture, et il nous a regardés dans la cour.

– Vous avez quinze minutes, Mapes nous a dit. Après j'embarque Mathu. Si vous voulez venir aussi, vous gênez pas. Mais je vous préviens, si vous me suivez à Bayonne, je vous inculpe d'entrave à la justice. Maintenant, vous avez exactement quinze minutes.

On est entrés dans la maison. Il faisait sombre là-dedans, et Clatoo a tiré le cordon pour éclairer. À la manière que la pièce était tenue, on voyait bien que Mathu vivait seul. Le papier des murs, que sa femme Lottie avait posé dans le temps, était fané et déchiré. Des nids de poussière garnissaient les murs et les cadres. Des toiles d'araignées pendaient au plafond. Mathu avait un vieux chiffonnier dans un coin, une vieille table de toilette dans l'autre avec un broc et une cuvette en porcelaine, un vieux lit de cuivre affaissé contre le mur près de la fenêtre, et un fauteuil à bascule et un banc près du foyer. Il gardait une lampe à pétrole sur la cheminée en cas de panne de courant. Sa vieille timbale qu'il emportait dans les champs était sur la cheminée aussi. Elle était si vieille qu'elle était toute noircie. Mathu s'est placé d'un côté de la cheminée, Clatoo de l'autre. Billy Washington a fermé la porte, et Rufe la fenêtre. Il faisait chaud, on manquait d'air là tantôt.

– Bon, Clatoo a dit, qu'est-ce qu'on fait ? Vous voyez bien que la patience du shérif est à bout.

– On va pas faire comme on avait dit depuis le début ? Johnny Paul a demandé.

Il était au fond de la pièce avec deux ou trois autres.

– Si Mathu va en prison, on y va aussi, c'est pas ça qu'on a dit ?

– Écoutez..., Clatoo a dit.

– C'est pas ça qu'on a dit ? Johnny Paul a répété du fond de la pièce.

Comme j'étais pas bien grand, je m'étais rapproché de la cheminée. J'étais entre Yank et Tucker, et Dirty Red était juste derrière moi. Clatoo a regardé Johnny Paul au fond, par-dessus nos têtes.

– Laissez-moi une minute, il a dit. Une minute. Écoutez, maintenant. Vous savez tous que j'aime cet homme. (Il montrait Mathu.) Vous savez que j'ferais n'importe quoi pour lui. Vous savez que je l'respecte comme j'en respecte pas beaucoup. Et vous savez pourquoi. Il a toujours tenu bon. Il a tenu bon devant Fix, il a tenu bon devant tous ceux qu'essayaient de lui faire du tort. Il a même résisté aux Marshall là-bas dans la grande maison. C'est pour ça que Jack Marshall il aime pas Mathu au jour d'aujourd'hui, parce qu'il lui tenait tête. Même à Jack Marshall il tenait tête. Et c'est pour ça que j'suis venu aujourd'hui, pour faire front avec lui. Pour mourir avec lui, à ses côtés, s'il le faut. C'est pour ça qu'on est tous venus, par respect pour lui. Pour nous battre avec lui. Pour nous battre, messieurs. Mais contre qui maintenant ? Y'a plus personne, messieurs. Plus personne.

Là, Clatoo nous a regardés. On avait tous nos fusils, on était tous prêts.

– Messieurs, il a dit, la journée est finie. Rentrons chez nous.

Tout d'un coup, j'ai manqué tomber dans la cheminée. C'était Johnny Paul qui poussait pour venir devant. Il avait bousculé Dirty Red, qu'avait basculé contre moi, et moi j'avais manqué tomber dans la cheminée.

– Qu'est-ce que tu racontes, Clatoo, sacré nom ?

Ils étaient presque de la même taille, Clatoo et lui. Ils pouvaient se regarder droit dans l'œil.

– Pourquoi diable qu'on serait venus, si c'est pas pour tenir jusqu'au bout.

Nous autres, on était d'accord avec Johnny Paul. Tous, on disait qu'on était venus pour tenir jusqu'au bout. Clatoo a pris la vieille timbale de Mathu et il l'a fait tinter contre la cheminée.

– Laissez-moi encore une minute, rien qu'une, et après j'me tairai si c'est c'que vous voulez.

On a plus rien dit.

– Bon, vous avez entendu le shérif, Clatoo a dit. Il va emmener Mathu.

– Alors on y va aussi, Johnny Paul a dit.

– On y va pourquoi, Johnny Paul ? Qu'est-ce qu'on va faire quand on sera là-bas ?

– C'qu'on avait décidé d'y faire.

Clatoo, il a respiré profondément et il a secoué la tête.

– Mais Johnny Paul, il va même pas nous boucler maintenant. Et tu sais pourquoi ? Parce que demain à c'te heure-ci il sait qu'il peut prouver qu'on était pas là, la plupart. Il nous a laissés causer dehors rapport à Fix. Il voulait pas de nous à Bayonne avec les fusils, parce qu'il voulait pas que Fix se pointe et nous trouve là-bas. Mais maintenant que Fix vient pas, il se fait plus de souci pour nous. Il nous a jamais pris au sérieux, pas une fois. Il pensait à Fix, Johnny Paul, pas à nous.

– Je me fous de c'que pense Mapes, ou de c'que vous pensez, mais moi voilà c'que je pense. Si Mathu s'en va d'ici ce soir, j'vais avec lui. On avait tous de bonnes raisons de tuer Beau.

– Mais on l'a pas fait, Clatoo a dit.

– Personne peut dire que j'l'ai pas fait. J'ai un fusil du même calibre.

– Mais toi tu sais que tu l'as pas fait, Johnny Paul. Tu sais qu'c'est pas toi au fond de toi.

Clatoo nous a regardés.

– Vous comprenez ce que j'tâche de vous dire, vous autres ? Jacob ? Mat ? Vous comprenez ce que j'tâche de vous dire, han ?

– J'vois où tu veux en venir, a dit Mat, qu'était près de la porte. Mais on est venus pour faire front, Clatoo. J'ai pas envie de rentrer chez moi les mains vides. On se réunira plus jamais comme ça.

– Mais on l'a fait, Mat. Vous voyez pas qu'on l'a fait ? Personne s'en va les mains vides. On a déjà fait front. Pourquoi qu'on irait à Bayonne maintenant ? Qu'est-ce qu'on ferait là-bas ? On défilerait autour du tribunal en chantant, avec des fusils chargés ? Les fusils c'est pour se battre, et on a pas d'ennemi.

– J'ai dit ce que j'allais faire, Johnny Paul a dit. Si Mathu va à Bayonne, j'vais à Bayonne avec lui.

Et il est reparti au fond de la pièce en bousculant toute la compagnie. Durant un temps personne a plus rien dit. Je me revoyais en train de ramasser des noix de pécan derrière les quartiers quand ma femme m'avait envoyé chercher. Et je me rappelais comme j'avais eu peur quand elle m'avait dit que je devais trouver un fusil, comme j'avais eu peur quand j'étais allé chez Tante Lena lui demander de m'en prêter un. Là tantôt, je pensais à tout ce que j'avais souffert, aux insultes que ma femme avait subies sous mes yeux. Je pensais à ce que tous les autres, dans le temps, ils avaient dû supporter. Je pensais à tout ça – et qu'aujourd'hui on aurait dû se payer de toutes nos avanies. Mais voilà que Clatoo nous disait de rentrer chez nous. Rentrer chez nous et quoi faire ? J'avais même pas tiré. Si, une fois, dans le pacanier, pour avoir une cartouche vide. Non, ça suffisait pas. Ça faisait pas le compte. Pas après ce que j'avais subi durant toutes ces années. Je voulais me battre, même si je devais être tué.

Là, j'ai entendu Mathu :

– Y'a plus rien à prouver, qu'il a dit. Ce qu'y avait à prouver, vous l'avez déjà fait.

Mes yeux étaient baissés vers le plancher, je les ai levés vers Mathu. Il était appuyé contre la cheminée. Il était fatigué, sa voix était faible et tremblante. Il me regardait tout droit, en souriant. Il avait jamais eu une très bonne opinion de moi. Il m'appelait tout le temps « P'tit coq rouge »[8]. On disait même que Beulah et lui avaient fricoté ensemble derrière mon dos. Je lui avais jamais demandé, et à elle non plus, j'avais trop peur. Mais là j'avais plus peur. Il le savait, que j'avais plus peur. C'est pour ça qu'il me souriait. Et ça me faisait du bien.

– J'aurais jamais cru voir ce jour, il a dit. Non, j'aurais jamais cru voir ce jour. Rooster avec un fusil, Dirty Red avec un fusil, et puis Chimley, Billy. Non, j'aurais jamais cru voir ce jour.

Moi, je l'ai regardé en serrant mon fusil contre moi, tout fier.

– Y'a pas une minute, j'pensais pareil de vous autres que le shérif dehors : que vous vaudriez jamais grand-chose. Je me trompais. Et lui aussi il se trompe. Parce qu'il regardera jamais la vérité en face. Moi je sais là tantôt. Et je vous remercie. Et je vous admire. Tous les hommes ici dedans. J'ai jamais été aussi fier de ma vie.

Sa voix s'étranglait, il s'est tu. Il a remué les lèvres une ou deux fois, mais rien sortait. On attendait. Mon cœur battait vite et fort. Je serrais mon fusil, les yeux levés vers lui. Non, c'était pas lui le plus fier dans cette maison. C'était moi.

---

8. Rooster, le surnom du narrateur de ce chapitre, signifie « coq ». *[NdT].*

– J'suis qu'un vieil homme aigri et méchant, il a dit. Pas un héros, ça non ! Un vieil homme aigri et méchant. Je déteste les gens de la rivière, je vous déteste, vous tous dans les quartiers. J'me crois plus que les autres – j'suis fier d'être africain. Vous savez pourquoi ? Parce qu'ils veulent pas que je sois citoyen de ce pays. Je les déteste parce qu'ils m'empêchent d'être un citoyen, et vous je vous détestais parce que vous aviez jamais rien fait pour ça. J'suis qu'un vieil homme au cœur plein de fiel. J'ai jamais rien été d'autre, jusqu'à cette heure.

Il s'est tu et il a encore baissé les yeux sur moi. Il m'a regardé un grand moment, en hochant la tête.

– J'ai changé, il a dit. J'ai changé. J'ai pas été changé par le Dieu des Blancs. J'y crois pas, à leur Dieu. Non, c'est vous qui m'avez changé. Vous, Rooster, Clabber, Dirty Red, Coot. Vous avez changé le vieil homme au cœur de pierre.

Il s'est encore tu, en nous regardant.

– Clatoo a raison. J'veux que vous rentriez chez vous.

Sa voix s'étranglait encore, il a dû s'arrêter pour se racler le gosier. Ses lèvres remuaient, mais rien n'est sorti avant qu'il se racle encore une fois le gosier.

– Rentre chez toi, Johnny Paul, il a dit.

Il l'a regardé durant deux bonnes secondes ; puis il a regardé quelqu'un d'autre. Il l'appelait par son nom, il le regardait un temps, et il se tournait vers un autre.

– Rentre chez toi, Dirty Red. Tante Jude et Oncle François ils doivent être contents ce soir.

Et ensuite :

– Rentre chez toi, Rufe. Rentrez chez vous, Yank, Jacob, Mat, Clabber. Rentrez chez vous. Et vous Bing et Ding, retournez dans vot' bayou.

Après avoir regardé tout le monde, il s'est retourné vers Clatoo, qu'était de l'autre côté de la cheminée.

– Tu feras ce que tu pourras de toutes les vieilleries ici dedans. Si les gens en veulent, t'as qu'à leur donner. Sinon, jette-les. J'suis fatigué, pareil que vous, c'est sûr. Et le shérif a attendu assez longtemps.

On le regardait tous, mais personne bougeait.

C'est alors qu'on a entendu la voix de Charlie qui venait de la cuisine :

– T'as pas besoin d'aller nulle part, Parrain.

On s'est tous retournés. Charlie s'était tenu là-bas derrière dans le noir. Il est venu dans la pièce de devant. Il était si grand qu'il a dû baisser la tête pour passer la porte. Il était plus grand et plus gros que n'importe qui là-dedans, on devait tous levez les yeux vers lui. Il avait des habits en jean, sa chemise sortait de son pantalon. Il avait couru, il s'était couché par terre. Je sentais la sueur, l'odeur des champs et des marais sur ses frusques.

Il s'est assis sur le lit.

– À la place de rester comme des piquets à rien faire, allez chercher le shérif, qu'il a dit.

Il faisait nuit à présent. Elle était assise sur le siège du passager à côté de moi. J'avais essayé de lui parler à plusieurs reprises, mais elle refusait de répondre. Mapes est sorti de la cour, il est passé à côté de la voiture sans rien nous dire. Je l'ai regardé partir dans les quartiers jusqu'à ce qu'il traverse la voie ferrée, puis je l'ai perdu de vue.

J'ai regardé Candy, assise sur l'autre siège.

– Tu ne le sais peut-être pas, lui ai-je dit, mais à partir de ce soir, il va y avoir un grand changement dans ta vie. Ce vieil homme est libéré de toi maintenant. Quand il a ôté tes mains de son bras pour entrer dans la maison, il vous a libérés tous les deux. Tu comprends ce que je dis ? Il n'a plus besoin de toi pour le protéger, Candy. Il est vieux, et le peu de temps qui lui reste à vivre, il veut le vivre à sa manière.

Elle restait assise là, les lèvres serrées, le regard perdu dans l'obscurité.

– Avant de partir ce soir, je veux savoir où nous allons tous les deux. Si je n'ai pas de réponse, je ne reviendrai pas.

Là elle m'a regardé.

– Salaud, a-t-elle dit. Salaud !

– C'est possible. Je n'étais pas là. Mais à partir de ce soir...

Brusquement, elle m'a giflé. J'avais remarqué que son visage tremblait, mais je ne m'attendais pas à ça. J'ai levé la main, mais je l'ai arrêtée à mi-course. Et au lieu de lui rendre sa gifle, je me suis frotté la joue.

– Merci, mademoiselle, ai-je dit. Mais je vais rester dans les parages jusqu'à ce que Mapes l'emmène à Bayonne. C'est tout ce qu'il me faut, pour compléter mon article.

À peu près au même moment, un des vieillards est sorti sur la véranda et il a demandé où était le shérif. J'ai entendu Tante Glo lui répondre qu'il était parti dans les quartiers. Le vieil homme était dans la lumière de la pièce, qui projetait son ombre sur la véranda et dans la cour. Tous les autres étaient dans le noir.

– Vous avez encore deux minutes, a dit la voix de Griffin. Des fois que vous voudriez chanter, ou prier, ou autre chose.

– Nous sommes prêts là même, a dit le vieux.

C'était Gable, je le reconnaissais à sa voix douce et posée.

– Eh ben, va falloir que vous attendiez, a dit Griffin. Vous en faites pas, il sera pas long.

Gable a descendu les marches. Il avait son fusil.

– Où tu crois aller ? lui a demandé l'adjoint.

Gable ne lui a pas répondu. Il est venu à la voiture où nous étions assis, Candy et moi.

– Vous avez vu de quel côté le shérif est parti ? nous a-t-il demandé.

– Par là, ai-je dit, en montrant le champ. Attendez, je vais le faire venir.

Pendant que je faisais des appels de phares, Candy a essayé de lui tirer les vers du nez. Que s'était-il passé dans la maison ? Mais Gable a secoué la tête et lui a dit qu'il ne devait parler qu'au shérif. J'ai encore actionné les phares, et j'ai vu Mapes marcher vers nous. Gable est allé à sa rencontre, ils ont parlé un moment, et ils sont revenus ensemble.

– Viens à l'intérieur, m'a dit Mapes. Toi aussi, tu ferais bien de venir, a-t-il dit à Candy. On dirait que tu t'es donné tout ce mal pour rien.

– Que s'est-il passé ? ai-je demandé en descendant de voiture.

– Elle va te le dire, a dit Mapes en désignant Candy.

– Je l'ai tué, a-t-elle dit. (Elle était sortie de l'autre côté.) Je vais le jurer au tribunal.

– Et Charlie ? lui a demandé Mapes.

– Charlie ? ai-je fait. Le grand Charlie ?

– C'est ça. Le grand Charlie.

On est entrés dans la cour. Mapes a dit aux femmes et aux enfants qu'ils pouvaient entrer dans la maison aussi. Il a pénétré le premier dans la pièce, suivi de Candy, de moi, et des autres. Il y avait trop de monde, et ça manquait d'air. À l'intérieur, tout montrait que l'occupant était un vieil homme sans femme.

Lorsque nous sommes entrés, Charlie était assis sur le lit. Même ainsi, il était presque aussi grand que certains des vieux debout autour de lui. Après notre arrivée, il s'est levé et il a rentré les pans de sa chemise dans son pantalon. Il mesurait près de deux mètres, il pesait dans les cent vingt-cinq kilos. Il était noir comme jais, sa tête était ronde comme un boulet de canon, et ses cheveux coupés ras ; le blanc de ses yeux était trop foncé, et ses lèvres faisaient penser à des morceaux de foie. Ses bras faisaient presque craquer les manches de sa chemise de jean, son torse était rond comme une barrique. Mapes et lui devaient peser le même poids, mais le shérif avait deux fois plus de ventre. Charlie était l'image même du grand nègre puissant et viril.

– J'suis un homme, Shérif, a-t-il dit. J'suis un homme.

– D'accord, je te crois, a dit Mapes. Bon, maintenant, y'en a qui retournent dans la cuisine ou sur la véranda pour nous faire un peu de place ici.

Personne n'a bougé avant que le shérif se mette à dire des noms. Les hommes ont alors reculé de quelques pas, mais pour se rapprocher aussitôt.

– Dis, mon grand, a dit Mapes à Snookum. Si tu nous apportais un peu d'eau fraîche ?

– Commence pas avant que je revienne, t'entends, Charlie ? a dit Snookum.

– J'suis un homme, Shérif, a répété Charlie. Je veux que le monde le sache que j'suis un homme. J'suis un homme, mademoiselle Candy. J'suis un homme, monsieur Lou. Je veux que vous l'écriviez dans votre journal, que j'suis un homme.

– Je l'écrirai, Charlie, ai-je dit en levant les yeux vers lui.

Il me dépassait de dix bons centimètres, et je suis sûr qu'il pesait quarante kilos de plus que moi.

– J'suis un homme, a-t-il dit. Je veux que le monde le sache. Je suis plus le grand Charlie, le nègre Charlie, qu'était rien qu'un enfant, j'suis un homme. Vous m'entendez, vous autres ? C'est un homme qu'est revenu. Pas un enfant. L'enfant nègre est parti en courant. Il a couru, couru, mais c'est un homme qu'est revenu. J'suis un homme.

Snookum a apporté la cruche. Mapes a bu deux verres d'eau et il a rendu le verre en disant :

– Merci, mon grand.

– Passe-la-moi, a dit Charlie à Snookum.

Il a pris la cruche et il l'a portée à sa bouche, et quand il l'a reposée, elle était vide. Il l'a rendue à Snookum.

– J'suis un homme, Shérif. C'est pour ça que j'suis revenu. J'suis un homme, Parrain. J'suis un homme.

Mapes, debout dans le coin près de la cheminée, a hoché ses cheveux blancs.

– Tu veux nous raconter, Charlie ? lui a-t-il demandé.

– J'vais vous raconter, Shérif.

Il a ouvert la bouche, puis il s'est ravisé, parce qu'une autre idée lui était venue en tête.

– J'suis un homme, Shérif. Et de même que j'vous appelle Shérif, j'crois que j'ai droit à un titre, moi aussi – comme « monsieur ». Monsieur Biggs.

– Bien sûr, a dit Mapes en hochant la tête. Tout ce que tu voudras, au point où on en est... Monsieur Biggs. Et ça vaut pour vous tous, a-t-il ajouté à notre intention.

Pas de clin d'œil, il parlait sérieusement.

– Et Candy ? Comment tu veux qu'elle t'appelle ?

– Je l'appelle mademoiselle Candy. Elle peut m'appeler monsieur Biggs.

Mapes a regardé Candy, qui était à côté de Mathu. Quand elle était entrée dans la pièce, elle avait hésité un moment, le cherchant des yeux ; puis elle s'était frayé un chemin pour le rejoindre près de la cheminée. J'étais trop loin pour entendre sa question, si elle lui en avait posé une ; et je n'ai pas entendu la réponse de Mathu, s'il lui a répondu. Je l'ai vu seulement faire un léger signe de tête.

– Alors ? a dit Mapes à Candy.

Elle a hoché la tête. Je ne crois pas qu'elle savait vraiment pourquoi Mapes lui avait parlé. Mais ça n'avait pas d'importance. Tout ce qui comptait, c'est que Mathu était libre. Le reste, elle s'en fichait.

Mapes s'est retourné vers Charlie.

– Raconte-moi, monsieur Biggs. Commence par le commencement, là-bas dans le champ.

– Ça n'a pas commencé là-bas dans le champ, Shérif, a dit Charlie. Ça a commencé y'a cinquante ans. Non, pas cinquante ; quarante-quatre en vérité, y'a quarante-quatre ans. Ça devait être la première fois que j'me suis sauvé devant quelqu'un. J'ai cinquante ans là tantôt, et j'suis sûr que c'est arrivé quand j'avais pas plus de cinq ans, parce que j'sais que quand j'avais six ans, Parrain me battait chaque fois que je me sauvais. Oui, j'me rappelle la première fois qu'il m'a battu pour ça. Tu te rappelles, Parrain ? La fois où Eddy m'avait pris ma patate sur le chemin de l'école ?

Mathu le regardait comme s'il doutait de le voir vraiment là. Il a hoché la tête.

– Toute ma vie, toute ma vie, a dit Charlie. (Il ne parlait pas à Mapes, ni à nous, mais à lui-même.) J'ai rien fait d'autre toute ma vie, que me sauver. Devant les Noirs, devant les Blancs ; devant les nègres et les Cajuns. Toute ma vie. Ils me faisaient faire ce qu'ils voulaient, et ils m'engueulaient si j'le faisais bien et ils m'engueulaient si j'le faisais mal. Toute ma vie. Et moi je disais rien. J'ai cinquante ans maintenant. Cinquante ans à me faire engueuler. Toute ma chienne de vie de Noir, j'ai supporté d'être insulté sans jamais rien dire. Pourtant, tu t'es donné du mal pour que j'devienne un homme, Parrain. Pas vrai, que tu t'es donné du mal ?

Mathu a hoché la tête de nouveau.

– Ça servait à rien. Il a fallu cinquante ans, la moitié de cent ans, pour que j'dise assez ! Il m'engueulait. Même si j'faisais deux fois le travail qu'un autre aurait pu faire, il m'engueulait. J'suis capable d'abattre deux fois plus d'ouvrage que n'importe qui. Donnez-moi une bonne assiette de manger, et j'peux travailler plus longtemps que n'importe qui.

Je peux scier, fendre du bois, tendre du fil de fer, couper l'herbe des fossés, creuser des trous pour planter des piquets mieux que n'importe qui. Mais il me maltraitait. Il m'injuriait sans raison. Sale nègre par-ci, sale nègre par-là, pour un oui pour un non. Rien que pour le plaisir de m'injurier. Et si longtemps qu'j'ai été le grand Charlie, le nègre Charlie, un enfant, pas un homme, j'ai tout encaissé.

Il parlait fort à présent. Il déambulait dans la pièce, et les gens se serraient quand il s'approchait d'eux. Il occupait un quart de l'espace à lui tout seul, qu'il aille vers la porte ou la fenêtre. Il était noir comme du goudron, sa tête ronde était en sueur. J'ai vu sa figure noire et ronde se contracter, trembler, et il s'est arrêté de parcourir la pièce. Il a levé ses deux grands bras pareils à des branches d'arbre au-dessus de sa tête, et comme un prêtre derrière son pupitre dans le feu du sermon, il s'est écrié :

– Mais un jour vient ! Un jour vient où un homme doit être un homme. Un jour vient !

Les deux grosses branches, avec les gros poings pareils à des boulets de canon s'agitaient vers le plafond, et nous, on le regardait, médusés, craignant de le voir se retourner d'un bloc ou s'abattre comme une masse. Il n'a fait ni l'un ni l'autre. Il a lentement baissé les bras, en respirant bruyamment, les yeux fixés sur le mur au-dessus de nos têtes.

– Un jour vient ! a-t-il répété, pour lui-même. Un jour vient !

– Et, monsieur Biggs ? a demandé Mapes après avoir observé un moment de silence.

Charlie l'a regardé comme s'il sortait d'une transe.

– Vous avez dit quèque chose, Shérif ?

– Que s'est-il passé là-bas dans le champ entre Beau et toi ?

– Il m'a injurié. Je faisais bien ma tâche. Il m'a quand même injurié. Je lui ai dit qu'il avait pas besoin de m'injurier comme ça, j'faisais bien ma tâche. Il m'a répondu qu'il allait me battre, en plus. J'lui ai dit non, j'allais plus le laisser faire, parce que j'avais cinquante ans, la moitié de cent ans. Si je disais encore un seul mot, qu'il m'a dit, il allait me montrer comment il traitait un nègre à moitié centenaire.

Charlie s'est tu et il a regardé Mapes en secouant la tête. Des gouttes de sueur jaillissaient sur son crâne et lui ruisselaient sur les joues.

– On parle pas comme ça à un homme, Shérif, pas quand il a la moitié de cent ans.

Mapes l'a approuvé de la tête. Il a dit aux autres de donner de l'air à Charlie. Ils ont reculé un peu, mais aussitôt le cercle s'est refermé.

– Continue, a dit Mapes. Qu'est-ce qui s'est passé ensuite ?

– Je lui ai dit que j'laissais tout tomber. J'ai sauté en bas de la remorque pour rentrer à la maison. Il est descendu du tracteur et il est venu sur moi avec une tige de canne. J'm'en suis pris une moi aussi. J'sais pas pourquoi j'l'ai fait, ça m'était jamais arrivé de ma vie. Mais aujourd'hui j'l'ai fait. Je me suis penché et j'ai attrapé une tige de canne pareil que lui. Là il s'est arrêté, et puis il s'est pris à me sourire. Il souriait, il souriait. Il était sûr que j'allais pas le frapper, c'est ce qu'il pensait en tout cas. Il s'est jeté sur moi, et il m'a tapé deux fois, à l'épaule et sur le côté. Alors, j'lui ai rendu les coups. Je l'ai chopé à la tête, et il est tombé. Quand j'ai vu que sa tête saignait, j'ai cru que j'l'avais tué. Je me suis mis à courir vers les quartiers. Arrivé ici, j'ai dit à Parrain c'que j'avais fait. Durant le temps qu'on parlait, j'ai entendu le tracteur qui remontait les quartiers. Alors j'ai su que j'l'avais pas tué. Mais j'ai dit à Parrain que j'allais quand même me sauver, parce qu'il allait me battre pour de bon là tantôt s'il m'attrapait. Parrain m'a dit que si je me sauvais devant Beau Boutan, c'était lui qu'allait me battre. À quatre-vingt-deux ans, qu'il m'a dit, il était un homme bien plus que moi, et si j'me sauvais devant Beau, c'était lui qu'allait me battre.

Charlie a jeté un coup d'œil à Mathu, et le vieux a hoché la tête. Mais il ne paraissait pas très sûr que c'était Charlie qui parlait ainsi. Les autres aussi avaient l'air d'en douter. Charlie ? Charlie rendre les coups ? Je pensais la même chose. Mais après tout, je n'aurais pas cru non plus les trouver tous là en arrivant.

– Il a arrêté le tracteur là-bas devant et il a sauté par terre avec le fusil. Il l'avait tout le temps avec lui, ce fusil, sur le tracteur ou dans la camionnette. Il l'avait tout le temps. Parrain m'a dit que lui aussi il avait un fusil, et qu'il préférait me voir mort plutôt qu'en fuite devant un autre homme à cinquante ans. Beau entrait dans la cour, il mettait une cartouche dans son fusil. Parrain a pris le sien et il me l'a poussé dans la main. Je voulais pas le prendre, mais j'ai vu sur la figure de Parrain que si j'le faisais pas, il allait arrêter Beau lui-même, et moi après. J'ai pris le fusil et j'me suis retourné, et j'ai dit à Beau de s'arrêter. Je le lui ai dit plus d'une fois, de s'arrêter. Il marchait toujours vers la galerie. Il savait que j'avais jamais rien fait de pareil, que j'y avais même pas songé. Mais un jour vient, Shérif, un jour vient où un homme doit faire face. J'sais pas comment j'ai fait, mais je tenais ce fusil ferme comme le roc. Sans tremblement ni rien, ferme comme le roc. Il marchait toujours vers la galerie, avec un sourire. Il a dit : « J'comptais m'amuser un peu avec toi d'abord, nègre. J'allais te chasser comme un lapin, et te tirer dessus quand j'en aurais eu assez. Mais maintenant j'vais plus perdre mon temps, on dirait. » Il a levé son fusil, et j'ai appuyé sur la gâchette.

Charlie s'est tu, et il a baissé la tête. On était tous stupéfaits, personne ne disait rien. On aurait pu entendre battre les cœurs dans l'air confiné de la pièce.

– Qu'est-ce qui s'est passé après ? a demandé Mapes, après avoir observé un moment de silence.

Charlie a levé la tête, et il a regardé Mapes. Il était fatigué. Le blanc de ses yeux était devenu d'un brun rougeâtre. Il a respiré profondément une ou deux fois, et il a recommencé à parler.

– J'ai dit à Parrain que j'avais peur. Que j'allais me sauver et tâcher moyen d'atteindre le Nord, parce qu'ils allaient forcément me mettre sur la chaise électrique. J'lui ai dit de dire que c'était lui qu'avait tiré, parce que les gens de son âge, on les met pas sur la chaise électrique. Toute façon il allait bientôt mourir, il pouvait aussi bien mourir en prison que dans sa vieille maison. C'était mon Parrain, il devait s'laisser accuser à ma place. J'lui ai dit que Candy le protégerait quoi qu'il arrive. Et durant que j'restais là à le supplier, j'ai vu de la poussière voler dans les quartiers. Quand j'ai vu que c'était Candy, j'ai donné le fusil à Parrain, et j'ai pris à travers la maison. J'ai entendu Candy crier. J'étais couché dans les hautes herbes dans la cour de derrière. Elle a demandé à Parrain c'qu'il avait fait. J'ai pas entendu Parrain lui répondre. J'étais à plat ventre, et je priais, je priais qu'il lui dise pas mon nom. Elle le suppliait de lui dire ce qui s'était passé. Il a pas dit un mot – je l'ai rien entendu dire – alors j'me suis levé et j'me suis pris courir. J'ai couru, couru, couru, j'sais pas combien de temps j'ai couru. Mais j'avais beau tourner virer, j'étais toujours à Marshall. Si j'voulais aller à Pichot, quèque chose m'arrêtait. Si j'voulais aller à Morgan, quèque chose m'arrêtait. Vers la route de derrière, quèque chose m'arrêtait encore. C'était comme un mur, un mur que j'voyais pas, mais qui m'arrêtait chaque fois. Je suis tombé et j'ai crié, crié. Je mordais la terre. J'en ai pris une poignée et j'm'en suis mis plein la bouche pour tâcher d'm'étouffer. Et j'suis resté couché là longtemps, longtemps. En bout de journée, juste avant le coucher du soleil, j'ai entendu une voix crier mon nom. J'ai écouté, écouté, couché là par terre, et j'l'ai plus entendue. Mais j'savais que cette voix me rappelait ici là.

Il respirait lourdement, sa tête rasée de près couverte de gouttes de sueur. Il était épuisé. Mais son visage avait le genre d'expression qu'on voit aux gens qui viennent de découvrir la religion. Comme s'il était libéré de ce monde. Il a passé la main sur sa figure et son crâne en sueur ; puis il a regardé Mathu.

– C'est bien, Parrain ?

Mathu a hoché la tête. Il était fier de Charlie. Mais nous, on était stupéfaits. Je me demandais encore si tout cela était réel, si c'était vraiment arrivé.

– J'suis prêt à partir, Shérif, a dit Charlie. J'suis prêt à payer. Ça me fait un grand poids en moins, vous savez. J'sais que j'suis un homme là tantôt.

– Après vous, monsieur Biggs, a dit Mapes en montrant la porte.

– Comment vous m'avez appelé, Shérif ?

– Monsieur Biggs, lui a dit Mapes, et c'était sincère.

Charlie a souri, un grand et large sourire. Il souriait de toutes ses dents, de tout son cœur. C'était un vrai sourire, le sourire d'un homme qu'on avait appelé « mon garçon » pendant cinquante ans.

– Vous entendez ça, vous autres ? a-t-il demandé à ceux qui l'entouraient. Vous entendez ? Monsieur Biggs. Vous avez entendu, han ? Vous pouvez rentrer chez vous là tantôt. Pour une poignée de vieux bonshommes, vous vous en êtes bien tirés aujourd'hui. Vous pouvez rentrer chez vous. Laissez passer l'homme.

Il a ouvert la marche, et Mapes l'a suivi.

Mais ils n'avaient pas plus tôt mis le pied sur la véranda qu'une voix a crié dans l'obscurité.

– Livre-le-nous, Mapes.

C'était la voix de Luke Will.

Sydney Brooks, dit Coot

On l'aurait accompagné à la voiture, on lui aurait tous serré la main, on aurait regardé partir la voiture, et après on serait rentrés chez nous.

Mais il a fallu que Luke Will s'amène.

Charlie était devant, ouvrant la marche. Mapes était sur ses talons. Ensuite venaient Mathu, et puis Candy, Lou, Clatoo et moi. Quand Luke Will a crié là-bas dehors, y avait que Charlie et Mapes qu'avaient passé la porte. Mapes l'a bloquée pour qu'on reste dedans, et il a crié à Charlie de se coucher par terre.

Charlie il a dit :

– Moi, me coucher par terre ? Pourquoi me coucher par terre ? Rapport à Luke Will ? Il me fait pas peur, Luke Will.

Il a écarté Mapes et il est rentré dans la maison. Il est allé voir Mathu et il a tendu la main.

– J'vais en avoir besoin, Parrain.

Mathu lui a donné le fusil, et il a souri. Il était fier de Charlie. Charlie s'est retourné vers la porte le fusil pointé.

– Laisse-moi m'occuper de ça, Mapes a dit.

– C'est à moi de me battre, Charlie a dit. Il est venu pour me lyncher moi, pas vous.

– On va tous se battre, Clatoo a dit. Y'aura pas de lynchage ici ce soir.

– Restez dedans, Mapes a dit. Vous allez faire quoi avec des fusils vides ? Vous en servir comme matraques ?

– Ils étaient vides avant, Clatoo a dit. Si vous croyez qu'ils sont encore vides, tournez la tête là.

Il avait replié le canon de son fusil, et on faisait tous pareil.

– Eh bé oui, Clatoo a dit. On a tous un fusil chargé, et des cartouches de rechange dans la poche. C'est pas des noix de pécan qu'on partait ramasser derrière la maison.

– Ça va te coûter cher, Mapes a dit à Clatoo.

– Non, c'est à lui là-bas dehors que ça va coûter cher. Il va payer pour beaucoup de choses.

Mapes a regardé Clatoo ; puis il nous a tous regardés. Mais y'en a pas un qu'a baissé les yeux, alors il s'est retourné et il a crié à Luke Will :

– Rentre chez toi, Luke Will.

– Envoie ce nègre dehors et j'rentrerai chez moi, a crié l'autre.

– Vous avez votre réponse, Shérif, Charlie a dit. Vous vous poussez de là maintenant ?

Mapes a jeté un coup d'œil par-dessus son épaule, et il a appelé son adjoint. Il l'appelait pas fort, du coin des lèvres. Le petit adjoint était au fond de la pièce. Son flingue était sorti, il le tenait en le regardant, mais il venait pas vers Mapes. Le shérif l'a encore appelé.

– J'vais pas lever la main contre des Blancs pour défendre des nègres, Griffin lui a dit.

– Alors, Shérif ? Charlie a fait.

Mapes l'a pas regardé, il lui a pas répondu. Il s'est tourné vers la route.

– Qu'est-ce qui est arrivé à Hilly, Luke Will ? il a crié.

– J'lui ai foutu un coup sur la cafetière, il fait dodo, mais ça ira. T'expédies ce nègre dehors, oui ou non ?

Mapes a commencé à traverser la galerie.

– Fais pas l'idiot, Mapes, Luke Will a crié. J'vois tout d'ici. C'est pas le moment de faire l'idiot.

Mapes avait laissé son fusil appuyé contre les marches, et je le voyais regarder par là en traversant la galerie.

Luke Will a encore gueulé :

– Viens pas par ici tout seul, Mapes, j'te préviens !

Sitôt arrivé au bas des marches, Mapes a saisi le fusil. J'étais sur le seuil entre Charlie et Clatoo, et je voyais bien Mapes. Il a rabattu le cran de sûreté, et il a posé le fusil dans le creux de son autre bras. Avant qu'il ait pu faire deux pas de plus, y a eu un coup de feu, et il est tombé. Ils l'avaient pas tué, touché seulement, parce que je l'ai vu se prendre le bras et tâcher de se relever. Mais il pouvait pas, il était trop lourd.

Quand le coup était parti, Charlie et Clatoo étaient sortis en courant, et moi derrière. Charlie a pris à droite, vers l'intérieur des quartiers, et Clatoo à gauche, par le jardin de Mathu. Mais il s'est pas arrêté là. Il a traversé le jardin et il s'est enfoncé dans les mauvaises herbes. Je le suivais de près.

J'ai entendu hurler dans la maison, puis des coups de feu, et puis encore des cris. Quelqu'un a ouvert la fenêtre, parce que la lumière a éclairé le jardin. Clatoo et moi, on s'est jetés à plat ventre et on s'est mis à ramper dans l'herbe. Elle était sèche, elle craquait, et ceux de la route, ils ont commencé à tirer sur nous, mais on restait plaqués au sol. Arrivés près de la clôture de barbelés près de la vieille maison de Rufe, on s'est arrêtés et on a plus bougé. J'entendais Clatoo respirer fort, moi aussi j'étais essoufflé. Je m'étais égratigné la figure deux ou trois fois en rampant dans l'herbe.

J'entendais encore tirailler de la maison. Tout le monde était pas sorti, parce que de temps en temps une ombre passait devant la fenêtre. Chaque fois, y'en avait un qui tirait de la route sur la maison.

– J'veux me le payer, ce fils de pute, Clatoo a dit.

– Pas tant que moi ! j'ai dit. On a pas tous eu l'occasion de tirer sur Beau, mais lui, on a tous une chance de l'avoir.

On a rampé plus près du fossé pour tâcher de mieux voir le tracteur. Mais il faisait si noir, et y'avait tellement d'herbe, qu'on voyait rien tant que ça tirait pas. Et alors on voyait qu'une flamme rouge qui sortait du fusil.

J'ai entendu l'herbe craquer derrière, j'ai regardé, et j'ai vu Mat, Jacob et les frères Lejeune qui rampaient vers nous.

– Tout le monde va bien ? Clatoo a demandé.

– Je crois, Mat a répondu. Des écorchures par-ci par-là, mais ça va.

– Qui c'est qui tirait comme ça dans la maison ? Clatoo a demandé.

Jacob a rigolé.

– Billy Washington et Jean-Pierre. J'ai trouvé qu'y aurait moins de danger ici.

– Personne est touché ?

– Rien que le plafond, Jacob a dit.

– Dieu merci, Clatoo a dit.

Durant un temps, on est restés couchés sans rien dire.

– Qu'est-ce qu'on fait maintenant ? Mat a demandé.

Il était tout contre moi, il respirait fort.

– Faut qu'on se déploie, Clatoo a dit.

Il s'est tourné sur le côté et il nous a regardés.

– Jacob et Mat, dans la cour près du mûrier. Bing et Ding, rentrez dans les quartiers, et traversez la route. Vous gueulerez, et vous tirerez. Jacob et Mat tirent après, puis Coot et moi, et j'espère que les autres vont faire pareil.

Mat et Jacob sont partis d'abord, et après Bing et Ding Lejeune. Ils sont entrés en rampant dans la cour de Rufe, on entendait l'herbe craquer. Même quand ils sont arrivés à la maison de Corrine, elle craquait encore. Les autres, près du tracteur, ils tiraient chaque fois qu'ils entendaient le bruit.

Clatoo et moi, on est restés couchés. On attendait que les Lejeune aient traversé la route. J'entendais Jameson près de la maison supplier le bon Dieu d'avoir pitié de nous. Quand c'était pas Jameson qui priait le bon Dieu, c'était Glo qu'appelait son petit Snookum. Jameson, Glo ; Glo, Jameson. Après, j'ai entendu Dirty Red crier à Rooster de tirer sur Jameson pour le faire taire, et il a dû entendre aussi, parce qu'il a plus pipé.

Les Lejeune avaient traversé la route. Un des frères a poussé un cri de chouette, et ils ont tiré tous les deux. Les types près du tracteur, ils ont tiré dans cette direction. Mat et Jacob aussi ont hululé, et ils ont tiré. Les autres ont tiré par là. Clatoo m'a regardé et il m'a fait signe. On s'est mis à genoux, on a fait « hou », on a tiré, et on s'est raplatis dans l'herbe. On a dû en toucher un, parce qu'il a crié. On s'est fait un sourire, Clatoo et moi, et on a rechargé.

À l'intérieur des quartiers, tout le monde tirait. Je reconnaissais la voix haut perchée de Rooster, la voix sèche et rauque de Dirty Red, et celle de Yank. Il poussait pas un cri de chouette comme nous autres. Il criait comme on fait à un rodéo quand un cow-boy chevauche une monture déchaînée. « Yahoo ! » qu'il faisait, et il tirait. Ils s'étaient bien déployés, et là tantôt d'un bout à l'autre des quartiers ça criait et ça tirait. Je me rappelais pas quand je m'étais senti si bien pour la dernière fois.

Sûrement pas depuis que j'avais été jeune homme à la guerre. Pitié, Seigneur Jésus !

– Il t'en reste ? Clatoo m'a demandé.

– Encore deux, j'ai dit.

– On tire encore une fois, et on garde la dernière.

Il s'est redressé sur les genoux et sur les coudes, et il a mis ses mains en porte-voix.

– Mat, Jacob, Bing, Ding, feu sur le tracteur !

Ils ont crié, et tiré. On aurait cru entendre une bande d'Indiens. Pitié, bon Dieu Seigneur ! Clatoo m'a regardé. On s'est levés en vitesse, on a tiré, et on s'est raplatis. Clatoo s'est tourné sur le côté et il a mis ses mains en porte-voix :

– Dans les quartiers, feu !

Et dans les quartiers, les coups de feu ont éclaté avant que Clatoo ait fini de parler.

Snookum

Ça tirait de tous les côtés. Sitôt que le shérif est tombé, ils ont commencé à tirer. À tirer par la porte, à tirer par la fenêtre, à tirer dans le plafond, à tirer partout partout. Ça criait et ça tirait. J'me suis dit, mince ! tu ferais mieux de sortir de là. Grand-Ma tenait Toddy et Minnie par la main, elle m'a crié d'arrêter, mais j'me suis dit, pas question, je fiche le camp pendant que j'peux, alors j'ai filé par la cuisine et j'me suis caché sous la maison. Après j'me suis mis à ramper vers le devant. Je me suis pas arrêté avant d'arriver sous les marches.

De là, je voyais le shérif, le vieux Mapes, assis dans l'allée qu'essayait de se relever. Il penchait d'un côté, de l'autre, comme une de ces grosses vieilles toupies, tâchant de son mieux de se relever. Il pouvait pas y arriver tout seul, il était trop gros, et vous croyez pas que j'allais sortir pour l'aider ?

Ça continuait à tirer et à crier. Je les entendais dans la maison au-dessus de ma tête qui tiraient et qui criaient. J'entendais Grand-Ma qui m'appelait, le révérend Jameson qu'appelait le bon Dieu, et tous les autres qui tiraient et qui criaient.

Et alors j'ai vu Lou qui rampait à toute vitesse de l'autre côté de la maison. Il rampait sur les genoux et sur les coudes, à toute vitesse. Et puis y'a un truc qu'a eu l'air de l'arrêter, parce qu'il s'est mis à regarder sous la maison. Il faisait noir là-dessous, il a mis du temps à me reconnaître.

– C'est toi là-dessous, Snookum ?

– Oui, m'sieur.

– Tu n'entends pas ta grand-mère ?

– Si, msieur.

– Retourne derrière.

Je lui ai pas répondu. J'allais sûrement pas retourner derrière. Grand-Ma allait me battre pour pas lui avoir répondu la première fois.

– Reste caché, Lou a dit, et il s'est remis à ramper.

Il portait un pistolet. Il a rampé jusqu'à l'endroit où Mapes était assis dans l'allée, à se balancer, se balancer, pour tâcher de se relever.

– Ça va ? il lui a demandé.

– Très bien, Mapes a dit. J'admire le paysage.

– Votre adjoint a démissionné, Lou a dit en montrant le pistolet.

– Garde-le, Mapes a dit. Y'a d'autres blessés ?

– Je crois pas.

Mapes a encore essayé de se relever, mais il était trop gros.

– Vous voulez de l'aide ? Lou lui a demandé.

– Plus que tu pourrais m'en donner. Bon, tu prends la direction des opérations. Lève la main droite. Tu jures…

– Des clous ! Lou a dit.

– Tu diriges quand même les opérations. Et maintenant, viens plus me déranger de la soirée.

– Qu'est-ce que je dois faire ? Lou a demandé.

– Démerde-toi, Mapes a dit. Mais fous-moi la paix.

Horace Thompson, dit Sharp

Leroy était touché au bras. C'était pas bien méchant, rien qu'une égratignure, mais il était là à piauler comme un chien qui perd ses tripes. Luke lui disait de la boucler, on lui disait tous de la boucler, mais il continuait à piauler, à piauler comme un chien qui perd ses tripes.

– Je meurs, il disait. Je meurs. Et vous vous en foutez !

– Si tu la boucles pas, tu vas mourir pour de bon, Henry lui a dit. Tu parles d'un tueur !

– Vous aviez pas dit qu'ils avaient tous ces fusils.

– Sans blague !

– J'vais mourir.

– Faites-le taire, a chuchoté Luke Will. Faites-le taire.

– Tais-toi, Henry lui a dit d'un ton mauvais. (J'ai entendu une claque.) Ferme ta gueule.

Pour le coup, il s'est mis à piauler encore plus fort.

– J'vais me rendre. J'vais me rendre.

– Si tu pars d'ici, j'te canarde dans le dos, Henry a dit. T'es dans le coup, mon salaud, t'y resteras jusqu'au bout.

– Mapes ? Leroy a crié. Mapes ?

– Boucle-la, Henry a dit en lui flanquant son poing dans la figure.

– Non, il a fait en pleurant. Mapes ?

– Quoi ? a répondu Mapes de la cour.

On le voyait pas, mais on l'entendait. Il avait la voix faible. Luke avait pas voulu le tuer quand il lui avait tiré dessus, rien que l'empêcher d'avancer.

– Qu'est-ce que tu veux ? il a crié.

– C'est Leroy. Leroy Hall. J'suis qu'un enfant, Mapes.

– Quel dommage ! a crié Mapes.

– J'suis blanc.

– Dommage aussi !

– T'es content, maintenant, mon salaud ? Henry a dit.

Il s'est remis à piauler comme une bête. Il était plié en deux, et il piaulait. Il toussait, il crachait. Si les nègres savaient pas où on était avant, sûr qu'ils le savaient maintenant.

Luke, qu'était derrière le pneu arrière du tracteur, s'est penché un peu. Il a regardé dans les quartiers, dans un sens, puis dans l'autre, et il s'est replanqué.

– Tu vois quèque chose ? je lui ai demandé.

– Tu peux voir un nègre la nuit, toi ? Hé, Mapes ! il a crié.

– Qu'est-ce que tu veux, Luke Will ?

– On a un blessé. Je veux le sortir d'ici.

– Vas-y, sors-le.

– Mais les nègres vont nous tirer dessus.

– T'as qu'à en faire autant. Tire-leur dessus comme t'as tiré sur moi.

– C'est un des nègres qui t'a tiré dessus, pas nous.

– J'sais que c'est toi, j'ai des témoins.

Mapes s'est reposé un brin et puis il a dit :

– Et vous allez le payer cher, tous tant que vous êtes. (Il a encore repris son souffle.) Si vous sortez d'ici vivants.

– Il veut que les nègres nous tuent, Leroy s'est remis à pleurnicher. Il veut que les nègres nous tuent.

– J't'ai pas dit de la boucler ? a fait Luke Will.

Il s'est retourné, et il s'est mis à lui donner des coups de pied.

– J't'ai dit de la boucler, de la boucler, il disait en le bourrant de coups de pied.

Henry, Alcee et moi on l'a retenu pendant que Leroy rampait pour essayer de lui échapper.

– Doucement, Luke, j'ai dit. (Je le tenais par les épaules.) Doucement, doucement.

Il respirait fort. Il s'était fatigué en donnant des coups de pied à Leroy. Mais il a encore eu la force de lever le bras pour me balancer une châtaigne. Un autre jour, je me serais pas laissé faire, mais là, je savais bien ce qui le turlupinait. Il nous avait amenés là, et maintenant que ça foirait, il savait pas comment s'en sortir.

Leroy était à quatre pattes dans le fossé, et personne faisait attention à lui.

Luke s'est recollé contre le pneu.

– Mapes ! il a crié. J'ai plus de munitions. Tu vas laisser ces nègres nous abattre comme des chiens ?

Mapes lui a pas répondu. Mais Charlie a répondu pour lui de l'intérieur des quartiers. On l'entendait, ce singe noir, mais on le voyait pas.

– Moi j'ai des cartouches en trop, il a crié. Il t'en faut combien, Luke Will ? Envoie un de tes copains les chercher.

– J'me demande c'qu'ils ont bu, ces négros, pour être si courageux, j'ai dit à Luke.

Luke s'est penché derrière son pneu, il a regardé dans les quartiers, et il s'est replanqué.

– Ils sont partout, Luke, j'ai dit. Y'a pas moyen de s'en sortir.

– Toi aussi tu te dégonfles ? il m'a demandé.

– Non, j'ai fait.

Je le connaissais trop bien. Il pouvait être méchant quand il voulait. Et avec n'importe qui. Il m'a regardé un bon moment. Après il a regardé Henry et Alcee, qu'étaient sous la première remorque.

– Vous en avez marre, les amis, hein ? C'est ça ?

On en avait marre, mais personne n'allait le dire.

– J'espère que vous savez comment Clyde va prendre ça, il a dit en se recollant contre le pneu. Hé, Mapes ! il a crié vers la maison. Rappelle tes nègres, on est prêts à se rendre.

Mapes lui a pas répondu.

– Tu m'entends, Mapes ?

– Je t'entends, Mapes a dit. Sa voix était plus faible que tout à l'heure. Adresse-toi à Dimes. C'est lui qui dirige les opérations maintenant.

– Hé, Dimes ! Luke Will a crié.

– Je t'entends, Luke Will, a répondu Dimes.

Un instant plus tard, on l'a entendu dire :

– Hé, Charlie… Monsieur Biggs !

– Ça va, vous pouvez m'appeler Charlie, l'autre a répondu des quartiers. On est tous dans la mélasse, y'a plus de monsieur et de mademoiselle. Mais pas question qu'ils se rendent. Ils vont me mettre sur la chaise électrique pour un, ils m'y mettront pareil pour deux. Pas question !

– C'est qu'il a l'air de parler sérieusement, ce négro, j'ai dit à Luke Will.

Derrière nous, dans le fossé, Leroy continuait à piauler. Henry et Alcee, qu'étaient couchés sous la première remorque, se sont retournés vers Luke pour voir ce qu'il décidait. Luke aussi les a regardés ; ensuite il s'est tourné vers moi – je lui avais jamais vu ce regard. Il était plus grand et plus fort que nous tous, il avait jamais dû reculer devant rien. Mais là, il avait l'air salement inquiet.

– Si tu t'en tires et moi pas, il m'a dit, occupe-toi de Verna et des gosses.

– Quoi ? j'ai fait.

Je m'attendais pas à ça.

– Combien de cartouches il te reste ? il m'a demandé.

– Deux ou trois, j'ai dit. On peut essayer de filer. On fera jurer à P'tit Jack qu'on a pas quitté son bar de la soirée.

– Et lui ? Luke a demandé en montrant Leroy.

– Qu'il aille se faire foutre ! On lui a pas dit de se faire canarder.

Je l'entendais piauler derrière moi.

– Donne-moi tes cartouches, Luke Will m'a dit.

– Mais j'en aurai plus !

– Prends les siennes, il peut pas s'en servir.

Je lui ai passé les deux cartouches que j'avais, et il les a mises dans son fusil.

– Luke, je lui ai dit. On peut encore s'en sortir. Fais pas de bêtises.

– Verna et les gosses, si je m'en tire pas.

– Mapes va pas laisser ces nègres nous abattre comme des chiens.

Il a souri, comme pour lui-même. Et puis il m'a regardé longuement en secouant la tête.

– C'est plus Mapes qui commande, Sharp, il m'a dit. C'est Charlie. C'est à Charlie qu'on a affaire maintenant. T'es prêt à traiter avec lui, Sharp ?

J'étais prêt à traiter avec aucun Charlie, et il le savait. Il s'est recollé contre le pneu, et il a regardé dans les quartiers, où Charlie attendait.

Antoine Christophe, dit Dirty Red

Charlie était plus haut dans le fossé, moi derrière. Yank et Tucker et Chimley étaient sur la droite. Je crois que Clabber était quelque part là-bas derrière aussi. J'ai rampé à la hauteur de Charlie, et j'suis resté à côté de lui. Il était couché là comme un gros ours.

– Allume-moi un mégot, Dirty, il a dit.

J'en avais deux ou trois dans ma poche, j'en ai sorti un et je l'ai allumé. Je lui ai passé, il a tiré une ou deux bouffées et il me l'a rendu.

– Charlie ? Lou a crié de la cour à Mathu.

– Qu'est-ce que vous voulez ? Charlie a dit.

– Laisse-les se rendre.

– Non, m'sieur.

– Ce serait du meurtre maintenant.

– Avant aussi.

– Non. Avec Beau, c'était de la légitime défense. Candy va en témoigner.

Charlie lui a pas répondu. Il a tendu la main, je lui ai filé la cigarette. Il a tourné la tête pour tirer dessus, pour que les autres ils voient pas la lumière.

– Charlie ! Lou a crié encore.

– J'suis toujours là, Charlie a dit.

– Ton parrain est près de moi, Charlie. Il veut venir te parler.

– J'veux pas de Parrain ici, Charlie a dit. Il m'a dit de tenir tête. J'tiens tête à Luke Will.

Après ça, silence. Il faisait noir comme dans un four et y'avait pas un bruit. Charlie était couché là comme un gros vieil ours. Et moi j'étais juste à côté de lui.

– T'as peur, Dirty ? il m'a demandé.

– Pas ici à côté de toi, Charlie.

– Faut plus jamais avoir peur, Charlie. La vie est si douce quand on sait qu'on est plus un lâche.

J'ai hoché la tête. Mais je voulais en entendre plus.

– Charlie ! j'ai dit.

Il regardait vers le tracteur là-bas au bout des quartiers.

– Charlie, j'ai répété.

– Ouais, Dirty ? il a dit, en regardant toujours par là.

– Qu'est-ce que t'as vu là-bas derrière, Charlie ?

Il m'a pas répondu. Il était couché là comme un gros vieil ours, le fusil à double canon en travers du bras.

– Charlie, qu'est-ce que t'as vu dans les marécages ? j'ai encore demandé.

– Toi aussi tu l'as vu, Dirty, il m'a répondu sans me regarder.

– Non, j'ai rien vu, Charlie. Qu'est-ce que t'as vu toi ?

– Vous l'avez tous vu.

– Non, j'ai rien vu. J'étais là, Charlie. Comme les autres. J'ai rien vu.

Il s'est retourné pour me regarder.

– T'as trouvé, Dirty. T'as déjà trouvé, l'ami.

– Trouvé quoi, Charlie ?

Il m'a souri.

– Allume-m'en un autre, Dirty.

J'ai fouillé dans ma poche et j'ai sorti un autre mégot. Pendant que je l'allumais, j'ai entendu Lou appeler de la cour à Mathu.

– J'arrive, Charlie.

– Vous aurez pas mon fusil, Charlie a crié. Allez prendre celui de Luke Will.

– Luke Will, j'arrive, Lou a crié alors.

– Tu l'auras pas, ce fusil, Luke Will a gueulé.

On a plus rien entendu durant un temps. Charlie fumait, il tirait fort sur sa cigarette, à dire qu'il était pressé de la finir. Et puis je l'ai vu se lever. Je lui ai chuchoté de se recoucher, mais il a pas écouté. J'ai entendu Lou lui crier de rester à terre, mais Charlie n'écoutait personne. Il marchait droit direct sur le tracteur. Il avait pas fait plus de trois ou quatre pas que j'ai entendu le premier coup de feu. Je l'ai vu chanceler, mais il est pas tombé. Je l'ai vu tirer, mais sans viser. J'ai vu Lou là-bas faire de grands gestes en disant à tout le monde d'arrêter. Il courait partout, en criant d'arrêter. Charlie continuait vers le tracteur, mais là tantôt il tirait plus, il tombait lentement, lentement, jusqu'à tant qu'il touche le sol. Alors la fusillade a éclaté de tous les côtés. Je tirais, et j'avais l'impression que le monde entier tirait aussi. Ça a duré comme ça une bonne minute. Et puis plus rien, silence. Vous avez jamais entendu un silence pareil.

On s'est tous ramenés sur la route. J'ai vu Lou près du tracteur, un homme couché à ses pieds contre une des roues. J'ai entendu quelqu'un dire qu'on l'avait eu, ce fils de pute.

Mais on entourait tous Charlie. Mathu s'était agenouillé à côté de lui, et il lui avait soulevé la tête de la poussière. Ils l'avaient pas loupé. En plein dans le ventre. Il était couché là comme un gros vieil ours, les yeux levés vers nous. Il tâchait de nous dire quelque chose, mais c'est jamais sorti. Il nous regardait toujours, mais après on a bien vu qu'il nous voyait plus. Je me suis penché pour le toucher, des fois que ça déteindrait un peu sur moi, ce qu'il avait vu là-bas derrière dans les marécages. Après moi, tous les hommes ont fait pareil. Et puis les femmes, même Candy. Finalement, Glo a dit à ses petits-enfants de le toucher aussi.

Lou Dimes

Trois jours plus tard, il y a eu trois enterrements. Beau et Luke Will ont été enterrés à Bayonne ; Charlie a été enterré à Marshall. Le procès s'est déroulé la semaine suivante, et il a duré trois jours. Candy a engagé son propre avocat, Clinton, pour défendre les Noirs. Le Klan défendait les amis de Luke Will. Et vous n'avez jamais vu un plus triste lot d'accusés, d'un côté comme de l'autre. Ils avaient tous des égratignures, des entailles, des ecchymoses. Ils s'étaient coupés sur des barbelés, des boîtes de conserve, des débris de bouteille, tout ce qu'on peut imaginer. Certains s'étaient fait une entorse en sautant un fossé ; d'autres s'étaient foulé le poignet en tombant. Il y en avait même qui s'étaient heurtés de plein fouet en courant. Bref, ce n'étaient que bras en écharpe, têtes bandées, pattes boiteuses. Mais le seul à avoir été blessé par balle était Leroy.

Ils avaient tous pris un bain, et portaient leurs meilleurs habits. Trois jours durant, si on était placé assez près du premier rang, on sentait l'odeur de la savonnette et de l'antimite.

Le tribunal était comble tous les jours. L'assistance se composait de Blancs et de Noirs en nombre à peu près égal, la moitié environ appartenant aux médias. Ils étaient venus de tout le Sud. Même la presse nationale était représentée. Fix était là avec sa clique, y compris Gil, assis avec la famille. (À propos, LSU avait battu Ole Miss 21 à 13. Gil et Cal avaient conquis plus de cent mètres de terrain chacun.) Les gens du Klan et le parti nazi étaient là pour soutenir le moral des amis de Luke Will. La NAACP était présente, ainsi que des militants noirs, et la police de l'État, qui surveillait tout et fouillait presque tout le monde. C'était le juge Reynolds qui présidait. Soixante-dix ans, les cheveux blancs comme neige, le teint perpétuellement rubicond des amis de la bouteille, c'est l'image du grand-père idéal. Il est très riche, toujours content, fier de sa prestance, et doué d'un grand sens de l'humour. Dès le début, il a reconnu que non seulement il n'avait jamais présidé un procès de ce genre, mais qu'en trente-cinq ans de carrière il n'avait jamais entendu parler d'une affaire pareille. Le procès se déroulerait dans le calme, a-t-il déclaré. En outre, il a averti la cour que le vieil homme à cheveux blancs qui présidait n'avait rien d'un tendre. Il pouvait être aussi dur que n'importe qui, davantage s'il le fallait.

Comme je l'ai déjà dit, le procès a duré trois jours, et le calme a régné la plupart du temps. Mais de temps en temps, l'un des vieux Noirs, le front bandé ou le bras en écharpe, sachant qu'il avait l'attention du public, se laissait emporter par son récit. Qui plus est, il appelait ses compatriotes par leurs surnoms : Clabber, Dirty Red, Coot, Chimley, Rooster. Ça faisait rire tout le monde dans la salle, surtout les journalistes, qui trouvaient toute l'affaire surprenante mais ne la prenaient pas très au sérieux. C'étaient eux qui riaient le plus ; du moins, jusqu'à ce que Mapes vienne à la barre une deuxième fois pour expliquer où il se trouvait exactement pendant les coups de feu. Auparavant, il avait dit au tribunal qu'il était quelque part dans la cour. Cette fois, le procureur a voulu savoir à quel endroit précis de la cour. Mapes a refusé de répondre. Le juge

Reynolds l'a averti qu'il pouvait être accusé de négligence dans l'exercice de ses fonctions, deux hommes ayant été tués. Alors Mapes a répondu, mais si bas que seul le procureur a compris. Il lui a donc demandé de parler assez fort pour que tout le tribunal l'entende. Le shérif a dardé sur le procureur le dur regard de ses yeux gris, comme s'il allait sauter de son siège et lui flanquer son poing dans la figure, mais au lieu de ça il a dit :

– Pendant toute la fusillade, j'étais sur le cul au milieu de l'allée. Luke Will m'avait tiré dessus, et j'étais sur le cul au milieu de l'allée. C'est assez fort comme ça ?

Il s'est levé de la chaise des témoins pour retourner à sa place, et tout le tribunal a éclaté de rire, même le juge Reynolds. Les gens qui passaient dans la rue ont dû croire qu'on nous projetait un film de Charlie Chaplin. Mapes est devenu tout rouge. C'était le matin du troisième jour, et l'assistance a ri jusqu'au soir, jusqu'à la fin du procès. Mapes, avec son bras gauche en écharpe, est resté rouge toute la journée. Il allait probablement le demeurer pendant des années.

Le jury a délibéré pendant trois heures, puis il est revenu avec le verdict. Après l'avoir lu et étudié un moment, le juge a ordonné à tous les accusés de se lever, les Noirs comme les Blancs. Puisque les deux hommes qui avaient tué étaient morts tous les deux, a-t-il déclaré, et que c'étaient les mêmes qui avaient l'un tué Beau, l'autre tiré sur Mapes, il ne pouvait pas les juger, seulement prier pour le repos de leur âme. Quant aux autres, il les mettait à l'épreuve pendant cinq ans, ou jusqu'à leur mort, si elle survenait avant. Ça signifiait qu'il les privait du privilège de porter des armes à feu, quelles qu'elles soient, carabines, fusils ou pistolets, et leur interdisait de se tenir à moins de trois mètres d'une personne armée. (C'était comme de défendre à un habitant de la Louisiane de dire « Mardi gras » ou « Huey Long »[9].) Si jamais il apprenait, a-t-il ajouté, qu'un des accusés avait touché un fusil, ou s'était approché à moins de trois mètres d'une personne armée, il l'enverrait en prison pour le reste de ses jours. Il a demandé s'il y avait des questions. Comme il n'y en avait pas, il a abattu son marteau et déclaré que la séance était levée.

Je suis sorti du Palais de Justice avec Candy et nous sommes restés sur les marches pour regarder partir la foule. Elle a demandé à Mathu s'il voulait qu'elle le raccompagne. Il lui a dit non, que Clatoo avait son camion, et qu'il rentrerait avec lui et le reste de la compagnie. Le vieux camion était garé en face du tribunal, on les a tous regardés s'entasser à l'intérieur. Candy leur a fait un signe d'adieu. J'ai senti son autre main chercher la mienne, ses doigts serrer les miens.

---

9. Huey Long est un ancien sénateur de la Louisiane. *[NdT].*

Table des matières

LIANA LEVI *piccolo*

Littérature

n° 1 Primo Levi, *Poeti* (inédit)
n° 2 Henry James, *Washington Square*
n° 3 Sholem Aleikhem, *Un conseil avisé* (inédit)
n° 4 Isabelle Eberhardt, *Yasmina*
n° 5 Ernest J. Gaines, *4 heures du matin* (inédit)
n° 6 Sholem Aleikhem, *Le Traîne-savates*
n° 7 Linda D. Cirino, *La Coquetière*
n° 8 Émile Gaboriau, *L'Affaire Lerouge*
n° 9 Ernest J. Gaines, *Ti-Bonhomme*
n° 15 Stephen Crane, *Blue Hotel*
n° 17 Lore Segal, *Du thé pour Lorry*
n° 18 Émile Gaboriau, *Monsieur Lecoq*
n° 19 Natalia Ginzburg, *Tous nos hiers*
n° 20 P.M. Pasinetti, *De Venise à Venise*
n° 21 Henry James, *L'Américain*
n° 22 Ernest J. Gaines, *Dites-leur que je suis un homme*
n° 23 Mary Willis Walker, *Glacée jusqu'au zoo*
n° 24 Rosetta Loy, *La Bicyclette*
n° 25 Carolyn Hart, *Meurtre en librairie*
n° 26 Andrzej Szczypiorski, *La Jolie Madame Seidenmann*
n° 27 Jacques Bonnet, *À l'enseigne de l'amitié*
n° 28 Iain Levison, *Un petit boulot*
n° 29 Margaret Yorke, *Trouvez-moi un coupable*
n° 30 Ernest J. Gaines, *Colère en Louisiane*

Histoire, essais, témoignages

n° 10 Cecil Roth, *Histoire des marranes*
n° 11 Aline Baldinger-Achour, *Petit Guide des grandes religions*
n° 12 Marek Edelman, *Mémoires du ghetto de Varsovie*
n° 13 Tom Segev, *Le Septième Million*
n° 14 Bruno Halioua, *Blouses blanches, étoiles jaunes*
n° 16 Vladimir Jankélévitch, *Penser la mort ?*

Achevé d'imprimer en décembre 2004
dans les ateliers de Normandie Roto Impression s.a.s.
61250 Lonrai
N° d'impression : 043331
Dépôt légal : décembre 2004

Imprimé en France